JN035861

ダブル・トライ

堂場瞬一

講談社

目次

ダブル・トライ

第一章　目当ての男

神崎真守《かんざきまもる》（26）は、日本スポーツ界の至宝になるだろうか。

先日行われた陸上日本選手権で円盤投《えんばんなげ》に出場した神崎は、大会前までの日本記録を上回る投てきを見せ、二位に食いこんだ。優勝と日本新記録こそ、ベテランの秋野泰久《あきのやすひさ》（33）に譲ったものの、これが全国レベルの大会二度目の出場とは思えない、堂々たる戦い振《ぶ》りだった。

神崎は既《すで》に、七人制ラグビーでは第一人者である。リオオリンピックに日本代表として出場し、獅子奮迅《ししふんじん》の活躍を見せた記憶が薄れないままでの、陸上日本選手権出場は世間を驚かせた。そしてスポーツ記者の間でも、この「二刀流」については意見が割れている。

ラグビーか円盤投、どちらかに専念すればより高いレベルに行ける、というのが反対派の意見である。特に七人制ラグビーは、東京オリンピックでのメダルが期待されており、その中軸選手として専念してほしい、という声は大きい。

賛成派は、彼の円盤投の「可能性」に賭《か》けた。円盤投は前回一九六四年の東京オリンピック以来日本選手の出場はないが、神崎には可能性がある。まだオリンピックの参加標準記録を突破したわけではないが、これからもチャンスはある。二〇二〇年の六月までに参加標準記録を上回れば、東京オリンピックへ出場するチャンスが生まれる。

私自身は、二刀流に期待する方向に心が傾いている。日本人は基本的に、一つの道に打ちこむアスリートが好きだが、そこにこだわって多様な可能性を潰してしまうのはいかがなものだろう。大谷翔平《おおたにしょうへい》の活躍からもわかるように、アスリートには無限の可能性がある。五十六年ぶりに東京で開かれるオリンピックで、私たちに二つの夢を見せてくれる選手がいてもいいのではないだろうか。

(東日新聞運動部・高木靖友《たかぎやすとも》)

1

二〇一八年六月、陸上日本選手権。新興スポーツ用品メーカー・ゴールドゾーンの営業マン、岩谷大吾《いわたにだいご》は、ずっと緊張したまま競技を見守っていた。山口《やまぐち》市にある、維《い》新《しん》みらいふスタジアム。二本の支柱に吊るされたようなメインスタンドの屋根が特徴的で、芝の緑も際立つ綺麗《きれい》なスタジアムだが、今はその美しさを楽しんでいる余裕などない。

大変なことが起きようとしているのだ――秋野泰久と神崎真守の、恐るべきハイレベルの戦い。

東京体育大《とうきょうたいいくだい》ＯＢの秋野は、半導体・電子機器メーカーのＪＥＴジャパンに入社後、毎年のように記録を伸ばし、三十歳を超えてから、日本記録更新を狙えるまで成績を上げてきた。今日は最初の三投全てで六十メートルを超え、五投目で、前年に秋野自身が更新した記録を二十センチ上回った。二年連続で日本新。

しかし、観客席がさらなる興奮に包まれたのはその直後だった。

七人制ラグビーの選手でありながら、突然日本選手権にエントリーした神崎真守の最終六投目。まだ六十メートル台は出していなかったが、今日はファウルになった二投以外の三投を全て五十八メートル台から五十九メートル台と高レベルで揃《そろ》えてきた。

円盤を持ってサークルに入った神崎が、一度だけ肩を上下させる。投擲《とうてき》の選手はだいたい体が大きいものだが、神崎は他の選手よりも一回り大きい。百九十一センチ、百二キロの肉体は、分厚い胸板、ぐっと前に張り出した腿《もも》の筋肉を備え、いかにもパワーがありそうだ。

円盤を持った右手を軽く、しかし大きく二度振ると、そのまま力《りき》む様子もなく回転を始める。回転スピードが、他の選手とは明らかに違っていた。

投げた瞬間、円盤を後押ししようとするように大声を上げる選手もいるが、神崎は一言も発しない。リリース後に勢いで一回転した後は、静かに円盤の行方を見守るだけ——その振る舞いは、会心のショットを確信したゴルファーのようでもあった。

「これは……」岩谷は、思わず腰を浮かせた。

スタンドで歓声と拍手が爆発する。すぐに記録が発表されて、その歓声はさらに大きくなった。先ほど秋野が叩き出した日本記録まで、わずか十センチと迫っている。

こいつは本物だぞ。岩谷は額の汗を拭《ぬぐ》った。「七人制ラグビーの日本代表」として追いかけてきた男が、円盤投で日本選手権に出場すると聞いて現場に駆けつけたのだが、実際に見て、腰を抜かしそうになるほど驚いた。

コンスタントに記録を揃えてきて、最後に日本記録に迫る距離を投げるとは。

二刀流、あり得るのではないか？

というより、是非《ぜひ》とも二刀流を実現させてやりたい。ゴールドゾーンにとっても、間違いなく「金の卵」だ。

岩谷が初めて神崎に接触したのは、リオオリンピック終了直後だった。七人制ラグビー代表としての活躍に目をつけ、何とかゴールドゾーンと契約してもらおうと「顔出し」から始めたのだ。ただし手応えは弱く、契約の話を持ち出しても、神崎は「いやあ」と遠慮がちに笑うだけだった。その後も何度か接触してみたものの、色よい返事はもらえていない。

しかし、円盤投とは……神崎が高校生の頃に円盤投でインターハイに出場したことは知っていたが、その後はラグビー、特に七人制に集中しているものだとばかり思っていた。実際彼の口から、円盤投の話を聞いたことは一度もない。

競技が終わった後、岩谷はスタジアムの中で慌てて神崎を摑《つか》まえ、話を聞いた。

「びっくりさせないでくれよ」両手を大きく広げる。「どうして円盤投を――いつ準備してたんだ？」

「ラグビーの合間に、ですね。うちは陸上部もありますから」神崎が涼しい表情で答える。

「なるほど……それで、どうするんだ？　両方続けるつもりなのか？」

「体が持てば」神崎のごつい顔に大きな笑みが浮かんだ。「どっちも面白いですからね」

「二刀流だね」

「まあ、そうですね……今流行《はや》りの言葉で言えばそんな感じです」

「それで、前にも少し話したけど、うちとの契約について、一度ゆっくり話さないか？　条件面もしっかり提示させてもらいたいんだ」

「いやあ……」神崎が頭を掻《か》いた。

「神崎！」

大声で呼びかけられ、神崎がそちらを向いた。ＪＥＴジャパン陸上部のヘッドコーチ、山口《やまぐち》。

「すみません」神崎がさっと頭を下げた。「ちょっとミーティングがありますので」

「ああ――」

神崎がもう一度一礼して、山口のところへ駆け寄って行った。山口とは親しくしているので、岩谷は丁寧《ていねい》に会釈したが、山口は何故《なぜ》か厳しい表情で小さくうなずくだけだった。

もう少しきちんと話しておきたかった。今、状況は一気に変わったのだ。何としても神崎の関心をゴールドゾーンに向けさせ、契約を勝ち取らなくては。

円盤投での神崎の活躍に驚かされてしばらくしてから、岩谷はアメリカに飛んだ。円盤投の次はラグビー――いわば神崎の「本業」の方だ。

サンフランシスコ、AT&Tパーク。本来はサンフランシスコ・ジャイアンツの本拠地なのだが、七人制の世界大会である「ラグビーワールドカップセブンズ」のために、急遽《きゅうきょ》ラグビー仕様に変更されていた。フィールドはまさに岩谷が見慣れたラグビーのグラウンドになっているものの、視線を転じると、レフト、ライトのポールやコカ・コーラの瓶《びん》を模した巨大なオブジェはそのまま――当たり前だが、スタンドもグラウンドを取り囲む円形である。四方を直線的なスタンドに囲まれたスタジアムに慣れている岩谷は、ずっと違和感を抱いたままだった。

七人制ラグビーは、十五人制のラグビーとはまったく違う。

十五人制のラグビーでは、試合は頻繁《ひんぱん》に止まる。スクラムやラインアウト、それに選手の怪我《けが》で試合が中断した時に、選手たちは一息つくと同時に、次のプレーに向けて意思を統一する。しかし七人制ラグビーは、基本的に「止まらない」試合運びが理想だ。前後半それぞれ七分しかないから、セットプレーで時間を潰すと、むざむざ得点機を逸《いっ》してしまう。そのため、いかにプレーを止めずにボールをつなぐかが大きなポイントだ。

この「つなぎ」がとにかく上手《うま》いのは、今日本代表が対戦しているフィジーだ。「フィジアン・マジック」とも呼ばれるハンドリングの妙味は十五人制でも見られるが、七人制になるとさらに際立つ。フィジーの選手たちも、もちろん基本的に下手からのパスを多用するのだが、それだけに止まらない。オーバーハンドで、ディフェンスの頭をふわりと越えるような緩いパスを出してみたり、背後からクロスして走りこんでくる選手を見もせず、後ろ手でボールを浮かせるようなパスもいとも簡単に見せる。そして受ける方も、長い腕を伸ばして、どんなに難しいパスでも平然とキャッチするのだ。

生真面目《きまじめ》に基本を守る日本にとって、自由奔放《ほんぽう》なフィジーはどうにも相性が悪い。七人制での対戦成績は、圧倒的に日本の分《ぶ》が悪かった。一方でフィジーは、「攻めるに強く守るに弱い」部分があり、連続した攻めに対しては早々とディフェンスを諦《あきら》めてしまうことがある。そこが狙い目なのだが……今日はそういう訳にはいかなかった。

後半六分過ぎ。大差をつけられ、日本は敗色濃厚になっていた。しかしここは、何としても意地を見せて欲しい。最後にワントライ奪って終わるかどうかで、今後のチームの雰囲気も変わってくるだろう。

日本が攻めこむ。短いパスをつなぎ、縦に突進。意外なことにほぼ満員——アメリカではラグビー人気は高くない——のスタンドに、わっと歓声が走る。

スクラムハーフが倒れていたので、フォローしていた神崎がボールを出し、真っ直ぐ突進してきたフライハーフに短いパスを送る。岩谷は、両手をぐっと拳《こぶし》に握った。

ガムを嚙《か》むスピードがつい速くなる。神崎、ここは見せ場だぞ。

神崎はすぐにフォローに走った。

フライハーフがタックルを受けたが、高い——怠慢なタックルだ。何とか踏ん張って体を捻《ひね》ると、すぐ後ろをフォローしていた神崎にパスを出す。ボールを受けた神崎は、二、三歩前に出たところで、右手を大きく振って次のパスを狙った。

それは、岩谷が今まで見た中で、一番長いパスだった。

スピンをかけたパスを投げる時も、必ず両手——ボールの回転を安定させ、コントロールをしっかりつけるためだが、神崎は基本を無視して、右手だけでボールを投げた。この方が距離は出るが、狙った場所に投げるのは極めて難しい。しかし神崎のパスは綺麗にスピンがかかり、しかもスピードが乗って、地面とほぼ平行に飛んだ。強肩の外野手が見せる、矢のような返球にも似た美しいパス——しかし少し飛び過ぎ、少しスピードが速過ぎた。

センターを飛ばしてウィングを狙ったパスが、タッチライン近くまで飛んでしまう。ということは、三十メートル以上か……その距離に岩谷は度肝を抜かれたが、驚いたのはウィングの選手も同じようだった。体を投げ出すようにしてボールに追いつこうとしたが、ぎりぎりで届かない。タッチライン間際でワンバウンドしたボールは、そのままラインを割ってしまった。そしてノーサイドのホイッスル。

観客席にああ、と溜息《ためいき》が流れたが、岩谷は別の意味で息を呑《の》んでいた。今のパス……「しまった」とでも言いたげに苦笑を浮かべる神崎の姿に、別のユニフォーム姿が重なって見えた。

2

ゴールドゾーン国内営業部長・杉山《すぎやま》は、パソコンの画面を凝視《ぎょうし》していた。やがて顔を上げると、「なるほど」とぽつりとつぶやく。眼鏡を外し、腹のところで腕組みして、自分の前に立つ岩谷と正面から向き合った。

「こいつがサンフランシスコ出張の成果か」

「ええ。あまりいい映像じゃなくて申し訳ないですが」営業マンも、担当する選手の試合を録画することはあるが、さすがに映像のプロではないのでそう上手くはいかない。特にラグビーの場合、一人の選手をずっと追い続けるのは困難だ。ただし、最後の超ロングパスの場面だけは、偶然にも綺麗に撮れていた。この凄《すご》さを杉山が理解できるかどうかはわからなかったが。

「二刀流、と言ったな」

「ええ」

「大谷的に？」

「いえ。大谷の場合、そもそも二刀流は言い過ぎです」岩谷は持論を展開した。「野球選手なら、打って投げてが当たり前でしょう。ＤＨ――指名打者制がなければ、ピッチャーだって打席に立つんだから」

「そいつは古い時代の話だろう」

「とはいえ、あくまで同じ競技の中での話でしょう？　二刀流というなら、競泳の個人メドレー選手の方がよほど……彼らは万能選手というべきじゃないですか」

「なるほどね」杉山が立ち上がる。「ま、ちょっとお茶でも飲もうか」

「ええ」岩谷は顔をしかめた。杉山の反応が薄いのが気になる。

「お前が言いたいことはわかるけど、まだ判断しかねるな」

簡単には納得してもらえないか……「事実」が二つあるのだから、何かと口うるさい杉山を説得するのも難しくないと思っていたのだが。

新興のスポーツ用品メーカーであるゴールドゾーンの本社は、新宿のオフィスビルに入っている。まだ自社ビルを建てるほどの規模ではない――このビルの、二つのフロアを借りているだけだった。休憩スペースは、下の階の一角にある。自販機が何台か、それにテーブルがいくつか置いてあるだけだが、ここで打ち合わせをする社員も多い。今も数人の社員が、ノートパソコンや資料を持ちこんで話し合っていた。

杉山は、自分の分だけ缶コーヒーを買った。こういうケチなところが、部下に評判が悪いんだよな……内心苦笑しながら、岩谷もブラックコーヒーを買った。空《あ》いていたテーブルにつくと、杉山が早速、岩谷が提出した資料を広げる。

「で？　神崎は、そもそもはどっちの選手なんだ？」

「ラグビーです」岩谷は即座に言った。「七人制でリオオリンピックにも出ていますし、東京オリンピックでも代表の有力候補です」

「そっちは期待できるのか？」

「代表に選出されるのは間違いないと思いますけど、勝てるかどうかはわかりませんよ。もちろん協会は、意地でも勝ちに行くように強化策を取るでしょうけど……とにかく、神崎が中心選手になるのは間違いありません」

「十五人制では通用しないからセブンズか」杉山が皮肉を言った。

「基本的に、十五人制と七人制は別のスポーツと考えた方がいいんですよ」岩谷はやんわりと訂正した。岩谷自身は、十五人制で日本代表にあと一歩だった選手で、七人制は練習以外では経験がない。

「そんなものかねえ」

杉山は元々サッカー選手で、ラグビーにはまったく興味がない。しかし新興メーカーのゴールドゾーンは、サッカー、野球などメジャーなスポーツ——他のメーカーが既得権を得ている以外の競技を狙っていくしかないのだ。

ゴールドゾーンの設立は十二年前。総合スポーツ用品メーカーとして着実に地歩を築きつつあるものの、この業界には多くの先達《せんだつ》――巨人がいる。世界的にはナイキとアディダスが二強で、三位の座を多くのメーカーが競っているのが現状だ。とはいえ、スポーツ用品市場は年々拡大する一方なので、ビジネスチャンスはいくらでも転がっている。ゴールドゾーンは、先行メーカーがあまり手を出していない競技に食いこみ、そこで占有率を高めようとしていた。しかし会社は、ラグビーを軽視している。理由は「マイナー過ぎるから」。

現役時代ラグビー選手だった岩谷にとって、会社がラグビーをマイナー競技扱いするのは屈辱《くつじょく》でしかなかった。来年、二〇一九年には、日本でワールドカップも開かれるのに。

「セブンズか……十五人制にも増してマイナーだな」杉山は依然乗り気にならなかった。

「だから、二刀流なんですよ。相乗効果で評判が上がります。陸上と球技の二刀流なんて、日本では今までなかったでしょう？」

「アメリカでは、野球とアメフトの二刀流もあるけど、あれは極めて特殊な世界だぞ」

「でも実際、神崎は、二つの競技で日本代表になれそうなんですよ」

「何だよ、面白そうな話をしてるじゃないか。俺を仲間外れにするなよ」

「上木《かみき》さん……」

岩谷は反射的に立ち上がった。営業担当役員の上木。かつてはアメフト選手で、名門・東体大《とうたいだい》で、攻撃の際にクォーターバックを両サイドから守るオフェンシブガードとして活躍していた。既に五十歳を超えているが、百八十五センチの長身で、体重も軽く百キロはありそうだ。しかも体重のほとんどは筋肉。今でも暇があるとジムに通い、バーベルを上げ下げしているらしい。いまだにベンチプレスで百二十キロを上げる、という噂を聞いたこともあった。

「すみません、サンフランシスコ出張の報告が遅れました」岩谷はさっと頭を下げた。

「映像も撮ってきたんだろう？　後で見せてくれ……それで、ラグビーと円盤投の二刀流はどうだ？」

「いけます」

「やっぱりな。俺の見立て通りだろう」

上木が満足そうに言った。上木も日本選手権での成績にいち早く注目して、岩谷に「神崎を狙え」と指示してきたのだ。

「しかし、円盤投にはもう秋野がいるじゃないですか。彼は、うちとはそれなりにつき合いも長いでしょう?」杉山が反論した。

「もう五年ですね。もちろん、大型契約じゃありませんが」岩谷は答えた。

「勝てない——オリンピックにも出られそうにない競技の選手を何人も抱えても、しようがないですよね」

杉山が皮肉を吐《は》いた。杉山は、上木に比べるとずっと現実的だ。選手との契約については、「一年ごとにきっちり見直すべき」というのが持論で、複数年契約を嫌っている。スポーツ選手はいつ怪我で駄目になるかわからないし、急激に成績が衰《おとろ》えることもあるから、投資を無駄にしないためには、一年ごとにちゃんと成績を精査して契約を見直すべし——彼のいう通りにしたら、担当者の仕事は飛躍的に増えてしまう。

「営業部としてはどうなんだ?」上木が杉山に話を向けた。

「私も話を聞いたばかりですから、しっかり分析して、それからですね」

「やれよ」上木があっさり言った。

「いや、しかし……」途端に杉山が渋い表情を浮かべる。

「あのな、うちが野球やサッカー、短距離の選手に食いこめる可能性は低いぞ」

「営業は頑張ってますよ」杉山が反論する。

「現実を見ろ」上木が指摘した。「勝負の年は二年後——二〇二〇年だから、まだ時間はある。スターと契約するんじゃなくて、こっちがスターを作ったらどうだ」

「それ、メーカーの仕事なんですかね。代理店がやりそうなことですけど」杉山が首を傾《かし》げる。

「もちろん、うちがやるんだ」上木が自信たっぷりにうなずく。「今までアディダスやナイキがどんな風に広告塔を育ててきたか、思い出せ。そういうのは、新入社員研修の最初に教わることだぞ」

「私は新入社員研修は受けていませんが」

ムッとした口調で杉山が反論した。杉山は国内最大手のスポーツ用品メーカー、カジマからの転職組で、「基礎はわかっているだろう」という理由で研修は免除されていた。

「とにかく、うちはスーパースターが欲しいんだ。看板になる選手が必要だ。本当に二刀流でやってくれるなら、神崎というのは悪くない選択だな。今後はスポーツ紙も盛んに取り上げるだろうから、いいチャンスだよ。メディアが注目しているうちに、一気に攻めるべきだ。この際、金はいくらかかっても構わない」

杉山と違い、上木は基本的に「どんどんやってみろ」と言うタイプである。二人の上司の意見が食い違い、下にいる岩谷が右往左往してしまうこともよくあったが、この件に関しては、杉山を飛ばしても上木の指示に従うつもりだった。

岩谷は、持ってきた資料の中から新聞の切り抜きを取り出し、テーブルの上に広げた。日本選手権翌日のスポーツ紙……あの日、一面は全てプロ野球だったが、裏一面で陸上日本選手権を取り上げている新聞も何紙かあった。メーンは日本新記録を出した秋野だが、それ以上に大きく神崎を取り上げているところも……もちろん、見出しは「二刀流」だ。

「ほら、もうスポーツ紙はアゲアゲじゃないか」上木が、どこか嬉しそうに言った。

「彼らは、目の前の出来事に即座に反応しますからね」アゲアゲは古い言い方だなと内心苦笑しながら、岩谷は応じた。

「他社はどうだ？　アディダスやカジマ辺りに先を越されたくないな」

「もちろん各社とも注目していると思いますが……」

「早くきちんと接触しろよ。今日にでも。もう帰国してるんだろう？」上木が急《せ》かした。

「いやいや、上木さん」杉山が呆《あき》れたように言った。「急過ぎませんか？　まだ営業部の会議でも決定していないんですよ」

「俺がいいと言ったらいいんだよ」上木が少し苛立《いらだ》ったように言った。「こういうのはスピード勝負だぞ。スポーツ用品メーカーが、だらだらやっててどうするんだ――神崎は今、東京にいるのか？」

「ええ」

「今はＪＥＴジャパンとはプロ契約じゃなくて、あくまで社員選手なんだな？」上木が紙面に視線を落とした。

「ちょっと複雑なんです。陸上に関してはＪＥＴジャパンの陸上部所属ですが、七人制ラグビーでは、協会と専任選手契約を結んでいます。普段の練習場所は、ＪＥＴジャパンのラグビー部ですが、十五人制の試合には出ていません」

「そういう専任契約があるのか」上木が目を見開いた。

「東京オリンピックのためなんですよ。多くの七人制の選手は十五人制の選手も兼ねていて、トップリーグの試合にも参加しますけど、七人制の中心になりそうな選手に関しては、協会と専任契約にして、七人制の方の合宿や試合に集中してもらう狙いです」

「なるほど」

「彼の場合、七人制の合宿や遠征に行っていない時は、ＪＥＴジャパンのラグビー部で練習しています。時間が空けば、陸上部でも」

「えらくタフな奴だな」上木が呆れたように言った。

「それは間違いないですね……とにかく、しばらくは東京にいると思いますよ」

「ＪＥＴジャパンも、彼を売り出したいんじゃないかね」

確かに、JETジャパンとしても悪くない話のはずだ。自社の所属選手がオリンピック出場となれば、宣伝効果は抜群である。ただし半導体メーカーにとって、宣伝がどれだけ大事かはわからないが。

「なるべく急ぎますけど、まず、周囲を固めてからでいいですか？」岩谷は、杉山ではなく上木に向かって言った。部長を飛ばした方が話が早い。後で何を言われるか分からないが、「杉山外し」で事を進めた方がいいだろう。

「周囲とは？」

「神崎選手との関係で言うと、陸上部のヘッドコーチの山口さんには懇意《こんい》にしてもらっています」

「そうか……何か、切り札はあるのか？」

「ええ」岩谷は新聞をまとめて立ち上がった。「秋野選手です」

JETジャパン陸上部は、千葉県に広いグラウンドを所持している。本格的な陸上競技場というわけではない——スタンドはないのだ——が、まだ新しく、トラックの青も芝の緑も目に痛いぐらいの鮮やかさだ。ゴールドゾーンが契約している秋野と面会するため、年に何度かはここを訪れるから、岩谷にも馴染《なじ》みの場所である。とはいえ、契約は極めて小規模だ。ゴールドゾーンから秋野に渡る金は、年五十万円ほどで、合宿や遠征の足しになるかならないか、という程度に過ぎない。もちろん、ウェアやシューズは提供しているが。

昼過ぎ、まだグラウンドにはほとんど選手がいない。本格的な練習が始まるのは午後二時ぐらいから……午前中の業務を終え、近郊の事業所から選手たちが集まって来る。

しかし、山口はいち早くグラウンドに来ていた。彼はＪＥＴジャパンの社員ではなく、ヘッドコーチとしてプロ契約を結んでいるので、自分の時間全てを陸上部のために使っている。午前中は、グラウンドの隣にあるクラブハウスでデータの分析や練習方法の検討などを行い、午後から夜にかけては練習を見守るのが典型的な一日だった。もちろん、陸上は各種目に専門のコーチがいるから、山口が一々全員に口出しするわけではないのだが。山口本人の専門は長距離であり、マラソンと駅伝の指導に最も時間と力を割《さ》いている。

「コーチ」

岩谷は声をかけた。山口は「監督」と呼ばれるのを嫌う。「ヘッドコーチ」が正式名称なのだが、それだと長いので、周りには「コーチ」と呼ばせている。岩谷たちチームの「外」の人間も、いつの間にかそれに倣《なら》うようになった。

「やあ」

　山口がさっと右手を上げる。今年五十歳。陸上一筋の人生で、多くのチームで有望な選手を何人も育て上げてきた。いわゆる名伯楽だが、その割に腰が低く、初対面の相手にも礼儀正しい。しかしその実態は、かなり皮肉っぽく扱いにくい人間だ。初対面の人間にきちんと対応するのは、相手の出方を見極めるためだろう。

　七月。数日前に梅雨が明けて、容赦なく夏の陽射《ひざ》しが降り注いでいる。山口は、小さなベンチに座っていた。気温は三十度を超えており、じっとしているだけでも汗が噴き出すほどなのに、山口は平然としている。長い間外で活動しているうちに、暑さに対する耐性がついたのかもしれない。

「座んなさいよ」

「失礼します」

　一礼して、岩谷は山口の横に腰を下ろしたが、慎重に距離を置く。今日の山口の機嫌はまだ読めない。山口は特に表情を変えることなく、傍に置いたクーラーボックスを開け、スポーツドリンクを取り出して渡してくれた。冷たいペットボトルを受け取り、頬に当てたいという気持ちを抑えながら、キャップを捻り取る。

「サンフランシスコに行ってました」

「神崎の追っかけかい？　今回は残念な結果だったな」

「あれが、今の代表の実力だと思います」

「フィジーは強かったな。驚いたよ」

「七人制の強豪チームですからね……神崎選手から、何か連絡はありましたか？」

「メールが来たよ。帰国して、今は休んでるんじゃないかな」

「その辺、裁量制なんですか？」

「あいつは、自分で自分を律することができる男だからな……で？　今日は神崎の話なのか？」

「ええ」岩谷はペットボトルを股の間に置いた。「こんなことをコーチにお伺いするのは何ですが、他社さんから神崎選手に接触はありませんか？」

「今のところはない。少なくとも俺は把握していない」

「そうですか」ほっとして、岩谷はスポーツドリンクを一口飲んだ。

「あんた、神崎を取りに行くのか？」

「取りに行くなんて……」岩谷は苦笑した。「丁寧にお願いしてサポートさせてもらう、それだけですよ。弊社《へいしゃ》のイメージアップにつながれば、それでいいんです」

「おたくは、今もシューズが主力だろう？」

「ええ」

「投擲競技用のシューズに、どれだけ需要がある？」

この指摘には、思わず苦笑してしまった。円盤投、ハンマー投、やり投、砲丸投

──投擲競技の選手が、日本全体でどれほどいるか。山口は暗に「商売になるまい」と言っているわけだが、それは認めざるを得ない。

一番売れるのは──商売になるのはランニングシューズだ。ジョギング、マラソン人気は依然として高いし、デザイン性に優れたものはタウンシューズとしても使える。ゴールドゾーンの現在の主力製品も、新素材のソールを使ってクッション性と軽さを両立させたランニングシューズ「ＨＡＹＡＴＥ」シリーズだ。

「おたく、そもそも投擲用のシューズ、作ってたかい？」

「基本、陸上競技用は全種目揃えてますよ」

「ラグビーのスパイクは？」

「今まさに開発中です」

「商品もないのに契約を結ぼうとしてるのかい？　新しい競技用のシューズの開発なんて、相当時間がかかるだろう」山口が指摘した。

「いや、サッカーのシューズがあれば、そこからアレンジしてラグビー用を開発するのは難しくないんです。もう、開発は最終段階に入ってますよ」

「そんなに簡単なのかい？　全然別の競技に見えるけどね」山口が首を傾げる。

「昔は、ラグビーのスパイクは用途によって三種類あったんです。くるぶしまでカバーできるハイカットが、フォワードの第一列、第二列用」

「スクラムなんかで踏ん張れるように、か」

「仰《おつしや》る通りです」岩谷は思い切りうなずき、話を合わせた。「フォワード第三列用に、ミッドカットというのもありましたね。ちょうどくるぶしの高さぐらいで、密集プレーにもランニングプレーにも対応できる……それが今は、ほとんどがサッカー型のローカットのスパイクになりましたね」

「何か変化があったのかい？」

「走りがより重視されるようになってきたんです。ハイカットのスパイクだと、やはりスピードが犠牲になりますからね。フォワード用とバックス用の違いは、スパイク部分が交換式か固定式か、ぐらいになってます。交換式の方が踏ん張りがきくから、フォワードの連中が好んで使いますね」

「なるほどね。その程度なら、サッカーシューズの改良で何とかなるわけだ」

「多少の補強と改良が必要ですが……バックスの選手の中には、サッカー用のスパイクを使う人も少なくないんです」

昔……岩谷がラグビーを始めた二十数年前は、スパイクは重く硬かった。踏まれることを前提にアッパーは分厚く、特に爪先部分には補強が入っていて、なかなか足に馴染んでくれなかった。七人制ラグビーの場合、よりランニングプレーの比重が高いから、フォワード、バックス関係なく、軽く柔らかいシューズを好む傾向にある。

「もちろん、シューズだけじゃなくてアパレルでの展開も考えていきますけどね。一般受けするのは、そういう商品ですから」

「なるほどな」関心なさそうに言って、山口が両手を組み合わせ、肘を膝《ひざ》に置く。前屈《かが》みになると、拳の上に顎を載せた。「まあ、練習の邪魔にならない程度でやってくれ。俺がどうこう言う問題じゃない——つまり、俺が神崎にゴールドゾーンを推薦するのは筋違いだろう」

岩谷はうなずきながら、がっかりしていた。親しくしているとは言っても、そこまで便宜《べんぎ》を図ってくれる気はないようだ……岩谷は平静を装い、質問を続けた。

「そもそも神崎君は、どういう選手なんですか」

「さあ」

とぼけているのか？　岩谷は山口の顔をちらりと見た。表情に変化はない。どこか惚《ほう》けたような、本音を読ませないような顔。

「コーチがご存じないとしたら、誰が知っているんですか」

「ラグビー部の連中の方がわかるんじゃないかな。元々あいつは、ラグビーでJETジャパンに入ったんだし」

「でも、今は籍がありませんよ」

「それでも、知り合いが多いのはラグビー部だから。今でも練習はあそこでやってるんだし」

「JETジャパンのラグビー部は、カジマの独壇場なんですよねえ」岩谷は頭を掻いた。「何しろユニフォームのサプライヤーですから」本来自分の得意な競技なのだが、なかなか踏みこめないのが悔しい。

「それでも、あんたが話できる人間ぐらいはいるんじゃないか？」

「ええ、まあ」

「だったら、さっさと動くんだね」山口がポンと膝を叩いた。「これから、神崎は神輿《みこし》に乗るぞ」

「神輿？」

「あんたたち、マスコミ、一般のファン……ラグビーと円盤投の二刀流なんて、わかりやすく目立つだろう。新ヒーローの誕生だよ」

「それでオリンピックが盛り上がれば、最高じゃないですか」

「ただし、ヒーローは常に使い捨てされるんだけどな。俺は今まで、そういう選手を何十人も見てきたよ」

使い捨てはひどくないか、とかすかに憤慨《ふんがい》しながら、岩谷はグラウンドを後にした。クラブハウスの前を通り過ぎた時、ちょうど出て来た秋野と出くわす。

「秋野さん」

「ああ、岩谷さん」

秋野が穏やかな笑みを浮かべる。日本選手権で優勝して、オリンピック参加標準記録突破が視野に入ってきたベテランだが、それぐらいでは興奮しないのだろう。まあ、秋野はいつも落ち着いたものだが。

百八十二センチ、九十キロの堂々たる体軀《たいく》で、上半身の厚み、それに太ももの張りが目立ついかにも投擲選手らしい体型なのだが、表情は常に穏やかで、試合中も変わらない。スーツを着ていると、ただの「ガタイのいいサラリーマン」にしか見えないぐらいだった。

「誰かいい人、みつかりました？」独身の岩谷に対して、この挨拶は秋野の定番だった。

「いやあ」岩谷も定番の返し——苦笑するしかない。「それより改めて、日本選手権の優勝おめでとうございます」

「いいライバルがいたから」

「神崎ですか？」

「そうですよ。同じチームに有望な若手がいると、背中を蹴飛ばされるみたいで気合いが入ります」

「でも彼は、常時陸上部で練習しているわけじゃないでしょう？」

秋野が困ったような表情を浮かべ、居心地悪そうに両手を揉み合わせる。

「そういう人間に追い上げられるんだから、困りますよね。世の中には、天才っていうのがいるんですね」

「だけど、投擲は極めて専門的な競技じゃないですか。才能だけでやれるものじゃないでしょう」

「いや、才能だけでもやれるんですよね……ある程度は」秋野がゆっくりと首を横に振った。「もしもあいつが本気で、高校時代から円盤投をやってたら、もうオリンピックに出ていたかもしれない」

「とはいえ、本業はラグビー――七人制では日本代表ですからね」

「――これから、二刀流が是か非か、みたいな議論が盛り上がるんでしょうね。マスコミはそういう話題が大好きだから」

「ええ。スポーツ紙に煽《あお》られないように気をつけますよ」岩谷はうなずいた。

「まあ……私はどう判断していいかわかりませんけどね。小学生の頃、野球もサッカーも上手いスポーツ万能の奴、いませんでした？」

「いましたね」

岩谷自身は手先が不器用で、野球はさっぱりだった。かといって、サッカーも上手くならなかった……ラグビーに出会わなければ、スポーツとは縁のない人生を送っていたかもしれない。ラグビーは全身でやるスポーツであり、どんな体格の選手でもどこかのポジションにはフィットできる。岩谷は、足の速さと体の頑強さには自信があったから、バックスのプレーに生きがいを見出すことができた。

「スポーツ万能の子どもも、いつかは一つに絞りこむんですよね」秋野が何故か、しみじみとした口調で言った。

「日本の場合、それも早いですよね。小学校でもう、野球かサッカーか、進む道が決まってしまう」

「本当に運動神経がよくて体格もいい人間は、だいたい野球に行きますけどね」

「野球界の人材を他へ適当に分配できたら、日本のスポーツ界は各競技でもっとレベルが上がりますよ」

「野球は独禁法に違反してるんじゃないかな」

二人は声を上げて笑った。友人ともビジネスパートナーとも言えないこの関係が、岩谷には心地好い。

秋野とのつき合いは、もう五年になる。岩谷が現役を引退し、ゴールドゾーンに転職して最初に担当した選手が秋野だった。実は、大学の先輩後輩という縁があるのだが、競技が違うために、岩谷は秋野の大学時代をほとんど知らない。

初めて会った時、秋野は既に二十八歳。岩谷より四歳年下だったせいか、やけに丁寧に接してくれたのを覚えている。一方、その落ち着いた態度に触発されて、岩谷の方でも彼に対しては自然に敬語で話すようになり、それは今に至るまで変わっていない。選手とスポンサーの関係は微妙なもので、全盛期にある時はあくまで選手の立場が上なのだが、契約内容に関してはスポンサーは絶対に譲らない。しかし二人は、時には長年取り引きを続けているビジネスマン同士のように、時には同じ競技で切磋琢磨《せっさたくま》してきた先輩後輩のようなつき合いを続けてきた——ただし二人とも、必ず敬語を使い合う。

「そろそろオリンピックを意識しないといけませんね」岩谷は指摘した。

「いや、まだまだ……参加標準記録は、そんなに簡単に突破できませんよ。高い壁です」

確かに。最低でも六十六メートル投げないと、オリンピックには出られない。しかし秋野が持つ日本記録でも、そこにまだ三メートル近く足りないのだ。世界とはかなりレベルの差がある。

それ故、秋野と契約を続けていることに難色を示す人間が社内にいることは、岩谷にも理解できる。オリンピックに出られる可能性が低く、しかもマイナーなスポーツの選手をサポートしても、会社にメリットがあるかどうか……それはもっともだ、と岩谷も思う。しかし秋野は、自分がこの仕事を始めて最初に契約を交わした選手だけに、思い入れは他の選手よりもずっと強い。

たいていの選手は、スポンサー契約を名誉なことと考えているようだ。メーカーが接触してくると、選手として一段格が上がったように感じるらしい。

しかし秋野は舞い上がらず、傲慢《ごうまん》にもならず、常に謙虚《けんきょ》……何かとでかい口を叩く選手が多い中、秋野のように腰の低い選手の存在は新鮮で、しかも態度が一貫しているのも、好感度が高い理由だった。

「神崎の方が、可能性はありそうですよ」

「そうですか？」この話を上手く転がしていきたい、と岩谷は思った。

「しっかり円盤投の練習に専念して、大会に出続ければ……でも、世論は『二刀流』を支持するかもしれませんね」

「日本人では極めて珍しいタイプですけど、見る方の抵抗感は少なくなっていますかね」岩谷はうなずいた。

「私としては、こっちに専念して欲しい――本音ですよ」秋野が円盤を撫《な》でた。「参加標準記録、狙えるんじゃないかな。あれだけの体格の選手が円盤投に取り組んでくれるだけで、ありがたい話です」

「ライバルを持ち上げなくてもいいじゃないですか」岩谷は苦笑した。

「いや、彼はまだ若い。多くの可能性があるんだから……一緒に練習していても、空恐ろしいぐらいですよ」

「何言ってるんですか。秋野さんにもまだまだ頑張ってもらわないと」

「それはもちろん——でも、若い選手は必ず出てくるものですよ。それがスポーツというものでしょう?」

「ええ」世代交代か。いや、そもそも秋野自身、今が絶頂期ではないか。

「実は、神崎選手との契約を狙ってるんですよ」

「彼と話しました?」

「何度かは。でも、まだきちんと説明できていません」

「難しいんじゃないかな」秋野が首を捻る。「ちょっと変わった奴だし」

「そうですか?」

「じっくり話せばわかりますよ」秋野が含み笑いした。

「ちょっとつないでもらえるとありがたいんですけど……どうですか?」

「岩谷さんの頼みなら話はしますけど、どうかな」秋野が真顔で言った。「上手くいくかどうか、保証はないですよ」

「それでも、できれば」岩谷はうなずいた。

「まあ、岩谷さんのためなら、機会を見て話しておきますよ——じゃあ、練習があるので」

「また今度、飯でも食べましょう。日本新記録のお祝いもしてないし」

「どうも——ありがたいですね」

秋野が笑みを浮かべて一礼し、グラウンドに出て行った。走って、投げて、それが終わるとひたすら筋トレ——長年続いてきた、同じような日々。それに耐えられる精神力こそが彼の強さかもしれない。

秋野の後ろ姿は、真夏の日差しの中で輝いているようだった。

3

岩谷はすぐに、ＪＥＴジャパンラグビー部のグラウンドに移動した。

ＪＥＴジャパンは関東地方各地に、自社の運動部の練習施設を持っており、陸上部と野球部のグラウンドは習志野《ならしの》市に、ラグビー部のグラウンドは調布《ちょうふ》市にある。

電車の中で、神崎について調べたメモを改めて見直した。一九九二年生まれ、今年二十六歳。ということは、東京オリンピックは体力的、経験的にアスリートとしてピークに入る二十八歳で迎えることになる。アスリートには、こういう「巡り合わせ」も大事だ。

出身は東京都。しかし七歳から十二歳まで——ちょうど小学校の時期を、オーストラリアで過ごしている。商社に勤務する父親の海外赴任についていったのだが、これが彼の運命を決定した。

オーストラリアといえば、南半球において、ニュージーランド、南アフリカと並ぶラグビー強国である。日常の中にラグビーがあり、子どもの頃から楕円球に親しんでいる——神崎もその例に漏れなかった。七歳の時からラグビーを始め、オーストラリアでの小学校生活は、ほぼラグビー漬けだったと言っていい。帰国して日本の中学校に入った時には、既に身長百七十五センチ、体重も八十キロあった。

中学、高校でもラグビーを続け、高校では二年、三年と連続で花園《はなぞの》に出場している。高校時代に身長は百八十九センチまで伸び、フォワードの第二列・ロックとして活躍した。恵まれた体格を利した突進力、さらにフォワードらしからぬ走力と器用さを備え、将来は日本代表の第三列としての活躍を期待されるまでになった。

その神崎に第一の「転機」が訪れたのは、高校三年の夏だった。ラグビー選手にとって夏は、きつい合宿の時期なのだが、神崎はその合宿を抜け出す格好で、突然インターハイに陸上選手として参加したのである。

当時この件は、かなりの驚きを持って迎えられた。何しろ、花園に出場経験のある選手が、ラグビーを続けたまま円盤投で全国大会に出場したのだから。この時はラスト八人に残り、最後の投擲で五十七メートル一〇の記録を叩き出した。優勝は他の選手に譲ったものの、堂々二位に入っている。

投擲では時に、複数の種目——円盤投とハンマー投とか——で好成績を残す選手がいるが、ラグビーと円盤投では、求められる能力も練習方法もまったく違う。意外な組み合わせの「二刀流」だった。

岩谷はこの時のニュースをたまたまスポーツ新聞で読み——当時はまだ現役のラグビー選手だった——思わずニヤリと笑ってしまったものだ。ラグビーを「主」とする選手が、「遊び」で出たインターハイで優勝に迫る記録を出した。これはつまり、ラグビー選手の身体能力の高さを証明するような出来事ではないか。一方、陸上競技界では、このニュースは大きな驚きとかすかな苛立ちを持って迎えられたようだ。投擲の競技人口は少ないが、それぞれが専門性を持ち、必死に練習している。それがいきなり、「ぽっと出」の他の競技の選手に負けるとは……岩谷は、同じ職場の同僚で、元陸上部の選手に感想を求めたのだが、彼は渋い表情で「まぐれだろう」と言うだけだった。

その頃読んだ記事の内容は、今でも覚えている。神崎は中学校の時から、たまに陸上部の練習に参加して円盤を投げていたらしい。最初のきっかけは、陸上部の監督に声をかけられたことだった。監督は神崎の大きく頑強な体に目をつけ、「ちょっと投げてみろ」と強引に声をかけたのだという。神崎も素直なもので、少し基本を教わっただけで、いきなり五十メートルを超える記録を出した。

とはいえ当時、中学男子が使う円盤は一キロで、一般男子の半分の重さだった。しかしそれを差し引いても、初めて投げて五十メートル超えというのは尋常ではない。

残りの中学生活は、「本格的に陸上に転向しないか」という誘いとの戦いだったようだ。しかし本人の弁によると「当時はラグビー一筋でした」。体も出来上がってきて、ようやくラグビーの本当の面白さがわかりかけてきたところだったという。

しかし陸上界は、彼を放っておかなかった。高校進学でさらに誘いは激しくなる。中高一貫の私立だったので、「遊び」で五十メートルを投げた噂は、当然高校の陸上部にも及んでいたのだ。神崎は高校進学とともにラグビー部に入ったのだが、陸上部からの誘いが絶えることはなかった。その、二年越しのラブコールに応えてのインターハイ出場――そこでいきなり結果を出したこの男は何者なのか、と岩谷は呆れた。

神崎は大学進学を機に、再びラグビーに専念した。そこには彼なりの計算もあったのだろう。ラグビーなら日本代表も狙える。同時に彼はこの頃、七人制の魅力にも目覚めていたようだ。高校の時から七人制の大会に出て、そこでは水を得た魚のようにプレーしていた――「十五人制の練習」としてではなく、七人制に独自の面白さを見出したのだろう。

しかも七人制は、オリンピック競技に選ばれていた。ラグビーにはワールドカップもあり、日本代表に選ばれて出場することは大変な栄誉なのだが――日本代表一歩手前まで行った岩谷にはよくわかる――残念ながら日本での注目度はそれほど高くない。オリンピックの方が、間違いなく目立つ。

神崎は大学に入ると、徐々に七人制にシフトしていった。もちろん中心は十五人制だが、七人制の大会にも積極的に参加して実績を積み重ねていったのである。そして、大学卒業後にはリオ五輪の日本代表に選ばれ、フォワードの中心選手として活躍した。

所属は実業団の名門・JETジャパン。十五人制の選手としてトップリーグでも活躍していたものの、七人制への思いは強く、今年になってJETジャパンに社員として籍を置いたまま、協会と契約を交わして七人制で東京オリンピックを目指すことになった。JETジャパンが、会社を挙げてスポーツ活動に力を入れていて、こういうやり方にも理解があるからこそ実現できた挑戦である。

岩谷はリオ五輪以降、神崎の情報を収集し、何度か接触してきたが、これが相当面倒だった。プロ野球やJリーグなら、代理人を通せば簡単に話が進むし、向こうも大型契約を欲しがるから、問題は金額と契約期間に絞られる。極めてビジネスライクな話だ。

　ところがアマチュア選手の場合、代理人が入らず、選手と直接話をすることになるので、かえって難しくなる。向こうは金の話などわからないから、説明するのも大変だ。それにチームスポーツでは、チーム単位でスポンサー契約することも珍しくなく、そういう場合は個人へのアプローチがさらに困難になる。

　ただしシューズだけは別だ。プレーに直結するものであり、個人の好みもあるから、チームとしても全選手に特定のメーカーを強制するわけにはいかない。まさに狙い目なのだが、新興メーカーのゴールドゾーンには、先行する他メーカーを出し抜く機会が少ない。人間は保守的――特にスポーツ選手はそうだ。一度馴染んでしまったものなら、そのままずっと使いたがる。新製品が出ると必ず飛びつく新しもの好きもいるが、少数派に過ぎない。

　岩谷がゆるゆると神崎に対する対応を進めている最中、今年の陸上日本選手権への出場が突然決まったのだった。高校以来の全国大会出場で、岩谷はこの情報をどう判断していいか、わからなかった。山口たちにも話を聞いたのだが、いつもながらのおとぼけで「出るみたいだよ」と言われただけだった。ラグビー部の連中も同じ。どうも関係者は全員、神崎の扱いに困っているようだった。

　とにかく情報を収集しないと。

　岩谷は調布へ向かう前、ＪＥＴジャパンラグビー部のマネージャー、桐山《きりやま》加奈子《なこ》に連絡を入れていた。学生時代はラクロスの日本代表に選ばれたこともある選手だったが、ＪＥＴジャパンに就職したのをきっかけに、競技生活からは身を引いた。膝を痛めていたのが直接の原因である。会社では総務部に籍を置いて通常業務をこなすと同時に、ラグビー部の面倒を見ていた。実はマネージャーはもう一人いる。秋川《あきかわ》という四十歳ぐらいのベテランで、彼が「主任」なのだが、岩谷はこの男とはどうにも馬が合わなかった。とにかくクソ真面目で固く、融通が利かない。ＪＥＴジャパンラグビー部は、長年カジマとユニフォームなどのチーム契約を結んでおり、秋川は他のメーカーが入ってくるのを嫌っている。少しでも有利なスポンサー契約を提示する方とつき合うのもマネージャーの仕事だと思うのだが、彼は監督の橋田《はしだ》を守ることを最優先にしているようだ。雑音をシャットアウトして、指導に専念させる――それが何より大事だと信じて、ガード役に徹しているらしい。スポンサー契約の煩《わずら》わしい話など、監督の耳に入れる必要はない、とでも思っているのだろう。実際、岩谷も橋田と直接話したことは一度もなかった。

しかし加奈子とは話ができる。もちろん、秋川の目が気になるから、グラウンドで堂々と話すわけにはいかないのだが、外ならば問題ない。そして加奈子は、無類の食いしん坊だった。食べさせておけば機嫌はいいし、よく喋る。

岩谷は最初、ラグビー部のグラウンドに顔を出した。メーカーの人間が見学していても文句を言われることはないが、何となく居心地が悪い。隅の方で、なるべく秋川と目が合わないようにしながら練習を見守った。

こういうこと――自分も長年取り組んできたきつい練習が、最近は既に懐かしく感じられるようになっている。今は、夏合宿前の少し「緩い」時期なのだが、接触プレーの練習では、選手は基本的に手を抜けない。タックルバッグにぶつかっていく基本的な練習でも、手を抜けば怪我しかねないからだ。常に真剣に全力を出すことで、怪我は防げる。

フォワードの連中の当たりはさすがに強烈だ。タックルバッグにぶつかる鈍い音がした直後、ぐっと押しこんでいく。巨漢の外国人選手の場合、相手が二人がかりでも押し続けて、タックルバッグごとなぎ倒してしまう。

岩谷は元々バックスだったので、どうしてもそちらの練習が気になる。今年は、城《じょう》南《なん》大から期待のフライハーフ、高野《たかの》を獲得していたので、彼の動きに注目した。百八十五センチと大柄で、パスしてよし、突っこんでよし、蹴ってよしの万能選手である。最近はどこのチームでも、フォワード・バックス一体となってボールをキャリーしていくランニングラグビーが主流だが、やはり攻撃の起点はフライハーフである。フライハーフが自在にバックスラインを動かせるチームは、攻撃の選択肢が増える。高野は、近い将来日本代表入りするだろう。早ければ来年のワールドカップで……

日本でのワールドカップが代表デビューになれば、最高のスタートだ。そのためには、まず今年のトップリーグで結果を残さなければならない。今のところコンディションもよさそうだし、動きにもキレがある。

彼の足元は、カジマのスパイクである。カジマは多種多様なスパイクを用意しているから、どんなプレーヤーでも自分のスタイルに合う一足を見つけられるのだが……ライバル社の人間としてはやはり悔しい。

練習が終わると、グラウンドで短いミーティングがある。橋田を中心に選手の輪ができたが、彼が何を話しているかまではわからない。橋田は元々、大声を上げて選手に気合いを入れるようなタイプではないのだ。ラグビーの場合、監督は試合中はプレーに口出しできない。試合は選手のものであり、監督はスタンドに陣取って、選手交代の指示を飛ばすだけ――それを徹底しているせいか、橋田は練習中も決して声を張り上げず、静かに話す。ある選手が以前、「何を言っているか聞こえないことがあるんですよ」と零《こぼ》していた。

短いミーティングの最中に、岩谷はグラウンドを離れ、桜堤《さくらづつみ》通りに出て加奈子を待った。練習が終われば彼女の仕事も終わりだ。加奈子は、選手たちより一足先に姿を見せた。

加奈子は百七十センチ近い長身で、ラクロスから引退して五年以上経った今でも、すらりとした体型を保っている。細身のジーンズにTシャツというラフな格好で、歩き方が堂々としているのが好ましい。背が高いとはいっても、モデルではなく、アスリートの歩き方だ。

「岩谷さん、車じゃないんですか」

「今日はね」時に営業車を運転してくることもあるが、今日は電車移動だった。

「じゃあ、暑いのに歩かなくちゃいけないんですね」うんざりしたように加奈子が言った。

「でも、いつもここへは歩いて来てるんだろう？」

「それは業務ですから」

ラグビー部の練習は、基本的に午後遅くから始まる。ほとんどの選手はプロ契約しておらず、JETジャパンの社員なので、会社の仕事を「それなりに」こなしてから、調布の多摩川《たまがわ》沿いにあるグラウンドに集まる。加奈子も例外ではなく、新宿にある本社での仕事を終えてから、グラウンドまでやって来るのだ。京王線に乗っている時間はそれほど長くないが、グラウンドは最寄駅の調布からもかなり遠い。選手たちは自転車を駅に預けて、それを利用したりしているようだが、加奈子はバスだった。

「こんなに暑いと、へばっちゃいますよ」加奈子が右手で顔を扇《あお》いだ。

「まあまあ、そう言わないで」実際には岩谷もへばっていた。この時間でも、気温は三十度を軽く超えている。グラウンドで強い日差しを浴びて汗をかいた後で歩くと、ワイシャツがまた濡れてしまうだろう。営業は歩いて汗を流してこそ――よくそう言われるが、さすがにこの季節はきつい。本音を言えば、さっさと家に帰ってシャワーを浴びたかった。

「近くに、美味《うま》いハンバーグの店ができたそうだね」

「あ、チェック済みですか」加奈子が急に機嫌をよくしてニコリと笑った。

「もう食べた？」

「行きました。いいですよ、自由にグラム数を選べて」

「どれぐらい食べたの？」

「一ポンド」

四百グラム以上か。現役時代だったら岩谷も軽く平《たい》らげていただろうが、今は無理だ。スポーツ選手は、現役を引退しても食欲は衰えず、あっという間に太ってしまったりするのだが、岩谷の場合、引退した途端に、急に食べる量が減った。筋肉も自然に落ちてきて、今は身長百七十八センチの人間としてはごく標準的な体型になっている。

悪いことではない。現役時代はかなり無理して食べ、ハードなトレーニングを重ねて筋肉の鎧《よろい》を作ってきたのだ。こういうやり方は、実は内臓に重い負担をかける。引退後の力士が病気に悩まされることが多いのも、無理に体を大きくしているからだ、とよく言われている。

十分ほど歩いて、品川《しながわ》通り沿いにあるハンバーグ専門店に入った。ファミリーレストランのような感じだが、チェーン店でないことは事前に調べてわかっていた。店はほぼ満席で、地元の人たちに人気なのも理解できる。いや、かなり大きな駐車場が埋まっていたから、他県からわざわざ車で来る人もいるのかもしれない。幸い、窓際にある四人席が空いていた。

メニューはシンプルだった。加奈子が言う通り、ハンバーグはグラム数で選び、あとは卓上のソースで自由に味つけする。他のメニューは、ドリンクや酒のつまみに合いそうな軽い料理ばかりだった。ある意味、非常に潔《いさぎよ》い——岩谷は用心して、三百グラムにした。加奈子は一ポンド。これにサラダバーとライス、ドリンクがついて、岩谷は二千円、加奈子は二千五百円。どちらかというと安い印象で、味は期待できないだろうな、と岩谷は思った。

二人はサラダを山盛りにした。野菜はいくら食べても問題ない——しかもここのサラダバーは、レタスときゅうり、トマトしかないような貧弱なものではなく、それだけで十分腹が膨《ふく》れそうなほど多種多様な素材が揃っていた。見たこともないような野菜も……何だか美味そうなので、たっぷり取って席へ戻る。

「あ、アイスプラント、取ったんですね」加奈子が嬉しそうに言った。

「アイスプラント？」

「これです」加奈子が、自分の皿にも盛っている、分厚い葉野菜をフォークで刺した。表面に細かいつぶつぶがある。「塩味がするんですよ。どうしてかはわかりませんけど」

噛み締めてみると、確かに少し塩気を感じる。多少物足りないが、ドレッシングなしでも何とか食べられるぐらいだった。

加奈子が旺盛《おうせい》な食欲を発揮して、もりもりとサラダを食べる。見ていて気持ちいいが、何故彼女がまったく太らないのか、わからない。

「何か、運動は？」気になって、つい訊ねてしまった。

「気が向いたら家の周りを走るぐらいですけど、さすがに七月、八月は無理です」

「あっという間に熱中症になりそうだね」

「健康のために走るはずなのに、倒れたら本末転倒ですよね」

「まったくだ。最近の暑さは異常だよ」

その暑さを増幅させるように、鉄板の上でバチバチと派手な音を立てながらハンバーグがやってきた。三百グラムでもかなり大きい……加奈子の一ポンドは、「巨大」としか言いようがなかった。真ん中をナイフで切ると、肉汁が鉄板の上に流れ出して、さらに激しい音を立てる。香りも際立ち、それだけで腹が鳴るようだった。

「ソースを一つずつ試して下さい。途中で味変すると、三百グラムぐらい、楽に食べられますから」加奈子がアドバイスした。

卓上に置かれたボトル入りのソースは五つ。「オニオン」「ニンニク醤油」「カレー」「デミグラス」「ポン酢」。さらに塩も三種類あって、味は何回でも変えられそうだ。岩谷はまず、一番無難そうな「オニオン」のソースを試した。甘い味わいが食欲をそそり、このままでも全部食べられそうだったが、加奈子の勧めに従い、カレー以外のソースをそれぞれ試してみる。岩谷はカレーライスは好きだが、カレー味のもの――カレー南蛮もスナック菓子も好きではなかった。

最後は塩と胡椒に戻る。塩は「トリュフ塩」で、さすがに本物のトリュフほどの強い香りはないが、それでも意外にライスに合う。結局、息もつかずに三百グラムのハンバーグを食べきってしまった。

「ちょっと多過ぎたかな」岩谷は胃の辺りを掌で撫でた。

「普通に食べてたじゃないですか」

「一杯一杯だよ」

食後のアイスコーヒーを飲みながら、岩谷は一息ついた。さて、これからが本番だ。

「神崎選手、どうしてる？」

「こっちには合流してないですよ」

「今年のトップリーグには……出ないのか」

「そうですね、セブンズ優先のスケジュールを組んでます──協会の契約選手ですからね。うちでは基本的な練習をするだけです」

「チームと協会だと、やっぱり協会の方が強いわけか」

「何しろオリンピックですから」

「その前にワールドカップなんだけど」

加奈子が真顔でうなずいた。彼女も、七人制ではなく十五人制を「本筋」と捉《とら》えているのだろう。それは岩谷も同じだ。

「そもそもなんだけど、神崎が七人制に専念することは、本人の希望なんだよな？」

「そうですね。あの、自分のチームの選手をディスりたくないんですけど……」

「どうぞ」岩谷はうなずいた。「あくまでここだけの話で」

「神崎君、冷静なんですよね。自分の能力をちゃんと見極められているっていうか。十五人制で日本代表になるのは難しいってわかってるんでしょうね。でも、七人制ならすぐに日本代表として活躍できる。実際そうだったでしょう？　フォワードとしては足も速いから、七人制に向いてるんですよ」

「十五人制で、例えばフォワードの二列目、三列目にしては極端に大きいわけじゃない。バックスに転向するには微妙にスピードが足りない……自分を生かす場所は、七人制だったんだろうな」

「そういうことでしょうね」

「協会の専属になったことについて、チームはどう考えてるんだ？　橋田監督、自分の選手をいじられるのは好きじゃないと思うけど」あくまでＪＥＴジャパン優先。日本代表に選手を送りこむことすら渋る、と聞いたことがあった。

「それ、適当な噂を信じてません？」加奈子が含み笑いを浮かべた。「秋川さんが張り巡らしたバリアで、橋田さんのイメージが歪《ゆが》んでませんか？」

「それは、まあ……」岩谷は渋い表情を浮かべた。「そもそも橋田さんと直接話したこともないんだから、実態はわからないよ」

「話してみたらどうですか？　そういう席、作りますよ」

「秋川さんには内緒にしないとな」

加奈子が舌を出し「無理か」と言って笑った。ＪＥＴジャパンラグビー部を取り仕切っているのは秋川である。橋田は練習や選手の獲得については全権を握っているが、それ以外の部分——チームの様々な活動方針を決め、本社と予算の交渉をするのは秋川だ。自身、日本代表としてワールドカップに出場経験があり、ＪＥＴジャパンラグビー部のOBでもある秋川は、チーム最大の実力者と言っていい。何故指導者の道に進まず、マネージメントを専門にやっているかは謎だったが。

「神崎が七人制に集中することについて、チーム内で何か問題は出てないのか？」

「ないですね。というより、神崎君は実質的にチームを離れてしまっているし……セブンズの方の合宿や試合も多いじゃないですか。そこに専念できるように、協会と契約を結んだわけだし」

協会にとって神崎は、七人制の秘蔵っ子というわけか。もちろん、大事なオリンピックで結果を残したいという野望あってのことだろうが、だからといってメダルが取れるとは限らない。しかしオリンピックでは、他の競技団体に遅れを取るわけにはいかないから、徹底して強化策を実施するわけだ。神崎も秋から、各国を転戦して試合を行う「ワールドラグビーセブンズシリーズ」に参加する予定だ。それが終わると、来年の夏――一年後からは徹底した合宿と遠征の日々が始まる。

「本人も、自分はセブンズの方に向いている、と言ってますしね」

「まあ、そこまでは俺たちも理解できる部分だ。問題は――」

「円盤投ですよね」と言って、加奈子がにこりと笑った。しかしすぐに表情を引き締める。「何なんですかね。あの二刀流、普通はあり得ないでしょう」

「円盤投は、中学校の時に陸上部の先生に強引に誘われて始めたっていう話だったよね」

「それ、本当みたいですよ」加奈子がアイスティーのグラスにガムシロップを加えてストローでかき混ぜた。「初めて投げたら五十メートルを超えちゃった、っていう伝説でしょう？」

「ああ」

「高校時代も大学時代も、ラグビー部の練習が終わった後や休みの日には、陸上部の練習に参加していたみたいです」

「でも、円盤投専門の選手よりは、ずっと練習量も少なかったはずだ。それで日本記録に迫るっていうのは……専門の連中、形なしじゃないか」

「本当にそうかどうかは自分にはわかりませんけど、まあ、そんな感じかもしれないですね」加奈子が曖昧《あいまい》に同意した。

「本人、どこまで本気なんだろう。マジでオリンピックを狙ってるのかな」日本選手権での記録を見れば、あながち「夢」とは言えない。実際、秋野よりも若い神崎の方が「伸びしろ」もありそうだし。

「どうでしょうね。そういうことは話してないから、何とも言えませんけど」

「うーん……欲しいな」

「何言ってるんですか」加奈子が声を上げて笑った。「そんな、商品みたいに」

「商品？　とんでもない。大事な宝物だ。ゴールドゾーンだけじゃなくて、日本のスポーツ界にとっての逸材だよ」

「確かにそうでしょうね。二刀流、応援するんですか？」

「本当に二刀流が実現するかどうかはわからないけど。協会同士の喧嘩《けんか》になるかもしれないし」

「ああ……確かに、誰が調整するか、難しいですよね。ラグビー協会と陸上の連盟の間に、パイプなんかあるんでしょうか」

「スポーツ界の横のつながりは結構あるけど、どうかなあ……でも、今のところ、文句を言う人間はいないみたいなんだ。ということは、もう話がついている可能性もある。まあ、そこは俺が心配してもしょうがないことなんだけどな」

「それで……このハンバーグの狙いは何なんですか？」

「神崎のことをよく知ってる人を探してるんだ」

「ああ」加奈子がうなずく。

「最後は神崎本人に直接当たるけど、その前に、ちゃんと情報収集もしておきたいから」

「どの辺まで進んでるんですか？」

「まだ始めたばかりなんだ。大学の監督には話を聞いたけど」

「新村《にいむら》さん？　怖くなかったですか？」

岩谷は声を上げて笑った。それを見て、加奈子がむっとした表情を浮かべる。

「顔だけで、怖いか怖くないかを判断しちゃいけないよ」

神崎の母校、港学院大《みなとがくいんだい》ラグビー部の新村監督は、大学ラグビー界の名物男である。現役時代はロックで、身長百九十センチ。五十歳になる今も体はまったく萎《しぼ》んでおらず、しかも髭面《ひげづら》、鋭い眼光と近寄りがたい風貌《ふうぼう》なのだ。さらに暴言癖があり、しばしば物議を醸《かも》している。しかしそういうのは、表向きの顔に過ぎない。

「娘さんの前ではデレデレらしいよ」

「娘さんって……」

「新村監督、結婚が遅かったんだよ。四十歳ぐらいだったかな……それで、娘さん二人がまだ小学生なんだ。監督は何でも言うことを聞くらしい。甘やかし過ぎて、奥さんに叱られることもあるそうだ」

加奈子が吹き出しながら、「イメージ違い過ぎますよ」と言った。

「決して話しにくい人じゃないんだ。基本はむしろ、甘いんじゃないかな。選手の話もよく聞くし……もちろん、神崎が『円盤投もやりたい』と申し出た時は、恐る恐るだったみたいだけど、新村監督は『いいんじゃないか』とだけ言ったそうだ。ただし、さすがに円盤投で試合に出ることはできなくて、空いた時間に陸上部の練習に加えてもらっただけだった」

「何か、メリットはあるんですか？　円盤投も、記録が出せるようになると面白いかもしれないけど、それだけじゃ……それぞれの競技でいい影響を与え合うならいいんですけど、ラグビーと円盤投じゃ、そういうこともないでしょう？」

「その辺の感覚は、本人に聞いてみないとわからないけどな。とにかく、本人にアプローチする前に、話を聞ける人間は一人も逃したくない。それで……」

「監督ですか？」

「いや、チームで神崎と一番親しい選手は誰だろう」

「池永《いけなが》君かなあ」

「ああ、大学の同期だよね」

池永はスクラムハーフで、ＪＥＴジャパンの不動のレギュラーだ。今年からは、高野とハーフ団のコンビを組むことになるだろう。奔放かつ正確なパスワークが持ち味の池永と、自由自在なプレーが売り物の高野との組み合わせがどんな効果を発揮するか、岩谷も注目していた。

「じゃあ、池永君につなげばいいんですね？」

「さすが、話が早い」岩谷はうなずいた。「明日、練習が軽い日じゃないか？　できれば終わった後で会いたい」

「今夜にでも連絡してみます」

「頼む」よしよし、スムーズに行ったのだから——。「デザートもどうかな?」

4

二日続けてハンバーグか……JETジャパンのグラウンド近くには、食事ができる店があまりないから仕方がない。池永が「ハンバーグ」と言い出した時、さすがに岩谷はうんざりしたものの、拒否もできなかった。おそらく、JETジャパンのラグビー部員たちに、既に人気の店になっているのだろう。あの連中なら、一ポンドのハンバーグをダブルでも平らげるのではないだろうか。

池永は一ポンド、岩谷は今日は弱気に二百グラムにした。こうなると、ハンバーグの専門店であることがつくづく恨《うら》めしい。せめて生姜《しょうが》焼きでもあれば……しかし二日続きでも、この店のハンバーグは美味かった。今日は、昨日試さなかったカレー味のソースも使ってみる。さらりとしているがしっかり辛さがあり、避けたことを後悔した。

「神崎のことでしたね」食べながら池永が切り出した。

「申し訳ない。君とも是非ビジネスをしたいんだけど、JETジャパンのラグビー部はカジマとがっちり組んでて、入る隙がないからね……普段のスパイクは？」

「練習用も試合用もアディダスです」

「うちも近い将来、ラグビー用のスパイクを発売するんだけど、今のスパイクに何か不満は？」

「いや、特にないです」苦笑いを浮かべて、池永が首を横に振った。

「それで……どうして神崎が二刀流を目指しているか、知ってるかい？」

「どっちも好きなだけでしょう」池永があっさり言い切った。

「好きって……」岩谷は困惑を覚えた。「好きなだけじゃ、全く違う二つのスポーツで結果は出せないぜ」

「円盤投は、俺にはよくわかりませんけど、全身運動みたいな感じですよね？」

「そりゃそうだ」やり投には、野球のボールを投げるのとほぼ同じ動きが必要だ。砲丸投の場合は、まず何よりも腕力。それに比べて円盤投とハンマー投は、回転力を利用して投げるので、体幹、下半身の強さも含めた全身運動と言っていい。

「そこだけ、ラグビーと似てるんじゃないですか」

「円盤投に関しては、どこまで本気だったんだろう」

「どうですかね……でも、今の方が本気になってると思いますよ。大学の時は、そこまで記録は伸びなかったから。社会人になっても練習を続けて、記録が伸びてきたたから、いけると思ったんじゃないかな——ちょっといいですか」池永は、空になったグラスを掲げて見せた。まだ氷もほとんど溶けずに残っている。それほどの勢いでアイスコーヒーを飲んでしまったのだ。「おかわりしてきます。岩谷さんは、どうですか？」

「まだ残ってるよ」岩谷は自分のグラスを人差し指で突いた。

元気なもんだな……ドリンクバーの方へ向かう池永の背中を見送りながら、岩谷は思った。池永は典型的なスクラムハーフの体型——背は高くないが、がっしりしていて背中も広い。また、ジーンズの腿の辺りがいかにもきつそうだ。密集に巻きこまれることも多いスクラムハーフは、「自衛」のために必死に筋トレして肉の鎧を身につける。

池永がアイスコーヒーのお代わりを持って戻って来た。ソファに腰を下ろす間にも、コーヒーを啜《すす》る。先ほど、ハンバーグが浸《ひた》るぐらいの勢いでソースをかけていたから、喉が渇いたのだろう。

「とにかく俺は、マジだと思いますよ。二つの競技でオリンピックに出る——あいつは間違いなく狙ってます」

「周りは何も言わないのか？」

「ええ」

「どっちかに集中しろって言うのが普通だと思うけど」

「いやぁ」池永が頭を掻いた。「たまたま理解のある人が多かったんじゃないですか。うちの監督も『ウェルカムだ』って言ってますし……チームの宣伝にもなると思ってるんでしょう。正直、あいつはうちでレギュラーになれるかどうか、微妙な選手ですけどね」

「十五人制でもいい選手なんだけどな」

「タイミングが悪いんですよ。JETのバックローの三人は、今は不動ですからね。キャプテンの小中《こなか》さん、元オールブラックスのジョンソン、それに百九十四センチの香川《かがわ》」

「確かに、あの三人に割って入るのは大変だな」これで前五人がもっと強ければ、JETジャパンのフォワードに太刀打ちできるチームはトップリーグにいない。残念ながら、フロントロー、ロックの人材不足のせいで、スクラムやラインアウトなどのセットプレーは弱いのだ。

「まあ、いろいろな条件が整ってセブンズの専門になった、ということでしょうね」

「ずっとこの状態が続くのかな？」

「少なくとも、東京オリンピックまではこのままじゃないですかね。そこから先のことはわからないけど……円盤投は、オリンピックに出られるんですか？」

「そんなに簡単じゃない」岩谷は首を横に振って、コーヒーを一口飲んだ。「まだ参加標準記録には全然届かない。円盤投で、自己ベストから一気に三メートルも記録を伸ばすのは大変だと思うよ」

「でしょうねえ」池永がうなずく。「まあ、もしも両方で出られたら、すごいことだとは思うけど」

「それで問題は、だ」岩谷はグラスを脇にどかして、テーブルの上に身を乗り出した。「ここだけの話にしてくれよ?」

「わかってますよ」池永が真顔で言った。「契約のことでしょう? 二刀流、二つの競技でオリンピックに出る選手の契約、欲しいですよね」

「そういうことなんだ」岩谷は苦笑してしまった。この男は理解が早い——スクラムハーフによくいるタイプだ。戦況を読み、敵味方の選手の位置を素早く把握し、最も適切な選手へパスを送る。試合中ずっと、瞬時の判断を続けているうちに、日常生活でもやたらと観察力が鋭く、決断が早くなる。

「あいつと話したんですか?」

「軽くね」

「ふうん……」池永が腕組みをする。半袖のポロシャツからむき出しになった腕は、短いが丸太のようだ。「岩谷さんは真面目に話したんですよね?」

「いや、あくまで軽くだった」肝心の日本選手権の後は、時間がなかったのだ。

「それで、上手くいかなかった……」

「上手くいかなかったというか、きちんと話す暇もなかった」

「断られたんですか？」

「はっきりそう言われたわけじゃないけど……」

「断られたのか、断られたんじゃないのか、どっちなんですか」池永が突っこむ。

「いや、それは……」岩谷は身を引き、背中をソファに押しつけた。池永は判断が早いと同時に、粘っこくもあるようだ。岩谷はつい、昔事情聴取されたことのある刑事とのやり取りを思い出してしまった。大学の寮で窃盗事件があり――明らかに外部から犯人が侵入した形跡があった――部員たちは全員事情聴取を受けたのだが、その時岩谷を担当した刑事が、とにかくしつこかった。同じ質問を何度もして、終わったと思ったらまた元に戻って繰り返す。まるで自分が犯人になったような気分にさせられたものだ。

「相当難しいと思いますよ」

「そうかな」

「あいつの場合、スポンサーはいらないんじゃないかな」

「どういうことだ？」

「あれ？　知らないんですか？　有名な話ですよ」池永が意外そうに目を見開く。

「いや、ちょっとわからない」何か複雑な事情でもあるのだろうかと心配になった。神崎に注目し始めてから結構時間が経つが、実のところ彼のことをあまり知らないのだ……他社に抜け駆けされないだろうかと不安になる。情報が多ければ多いほど、アプローチしやすくなるのだ。まだ神崎に契約を持ちかけている社がいないらしいことは救いだったが。

「俺なんか、どこかの社が話をしてきたら、すぐに受けちゃいますけどね」

「そうかい？」実際には池永は、契約対象にはならない――サポートするべき魅力には欠ける選手なのだ。

「ぶっちゃけ言うと、金がないんですよ」

「でも、JETジャパンの給料は、業界ではトップクラスじゃないか」

「持ち出しも多いですからね。部の予算内では、どうにもならないことも多いんで……それにうち、子どもが二人いますから」

「そうか、君は結婚が早かったんだ」晩婚化の傾向が進む中、確か池永は大学を卒業した翌年、二十三歳の時に結婚したはずだ。

「そうなんですよ。子どもが二人いたら、何かと金もかかりますから……そもそも実家も貧乏だったんで、金は喉から手が出るほど欲しいですね」

「そうか……実家の商売は？」

「普通のサラリーマンですよ。俺も、大学ではそこそこバイトして頑張ったんですけど、大学の運動部って、やっぱり結構金がかかるんですよね。親父にはずいぶん迷惑かけたから、金の重みは十分知ってます」

「それで、神崎は？」

「マジで知らないんですか」池永が再び目を見開いた。

「知らない」

「メイリョー製菓は知ってるでしょう？」

「もちろん」

「あの会社は、あいつのお爺《じい》さんが創業者なんです」

「いや、ちょっと待ってくれ」岩谷は反射的にスマートフォンを取り出したが、すぐにある程度のデータは頭に入っていると思い出した。「彼のお父さんは、確か普通のサラリーマン——商社マンだよな」

「普通ではないですよ」池永が皮肉っぽく唇を歪めた。「勤め人ですけど、今は役員ですから。次期社長候補という話も聞きます」

「商社のトップか……」六年間のオーストラリア駐在は、神崎の父親のキャリアにどの程度の好影響を与えたのだろう。商社マンの海外駐在でエリートコースといえば、アメリカやヨーロッパになりそうだが。

「ええ。まあ、詳しい事情は知りませんけど、神崎のお爺さんは、自分で作った会社を同族経営にするつもりはなかったんでしょうね。それで親父さんは、跡を継がずに普通の商社に入った――そんな風にあいつから聞いたことがありますよ」

「でも、同族経営じゃなければ、神崎のところに金が入るわけがないだろう」それとも、毎月多額の小遣いをもらっているのだろうか？

「お爺さん、五年ぐらい前に亡くなったんですけど、生前贈与で神崎にかなりの株と不動産を残したそうです。だからあいつ、メイリョー製菓の大株主なんですよ。毎年配当と家賃収入だけで、普通のサラリーマン以上の年収があるそうです」

「そんなに？」岩谷は思わず眉をひそめた。いや、別に悪い話でも違法な話でもなく、正当な収入なのだが、他のスポーツ用品メーカーに比べて低い給料で四苦八苦している岩谷は、つい「不労所得」などという言葉を思い浮かべてしまった。

「メイリョー製菓の配当、相当いいみたいですよ。製菓会社は、経営が安定してるんでしょうね」

「なるほど……」

事情が呑みこめてきて、岩谷の嫌な予感は膨らんだ。スポーツ選手は、メーカーと契約すれば、それなりの金を受け取ることもできる。しかしほとんどの場合は用具の無料提供が中心で、金と言っても雀の涙——お小遣い程度である場合が多い。サラリーマンの年収以上というのが本当なら、何もせずとも数百万円が自然に手に入るわけで、活動費としては十分だろう。

「彼の給料はどうなってるのかな」

「うちも、まだ出してますよ。休職扱いじゃなくて、仕事はそれなりにしてますからね。もちろん、オリンピックの前の一年はほぼ完全に仕事を離れないといけないから、休職扱いで給料は出ないだろうけど」

「いずれにせよ、金では釣れないわけだ」

「釣るって言われるとちょっと嫌な感じですけど——まあ、そうでしょうね」池永が顔をしかめた。

「失礼」岩谷は咳払いした。「金が無理なら、何で動くかな」

「さあ」池永が首を傾げる。「何というか、あいつはちょっと人と違うから」

「どんな風に？」

「浮世離れしているというか」

「ああ……わからないでもないけど」岩谷は何度か、ほんの短い時間話しただけだが、確かにそんな感じはした。常に穏やかな笑みを浮かべ、物腰柔らかで、低い声で静かに話す。

「ラグビーのことに関しては何でも話せますけど、他のことはね……趣味の話とか、したことがないですね」

「彼に対して、一番影響力がある人は誰だろう?」

「さあ……そんな人、いるのかな」

「報酬を出すから、彼を説得してくれって頼んだら怒るかい?」

「いや、別に怒りはしませんけど、無理じゃないかな」池永が薄い笑みを浮かべた。

「あいつとは、段々住む世界が違ってきたというか……友だちでもないですからね」

「よくわからないな」岩谷は自分の表情がきつくなるのを感じた。チームで一番親しいはずの池永がそういう意識を持っているとは。

「超然としてるんですよ。それで……報酬が欲しいのは山々ですけど、お断りします」

「申し訳ない。こんなこと頼んだら、気分が悪いよね」

「いや」池永は、どこか呆れたような表情だった。「君子危うきに近寄らず、で」

しかし池永は、別れ際に一つだけヒントをくれた。神崎に影響を与えそうな数少ない人間——高校時代の監督だった。

5

神崎が中学・高校時代を過ごした東江学園《とうこう》は、江戸川区《えどがわ》にある。ここ十年ほどでぐっと力をつけてきた高校で、何度か花園にも出場している。

監督の宮本《みやもと》は大学、トップリーグで鳴らした名選手で、現役引退後、このチームの監督として請《こ》われてやってきた。まだ三十代後半だが、指導者としての能力は確かだ。就任三年目でチームを初の花園に導いたことからも、それは証明されている。

岩谷は直接の面識はなかったが、電話をかけて面会を申し込むと、詳しい説明抜きですぐに了解してくれた。

新宿にある本社から江戸川区の外れにある東江学園までは、都営新宿線で一本。学校は篠崎《しのざき》駅の近くにあるのだが、ラグビー部のグラウンドは江戸川の河川敷で、歩いて十分ほどかかる。今日も暑い……高校は既に夏休みに入っていて、練習は午前中だけなのが救いだった。午後の暑い盛りに河川敷のグラウンドに立っていたら、間違いなく熱中症になる。これが岩谷には不思議だった。現役時代は、真夏の強烈な陽射しの下で練習をしていてもまったく何ともなかったのに、やめた途端に暑さが辛くなった。

宮本は、なかなか強烈な風貌の男だった。まだ現役のような迫力を漂わせており、胸板は厚く、首が太い。フォワード第一列として長年踏ん張り続けてきた選手の常で、耳は潰《つぶ》れている。身長は百七十五センチほどだろうが、太い首、分厚い胸板のせいでいかにも頑強そうだった。自らグラウンドを走り回りながら指導中だったので、岩谷はしばらく様子を見守ることにした。

宮本はかなり細かい――口うるさいタイプの監督のようだ。練習は試合形式で行われていたが、プレーが中断するとホイッスルを吹き、一々指導を与える。それがかなり長くなる時もあった。自身、精力的にグラウンドを走り回っているのは、選手たちの細かいプレーまで見逃さないようにするためだろう。選手はやりにくいかもしれないが、ここまで細かく見られていると、なかなか逆らいにくいものだ。

強豪校の仲間入りをしたということで、監督以外にもコーチらしい若者が二人、それに女子マネージャーも四人いる。なかなか羨《うらや》ましい環境だ、と岩谷は思った。ラグビーは、一チームあたりの人数が最も多いスポーツなので、最近はどこの高校も部員不足で、試合には連合チームで出場することも少なくない。ただしこういう強豪校では、選手間の競争は激しい――一チーム十五人で編成するラグビーの場合、野球やサッカーに比べれば、レギュラー入りは多少「広き門」だが、東江学園ラグビー部は六十人を超える大所帯である。四軍まで作れる中から、レギュラーのポジションを勝ち取るのは至難の業だろう。

十二時、宮本が長いホイッスルを吹いた。試合形式の練習、終了。この後はクールダウンして解散になるはずだが、残って自主トレをする選手もいるだろう。その後の宮本の予定は把握できていない。一緒に昼飯でも食べながら話ができればいいのだが。

岩谷は、ゆっくりとグラウンドに近づいた。宮本はベンチに座り、タオルで顔を拭っている。この炎天下、あれだけ走り回ったのだから、相当消耗しているだろう。ペットボトルを取り上げると、中身を一気に半分ほど飲んだ。それから立ち上がると、Tシャツを脱ぐ。未だ衰えていない、がっしりした上半身があらわになった。汗で光る胸板や背中をタオルで拭くと、新しいTシャツに着替えた。背中に「TOKO」のロゴ入り……このTシャツはどこかのメーカーの提供だろうか、と岩谷は考えた。

「監督」

声をかけると、宮本がこちらを向く。急に笑みを浮かべて立ち上がると、軽く一礼した。

「どうも、お久しぶりです」

久しぶり？　宮本とは初対面のはずだが……言葉を返せずにいると、宮本がさらに大きな笑みを浮かべた。

「以前お会いしましたか?」

「二十年ぶりですかね」

「二十年ぶり? まさか、高校時代以来ということですか?」

「ええ」

「ええと……試合してましたっけ?」

「覚えてないでしょうね」宮本が苦笑した。「うち——東江学園がまだ弱い時代で、そちらに胸を貸してもらったんですよ。当然、ボロ負けしましたけどね。練習試合なんだから、少しぐらい手を抜いてくれてもいいのに、と恨めしかったですよ」

「そうですか……」

そこまで言われても思い出せない。母校の横浜翔学《よこはましょうがく》は、岩谷が在籍していた頃が全盛期で、神奈川県代表として四年連続花園に出場していた。岩谷も在学時は毎年花園へ行き、二年、三年の時にはレギュラーで試合に出場している。当時は毎週末のように、関東近郊のチームと試合が組まれていたので、いつどこと対戦したか、結果はどうだったか、ほとんど覚えていない。

「強豪校と対戦したのは、いい思い出になりました。五十点差で負けましたけど」

「申し訳ない、まったく覚えてないです」

「当時、年間何試合ぐらいやってたんですか?」

「どうかな……毎週土日は試合だったから、公式戦を含めれば百試合ぐらいやってたかもしれないですね」

「うちは、そこまでたくさん試合は組んでなかったですね。そのせいもあって、試合の記録は克明につけてたんですよ。昨日電話をもらった時、どこかで聞き覚えのある名前だな、と思って確認したんです」

「すごい記憶力ですね」岩谷は思わず目を見開いた。

「ま、これは特技みたいなもので……どうぞ」

　宮本がペットボトルを差し出した。受け取り、キャップを捻りとって一口飲む。汗が出きって乾いてしまった体に、すっと染みこんでいくようだった。同時に、宮本は長話をしたくないのだな、と悟《さと》る。こちらに飯をたかろうとするなら、スポーツドリンクを差し出したりしないで、すぐに出かけようとするはずだ。

「暑くないですか？」立ったままの岩谷に向かって、宮本が言った。

「暑いですけど、頑張ってもどうしようもないですからね」

「とりあえず、座りませんか」

「ええ……練習の締めはいいんですか？」

「それはキャプテンがやりますよ」

ラグビーにおいて、キャプテンの役割は極めて大きい。試合中に監督が指示を出せないというルール上の制約から生まれた習慣で、チームの浮沈はキャプテンにかかっていると言ってもいい。練習や試合の「締め」を監督ではなくキャプテンが行うチームも珍しくないのだ。

「それで今日は……売りこみじゃないんですね」

「違います。仕事の話じゃありません」

「だったら――」

「神崎選手のことです」

「ああ」宮本がうなずく。「今や注目の的ですからね」

「彼と是非契約したいんです」岩谷は正直に打ち明けた。「二刀流の選手をサポートできたら、ゴールドゾーンとしても大きな試金石になる」

「一人分の金で、二人を確保できるようなものだから」

「まあ、そういう生々しい話は……」岩谷は苦笑した。宮本は結構話せる――というか、率直な男のようだ。

「上手くいかないんですか？」

「まだ本格的には……できれば、周囲の人から説得してもらいたいんです」

「でも、本人が興味がないんだったら、どうしようもないじゃないですか」

「でも、誰かの口添えがあれば、何とかなるんじゃないかな、と」

「それで私に頼んできたわけですか」

宮本が薄笑いを浮かべる。何だか馬鹿にされたような気がしたが、彼の表情を見た限りでは悪意はなさそうだ。

「彼につないでいただければ、と思ったんです。今も連絡は取られているんじゃないですか？」

「取ってますよ。あいつ、変に律儀《りちぎ》なところがありますからね。何故か、海外遠征から帰ると必ず電話をくれるんです」

「今回も？」

「ええ。野球場でラグビーをやったのなんて初めてだってぼやいてましたよ」

「やりにくかったでしょうね。私も現地で観てました」

「ああ、そうなんですね」宮本がうなずく。「だったらあなたの方が、試合の様子はわかるでしょう」

「ええ。ただ、神崎選手と直接話したわけではないですから……どうですか？　つないでいただくわけにはいきませんか？」

「電話することはできますけど、あいつがあなたと会うかどうかは別問題ですよ」

「だったら説得していただければ……大したご縁もないのにこんなことを頼むのは失礼だと、わかってはいますけど」

「縁がないわけでもないですよ。二十年前には試合をしてるし」

「ええ」それを「縁」と考えてくれているなら、ありがたい限りだ。

「だけど、あいつは自由だからなあ」宮本が遠い目をした。

「自由？」

「やりたいことをやって、結果も出して……あまりにもあっけらかんとしているから、誰も文句を言えなくなってしまう」

「円盤投をやること、監督はNGを出さなかったんですか」

「私は現役を引退してここに赴任《ふにん》したばかりで、当時は発言力がなくてですね」宮本が苦笑した。「陸上部の監督にどうしてもって頼まれて、しょうがなく、ですよ」

「よく体が持ちましたね」

岩谷は、自分の高校時代を思い出した。強豪校故、練習は厳しく、しばしば夜遅くまで続き、終わった後はくたくたで何もする気になれないぐらいだった。

「あいつは化け物ですから」

「化け物――確かにそうかもしれませんね」岩谷は認めた。

「人の二倍練習しても、けろっとしている。食欲も衰えない。ああいうタイプの選手もいるんですね」

「ラグビーのストレスを、円盤投で発散してたんですかねえ」

二人は苦笑を交わし合った。どうやら宮本にとっても、神崎は未だに理解不能な存在らしい。

「唯一、ラグビーと円盤投には共通点がありますよ」

「そうですか？」

宮本が足元に転がっていたボールを拾い上げ、立ち上がった。目線で、岩谷にも立つよう促《うなが》す。岩谷が立ち上がると、軽くボールをパスして寄越した。何が言いたい？　岩谷はしばらくボールを見詰めていたが、無言で宮本に促され、ボールを返した。宮本が少し後ろに下がり、綺麗にスピンのかかったパスを投げる。二人はしばし無言で、ボールを投げ合った。

「こういうボールの扱いが、円盤投に少し似てるでしょう？」

「ああ、確かに」

岩谷は円盤を投げたことはないが、試合は何度も見ている。野球で言えばサイドスローのような腕の振りだが、腕で投げるわけではなく、体全体の回転で円盤を飛ばす――何となく、ラグビーのパスと似ていないこともない。

「本人に言わせると、どっちも同じようなものらしいですよ」

「円盤とラグビーボールでは、重さも大きさも違いますけどねえ」

ラグビーボールは四百十グラムから四百六十グラム。対して円盤は、成人男子の場合は二キロと定められている。回転をかけて投げる、という点では共通していると言えるかもしれないが、やはり投げ方、それに肉体にかかる負担はまったく別物と言っていいだろう。

「監督は、神崎選手が二刀流に挑むことをどうお考えですか？」

「ちょっと怖い、かな」

「怖い？」

「陸上の方から、文句を言われそうじゃないですか。円盤投の競技人口は少ない。しかし選手は皆、それに特化した練習を徹底的に行っている。自分たちのやり方にプライドも持っているでしょう。ところが、まったく別のスポーツに取り組んできた選手が、いきなり自分たちの記録を上回って、オリンピック出場にまで手をかけている──面白くないと思ってもおかしくないでしょうね」

「不穏な話ですね」

「例えば野球の選手がいきなりラグビーの試合に出てトライを決めたら、むっとしませんか？」

「それは、まあ……」

「奴らか俺たちか」宮本がボールを軽く上に投げ上げた。「自分のテリトリーを侵《おか》す人間がいたら警戒する──どんな競技の人間でも、そうじゃないですかね」

「それはあるでしょうね」

アスリートは結束が固い。チームという枠ではなく、「同じ競技で苦労している」という共通点でも結ばれている。「俺たちの苦労はお前にはわからないだろう」「俺たちみたいにハードな練習ができるわけがない」とは言わなくても、他の競技を軽視する選手がいるのは事実だ。

「まあ……とにかく声だけかけてみますよ」

「いいんですか？」宮本がまったくそういう素振りを見せていなかったので、岩谷は一瞬動転した。あまりにも話が上手く転がり過ぎたのではないか？　宮本は何か、別のことを考えているのではないか？

「私も考えていることがあります。神崎という選手をもっとメジャーに――スターにしたいんですよ。ラグビーは、日本では今もマイナーなスポーツだ。来年のワールドカップでは盛り上がるかもしれないけど、終わったら誰も話題にしなくなるかもしれない。オリンピックのラグビーは十五人制ではなくて七人制ですけど、スター選手がいれば話題が続く……メダルを取ればさらに盛り上がって、ラグビーをメジャーなスポーツにできるかもしれない。二刀流なら大きな話題になるわけですから、いいじゃないですか」

「円盤投を利用する、ということですか」

「それは否定しません」宮本が軽く笑った。「それともう一つ――あなたも私もラグビー選手です。広い意味で、同じ釜《かま》の飯を食った仲間でしょう？　奴らか俺たちか――そういうことです」

第二章　柔らかな拒絶

「それでは今日は、ゲストの皆さんに、神崎真守選手の『二刀流』についてたっぷりお話ししていただきたいと思います。まずプロ野球界からは、元スターズコーチの楠《くす》本《もと》さん。いかがですか？　野球では投手と打者の二刀流が話題になっていますが」

「正直、ラグビーと円盤投の二刀流はかなり難しいんじゃないですか？　野球の場合、高校までは指名打者制もないですから、打って投げてが基本です。いろいろ批判もあるけど、高校野球ではエースで四番も普通でしょう？　しかし、どんなに運動神経のいい選手でも、野球以外のスポーツを必ず上手くやれるわけじゃない。ラグビーだって専門的な技術が必要だし、体もラグビー用に作るわけですよね？　二刀流は簡単じゃないですよ」

「いやいや、そうとも限らないでしょう。それは、日本的な視野の狭さですよ」

「大リーグ取材歴の長い畠田《はただ》さんから反論が出ました」

「稀《まれ》ですけど、アメリカでは複数のプロスポーツで活躍する選手もいます。例えば、野球とアメフトとか。アメリカでは学生が、夏と冬で別のスポーツをするのが普通ですから、ごく自然な流れですよね。楠本さんも、そういう事情はご存じでしょう」

「そうは言うけどどね、プロとアマだと話が違うでしょう」

「そんなに違いはないですよ。今はプロとアマの境界線も明確じゃないですから」

「教育評論家の竹本《たけもと》さんはどうお考えですか」

「これは、日米の教育の違いとしか言いようがないんじゃないですか。日本では、学校スポーツは欧米に比べて特殊な運営をしています。高校野球の様々な問題点を考えればそれは明らかで、子どもの頃から一つのスポーツに特化して取り組む——やり過ぎることで、肉体的、精神的に歪んでしまうことも珍しくありません。アメリカでもヨーロッパでも、複数のスポーツをやることは珍しくないわけで、その方がバランスが取れて健全だと思います。こういう文化・教育の違いがあることを前提にしないと、神崎選手の二刀流を議論することはできないと思いますよ」

「つまり、神崎選手のやり方は、学校教育に対する挑戦にもなるということでしょうか。楠本さんはどうお考えですか」

「そんな大袈裟《おおげさ》な話じゃないでしょう。たまたま運動神経抜群で、頑強な体を持った若者がいた、それで二つのスポーツで合格点の結果を出した、というだけの話ですよ」

「楠本さんは、神崎選手の二刀流には賛成ではないんですか？」

「賛成とか反対とかではなくて、そもそも上手くいかないと思ってます。やはり、二兎《と》を追うものは一兎をも得ず、ですよ。特にオリンピックのように国の威信を背負って取り組む大会では、生半可な気持ちで出場したら怪我します。どちらかに集中した方がいいですね」

「竹本さん、反論をお願いします」

「日本のスポーツも、これからは変わっていくべきじゃないですか。人口減少が進む中で、スポーツに取り組む人の絶対的な数は少なくなってくるんです。その際、各競技団体で有望な選手を取り合いするのではなく、複数の競技を上手く兼任させた方が、可能性は広がるんじゃないでしょうか」

「冗談じゃない」

「いや、楠本さん――」

「そういう中途半端な気持ちで取り組んだら、二刀流どころか一つのスポーツでも成功しない。専念すべきですよ。だいたいね、マスコミが二刀流だって持ち上げて面白おかしく報道するから、本人も舞い上がってしまってよくないんじゃないですか？」

「――ここで一旦、ＣＭです」

（東テレ『激論二十四時』）

1

『激論二十四時』でこの話題を取り上げるとは……岩谷は憂鬱《ゆううつ》だった。硬軟様々な話題が俎上《そじょう》に上り、結論が出ないままに一時間の放送時間が終わることも珍しくないのだが、出演者の丁々発止のやり取りが受けて、深夜帯にしては高い視聴率を誇っている。

岩谷の知る限り、神崎の二刀流がテレビでこれだけ長い時間取り上げられるのは初めてだった。議論はやはり、二刀流「ＮＧ」と「ＯＫ」で真っ二つに割れて、結論らしい結論は出なかったが、これでまた話題になるのは間違いないだろう。

そして間の悪いことに、今日、岩谷は神崎と会う約束になっている。秋野と宮本がつないでくれたアポだから仕方がないが、神崎が昨夜の番組を観ていたら、どういう気持ちになっているかわからない。自身がネタにされたことに対して、不快感を抱いていたら、話しにくいだろう。

岩谷は、出社するなり、営業担当役員の上木に呼ばれた。役員室で二人きりになった瞬間、岩谷は彼の目が赤いことに気づいた。

「お前、目が赤いぞ」先に上木に指摘される。

「ちょっと寝不足です」

「『激論二十四時』を観てたんじゃないか」

「はい」苦笑しながら岩谷は認めた。

「俺も同じだよ」上木も微笑む。「やばい感じだな。やばいというか、これで本格的な神崎ブームが始まるかもしれない。今日早速、ネットニュースで昨日の内容が紹介されていたな」

「それも読みました」

「これからは、神崎を追いかけるメディアがますます増えてくる。そうすると当然、ライバル社も目をつけて接触するだろう。厳しい競争になるぞ」

「承知してます」岩谷はうなずいた。

「この件では思い切りやっていい。金も使え。神崎を獲得できるかどうかは、ゴールドゾーンにとっては極めて重要なポイントだ。我が社の将来を左右することにもなりかねない」

「東京オリンピックに乗り遅れるな、ということですね」

「そうだ」上木がうなずく。「オリンピックは最後のチャンスだぞ。長いスパンで考えれば、日本の人口はこれから減る一方だ。ここでうちも名前を売って、日本市場を見るだけじゃなくて海外へ出ていくタイミングなんだ。そのとっかかりが神崎だ」

「はい」

「そう考えていない奴も、社内にはいるけどな」

上木が皮肉っぽく言った。営業部長の杉山のことを言っているのは明らかだった。確かに杉山は、神崎との契約に関しては慎重派である。彼は、神崎にさして商品価値を感じていないし、岩谷がこの件では経費を使い過ぎだと思っている——はっきり口にこそ出さないが、そう考えているのは明らかだった。

一方上木は、この件をずっと強烈にプッシュしている。担当役員と部長の考えが一致していないのでやりにくいが、岩谷としては目的を同じくする上木にすり寄っていくしかない。こういう仕事は、とにかく情熱とスピードが命なのだ。

「杉山も、もう少し視野を広く持たないとな」上木が溜息を漏らした。「サンフランシスコの出張も、一度NGになったのをひっくり返すのは大変だった」

「あの時はご迷惑をおかけしまして」岩谷はひょこりと頭を下げた。

実際、あの出張はかなり面倒だった。杉山は頑として首を縦に振らず、結局上木に間に入ってもらって、トリプルAにいる日本人選手との接触をセットにすることで、ようやく許しが出たのだった。最終的にOKを出したのは上木である。杉山にはだいぶ煙たがられているだろう。

「まあ、いいんだよ。だいたい杉山も、営業の基本を忘れてる。生で試合を観て、実際に選手に会わないと上手くいくわけがない。営業は現場第一だ。ＩＴを使った営業もいいけど、それは相手とつながっていてこそ可能なんだから」

「はい」

「とにかく、よろしく頼むぞ」

「承知しました」

岩谷は一礼して役員室のドアに向かった。上木と話して気合いは入ったが、それでも自信満々とはいかない。神崎の考えが読めない以上、今日の会談がどう展開していくか、想像もつかないのだ。

「ちょっと待った」上木が岩谷を呼び止めた。

「はい？」ドアノブに手をかけた岩谷は、振り向いた。

「今日、神崎とどこで会うんだ」

「ＪＥＴジャパン陸上部のグラウンドです」

「千葉の？」

「ええ」

「何だよ」上木が両手を大袈裟に広げた。「そんなところじゃなくて、どこかで美味い物でも食わせてやればいいじゃないか。領収書はいくらでも落としてやるぞ」

「そういうのが通用しそうにない相手なんですよ」

「スポーツ選手は、美味い物を食わせればだいたい話に乗ってくるぜ」

「残念ながら」岩谷は肩をすくめた。「どうも神崎は、我々の常識の外にいる人間みたいなんです」

今日も暑い……八月に入って、連日最高気温が三十五度を超える日々が続いている。人間の体は、ここまでの高温に耐えられるようにはできていないのではないか？ もっと暑い地域に住む人たちは、何百年、あるいは何千年もかけて体を順応させてきたはずだ。日本の高温多湿化は、岩谷の体にダメージを蓄積させている。このところ毎年夏になると、何もしなくても二キロから三キロは体重が落ちるのだった。

ＪＥＴジャパン陸上部のグラウンドでは、選手たちが練習中だった。身を削るようなものだなと思いながら、岩谷はハンカチで額を拭った。既に汗でぐっしょりと濡れ、ほとんど役に立たない。

神崎はランニング中だった。腕時計を見ると、約束の午後四時まであと十分。クールダウンのランニング中だろう。この暑さの中で走っていたら、とてもクールダウンにはならないはずだが。

神崎は楽々と走っていた。体が大きい選手は、体重を持て余してしまい、持久走的な走りは苦手なのだが、神崎の場合、巨体を苦にする様子はまったくない。足取りは軽く、腕の振りも快調で、スピードに乗っている。顔には笑みさえ浮かんでいるのだった。練習終わりで多少は気が抜けているのかもしれないが、この暑さの中、笑顔で走っているのはあり得ない。

神崎が走り終え、トラックに向かって一礼してこちらへ向かってくる。手には円盤……岩谷を見ると、ひょこりと頭を下げた。数回、短い時間話しただけなのに、岩谷をちゃんと認識しているらしい。岩谷は彼に向かって歩みだしたが、トラックに入った途端、強烈な直射日光に頭を焼かれ、汗がどっと吹き出してきた。Tシャツの上に半袖シャツ一枚という軽装なのだが、それでは暑さにまったく通用しない。もはやTシャツ短パンで仕事をさせて欲しいと岩谷は真剣に願った。

「岩谷さん」神崎が先に声を上げた。

「今日はありがとう。ちょっと時間をもらえればありがたい」

「約束ですから……でもさすがに、ここは暑いですよね」神崎がTシャツの襟元を引っ張った。

「お茶でも飲める場所はあるかな」

「近くに喫茶店がありますけど、そこでどうですか？　着替える時間をいただきますけど」

「もちろん、構わない」岩谷はうなずいた。「それまでここで待ってるよ」

「いや、暑いですから、先に店に行っていて下さい。店の名前は『ユニカフェ』……ここを出て、左へ百メートルぐらい行ったところですから、すぐわかりますよ」

「わかった。焦《あせ》らないで、ゆっくり来てくれ」

「急ぎます」神崎が真顔でうなずいた。「お待たせしたら申し訳ないですから」

「いや、こっちが無理して会ってもらってるんだから」

「涼んでいて下さい」神崎がもう一度頭を下げた。「とにかく、すぐ行きます」

二人は並んでクラブハウスの方へ歩き始めた。途中、神崎が「失礼していいですか」と言ってTシャツの裾に手をかける。

「ああ、どうぞ。汗をかいたままだとよくないよな」

「じゃあ、お言葉に甘えます」神崎が一気にTシャツを脱いだ。鍛え上げた上半身が露《あら》わになる。さすが現役の選手というべきか、筋肉の張りが違う。岩谷にすれば見慣れたラグビー選手――フォワードの体つきだが、こういう体は円盤投にも適しているのだろうか。

「じゃあ、先に店に行ってるから」

「すみません」神崎がひょこりと頭を下げる。

神崎と別れて歩き出すと、岩谷は微妙な違和感に襲われた。何だろう、この妙な礼儀正しさは。短い時間話した時にはわからなかったのだが、慇懃無礼《いんぎんぶれい》と言ってもいい。まあ、若い選手の中には、徹底して礼儀を叩きこまれる者もいるし、こういう態度を取る選手も珍しくはないのだが……。

グラウンドを出て、店までの百メートルを歩く間に、また汗まみれになってしまった。仕方ない……店に入ると、岩谷はまずトイレに行き、何度も顔を洗って、ようやく少しだけサッパリした。席につくと、メニューも見ないでアイスコーヒーを注文する。というより、他の飲み物を思いつかない。

神崎は十五分後にやってきた。シャワーを浴びて着替えて……ちょうどそれぐらいの時間が経っていたが、汗が引く間はなかったようだ。顔は滝のような汗で濡れており、てかてかと光っている。一礼して岩谷の正面に座ると、首に巻いていたタオルを外して顔を思い切り拭った。

「すみません、何か、暑苦しくて」

「いや、ゆっくりでよかったのに。クラブハウスで少し涼めば、汗も引いただろう」

「どうせ、歩けばまた汗をかきますから」

「嫌な季節だね」

岩谷は、飲み物を注文するよう、促した。神崎がちらりとメニューを見て、アイスラテを頼む。その直後に、岩谷のアイスコーヒーが運ばれて来た。神崎の飲み物がくるのを待とうと思ったが、神崎は如才《じょさい》なく「お先にどうぞ」と勧めた。そう言われると、意地になって飲まないのも馬鹿らしい。岩谷はブラックのままコーヒーを一口飲み、ほっと安心した。体が水分を欲していたのだと思い知る。

「今日は時間をとってくれてありがとう」

「秋野さんと宮本監督に言われたら、逆らえませんよ」神崎が苦笑した。

意外だな、と岩谷は思った。神崎は、気にくわなければ先輩や監督の言うことも聞かないタイプではないかと想像していたのだが……根っこには、日本的な体育会系の気質もあるのかもしれない。

「サンフランシスコの大会、観に行ってたんだ」岩谷は打ち明けた。

「ああ、そうなんですか……」神崎が、バツが悪そうに表情を歪めた。「みっともない試合ばかりでした」

「あれは君のせいじゃないよ。君はむしろ、よくやってた」

「でも、一人が頑張ってもどうしようもないのがラグビーですからね」

「だけど、君のプレーは本当によかった。終了間際のロングパス、あれが通っていたら、もうワントライ取れたんだけどな。もったいないことをした」

「あれは僕のミスです」神崎があっさり認めた。

「すごいパスだったじゃないか。あんなに速く遠くへ飛んだパスは見たことがない。狙ってたのか？」

「ええ。成功すればいいんですけど、危うくホスピタルパスになるところでした」神崎が頭を掻いた。

敵のタックルが迫っているタイミングで味方にパスを通してしまい、キャッチした直後の無防備な状態で強烈なタックルを受けて病院送り——ボールにコンタクトする時は、どうしても隙が出てしまい、相手は激しいタックルに入りやすくなるのだ。

「普段からああいうパスを？」

「いや、あれは一か八かです。長いパスは、インターセプトされやすいですから、十五人制ではまず無理です。人数の少ない七人制だから——でも、特にあのパスの練習は、チームではしていませんでした」

「しかし、よく飛んだよな」岩谷は心底感心しながら言った。「あんなパス、普通はあり得ない。やっぱり、円盤投の効果なのかな」

「それはあると思います」神崎が左手で右の手首を握った。「二キロの円盤を投げ続けていたら、手首だって強くなりますよ」

実際彼の手首は異様に太かった。鍛えにくいところなのだが……いずれにせよ、これだけ太い手首が生み出すパワーは相当なものだろう。

アイスラテが運ばれて来て、神崎は一気に半分ほどを飲んだ。それからガムシロップを加え、今度はひと啜り——それでようやく落ち着いたようだった。

「体中の水分が出ちゃった感じですね」

「これでよく体調を崩さないな」

「岩谷さんだって、現役時代はこんな感じだったでしょう?」

「引退したら、自分がどれだけ無茶なことをやってたか、すぐにわかったよ」

神崎が声を上げて笑った。屈託のない笑顔……こうやって話している限り、この男には裏がまったくないように見える。

「日本選手権も惜しいところだったね。勝てた」

「そんなに甘くないです」神崎が苦笑した「陸上の試合にはそんなに出ていないですからね。あの雰囲気に慣れてないと、ベストの力は出せませんよ」

「やっぱりラグビーの試合とは違う?」

「集中が難しかったですね」神崎がうなずく。「陸上の大会って、同時並行でいろいろな種目をやるでしょう? 走っている選手がいる横で跳躍もやっているし、合間を縫って投擲も……投擲は、競技中に中断することもよくありますからね。集中するのは大変です」

「でも二位だったんだから、とんでもない話だよ。翌日のスポーツ紙、大変だったじゃないか」

「まあ……あれも困りましたけどね」

「どうして？」

「ラグビーの記者なら、顔も名前も知っている人が多いから上手く対応できるけど、陸上の専門記者に聞かれても、答えられないことが多いじゃないですか。何だか間抜けなことばかり言って、みっともなかったです」

「そんなことはない。ちゃんと答えていたよ」

「そうですかねえ」神崎が首を傾げる。「とにかく、慣れないことばかりで参りました。その後すぐにアメリカへ行ったから、あまり取材は受けないで済みましたけど」

「記者の存在も善し悪しだよな」

「スポーツ紙や専門誌の記者はいいんですよ。余計なことを聞かないし」

「ああ……確かに」岩谷はうなずいた。「彼らは、試合結果と技術的な話が中心だからね。変に人間ドラマとかを取材されると鬱陶《うっとう》しいだろう」

「そうなんです。特に話すこともないんですけど、何故か聞きたがるんですよね。あんな記事、誰が読むんだろう」

　君に関しては興味を持つ人もいるんだよ、という言葉が喉元まで上がって来た。祖父がメイリョー製菓の創業者で、神崎本人は大株主として毎年高額の配当を受け取っている――かなり特殊な環境であり、こういう話を興味本位のゲスな記事に仕立て上げるのが得意なメディアもある。

「メディアに騒がれるのは嫌いかい？」

「嫌いですね」神崎がはっきり言ってうなずいた。「目立つのが好きな人間がいるのも理解はできますけど、僕には縁遠い話かな」

「今後はずっとメディアに追われるよ——七人制と円盤投の両立、これからも続けるつもりなんだろう？」

「ええ」神崎があっさり認めて、アイスラテを飲んだ。

「時間のやりくり、大変じゃないか？」

「そこは何とか……」

「どうしてそこまで頑張る？」

「頑張ってないですよ」神崎がさらりと否定した。

「いやいや、二つの競技で日本のトップを張るなんて、俺の常識では考えられない」

「円盤投は、まだトップじゃないです」神崎が苦笑した。「秋野さんは大きな壁です。僕にとっては、個人的なコーチでもありますけど」

「結構アドバイスをもらってるんだね」同じチームの先輩後輩故か……しかも秋野は、神崎を高く評価している。

「秋野さんは、天性のコーチですね。言うことが一々理に適《かな》ってて身に染みます」

「しかし、言われたことをそのまますぐに実行できるのは、君の才能じゃないか」

「自分ではよくわかりません」神崎が肩をすくめた。

「円盤投に関しては、才能だけで投げている感じじゃないのか？」言ってしまってから、岩谷は「しまった」と思った。ほとんどのアスリートは「才能」よりも「努力」を評価してもらいたがる。「才能」は数値化できないが、「努力」は目に見えやすいし、練習結果も記録も客観的な数字で残せる。

「否定はしませんけど、続けますよ」

「円盤投、好きなのか？」

「好きです」また神崎が屈託のない笑みを浮かべる。「あの……ラグビーって、究極のチームスポーツですよね」

「そうだね。特にスクラムは、全員の気持ちと技術が合わないと上手くいかない」あれ以上のチームスポーツは、ボートのエイトや綱引きぐらいだろう。

「それが大好きなんですよね。仲間と一緒に一つの目標を目指す——子どもの頃から馴染んできた世界なんです。でも、円盤投には別の魅力があるんですよ」神崎がぐっと身を乗り出してきた。

「それは？」

「静けさ」

「静けさ？」ピンとこなかった。

「そうです」神崎がうなずく。「円盤投は個人競技でしょう？　基本的に、自分の世界に入りこまないとできない——誰かと競うというより、自分の記録と戦う感じなんです。だから静かなんですよ。初めて大会に出た時、他の選手はこんなに集中してるのかって驚きました」

「高校の時だね」

「ええ」

「あの頃はずっと、陸上に専念しろって誘われただろう」

「それはありましたけど、ラグビーの方が、重みがあったんですよね」

「正直だね」

「今でもそうですけど」神崎がニヤッと笑った。「やっぱりラグビーは、子どもの頃からずっと続けていることですから。好きとか嫌いとか言う以前に、やるのが当然という感じなんですよね。呼吸したり、水を飲んだりするのと同じです」

「わかるよ」神崎ほどではないにせよ、岩谷も同じ感覚を持っている——いや、持っていた。少なくとも現役時代は。「すると、円盤投は趣味みたいなものなのかな」

「趣味と言っていいかどうかはわかりませんけど、さっきも言った通り、ラグビーとは別の面白さがあるんです。純粋に自分の記録と向き合えるという意味で……ラグビーだと、やっぱり甘えも出ますから」

「甘え？」

「仲間がいれば、失敗した時に責任転嫁できるじゃないですか」

「ああ、まあ……わかるよ」

ラグビーでも、個人のミスで試合の行方が左右されることもある。しかしそれを後で厳しく指弾されることはほとんどない。全員で一つ、という考えは徹底しているのだ。

「でも、円盤投では他人のせいにはできない。その緊張感がいいんですよ」

「両方で、バランスを取ってる感じかな」

「そういうのを批判する人がいるのもわかりますけどね。昨夜、楠本さんにダメ出しされちゃいました」

「ああ、君も『激論二十四時』を観てたのか」心配していたことだった。

「楠本さんは老害だと思うけど、あの意見に賛成する人もいるでしょう」

「楠本さんは極端なんだよな」老害とはずいぶん厳しく言うなと思いながら、岩谷はうなずいた。「昔は……それこそ高校野球で活躍していた選手が、陸上で結構な記録を出したりしたこともあったはずだよ」

「でも、だいたいは野球一本に絞ったんじゃないですか？　はっきり言えば、その方が金になるし」

「まあね……でも君は、あくまで二刀流で行くんだね」岩谷は念押しした。

「ええ。やるのは僕だし、ルール違反しているわけじゃないですから」

「意志が固いんだな」

「やる気満々と言って下さい」神崎がまた笑みを浮かべる。「とにかく、両方で頑張りたいんです。円盤投は……オリンピックに出られるかどうかはわかりませんけど」

「俺も応援するよ。いや、ゴールドゾーンが会社として応援する」

「契約の話ですか」神崎の表情がいきなり硬くなった。

「東京オリンピックに向けて、物心両面でサポートする。金も人も出す。君を、東京オリンピックのヒーローにしたいんだ」

「ゴールドゾーンと契約する、ということですか」

「そうだ。他のスポーツ選手と同じように。最大限の誠意を見せるよ。最初に条件面を言っておくけど、ラグビー、円盤投とも、うちでウェア、ツールはいくらでも提供する。マネージャー的な人間をつけてもいい。それプラス、年間一千万円の活動費を計上しているんだけど……」

「お断りします。無駄なことはしたくありません」

爽《さわ》やかな笑顔を浮かべて、神崎があっさり言い切った。

2

帰りの道すがら、岩谷は頭の中で神崎の言葉を何度も再現した。

「サポートは十分受けています」「金は足りています」「無駄なことはしたくありません」

競技だけに専念したい、ということか。

神崎は、ＣＭやイベントの仕事などに引っ張り出されるのを面倒臭がっているようだが、本当にそうだろうか。

率直に話してくれたとは思う。「ラグビーと円盤投、両方でオリンピックを目指したい」というのは、間違いなく本音だろう。しかし、援助は受けないというのは本気なのか？　やはり金の問題かもしれない、と岩谷は苦々しい思いを味わっていた。ある程度の金額を提示すれば、活動費に苦労しているアマチュア選手なら間違いなく飛びつくだろう。とはいえ、相手が十分な金を持っていたら……いや、もしも一千万円ではなく二千万円を提示していたら、神崎はこちらの話をきちんと聞いていたかもしれない。

いつの間にか、練習場の最寄駅であるＪＲ新習志野駅まで歩いて来ていた。高架を走る線路は東西にずっと真っ直ぐ続き、駅前のロータリーはやたら広々としている。左手にある巨大な建物は千葉県国際総合水泳場だ。国際基準の五十メートルプール、それに飛び込みプールを備えた本格的な施設で、日本選手権や国体の会場になったこともある。岩谷も、二回ほど来たことがあった……ふと、ふらりと入ってすぐに泳げないだろうか、と考えた。中でひと泳ぎできたら、どれだけ気持ちいいだろう。確か、売店では水着も売っているはずだ。

「あれ、岩谷さん」

声をかけられ、慌てて振り向く。相手の顔を見てほっとした。国内最大手のスポーツ用品メーカー、カジマの朝倉《あさくら》だった。

「お疲れ」岩谷は素早くうなずいた。当然、仕事だろう。朝倉は夏の営業スタイル――カジマのロゴ入りの濃紺のポロシャツに、薄い灰色のスラックスという格好だった。ワイシャツよりもこの方がよほど涼しそうで清潔感がある。

「JETですか？」

「ああ。君も？」グラウンドでは、朝倉の姿は見かけなかったが。

「そうです。岩谷さんも、もう終わりですか？」

「終わったよ」

探るように、朝倉が岩谷の顔を一瞬凝視した。しかし真顔だったのは一瞬で、すぐに明るい笑顔に変わる。童顔なので、笑うと大学生のように見える。しかし確か子どもが生まれたばかりで、今や一家の大黒柱だ。

「ちょっと一杯どうです?」朝倉とは現場でよく一緒になり、たまには呑みにも行く間柄だった。元アスリートという共通点もある。朝倉は箱根駅伝を走った長距離ランナーだったのだ。

「ああ——そうだな」まだ五時になったばかりだが、この辺は営業職の特権だ。外回りから直帰にしておいて、早めに一杯、というのは岩谷も時々やっている。「軽くいこうか。でも、この辺に店はあったかな」

「あまりないんですけどね」朝倉が周囲を見回した。「駅横の居酒屋か……駅の構内にやきとんの店もありますよ」

「やきとんじゃ暑そうだな」苦笑しながら、岩谷は駅舎に隣接している居酒屋に目を向けた。「そこの居酒屋にしようか。生ビールがあって冷房が入っていれば、何でもいいや」

「そうですね」

二人は連れ立って店に入り、テーブル席についた。習慣で腕時計を見ると、午後五時十分。さすがにまだ店はガラガラだった。

「誘っておいて何ですけど、軽くにしましょうね」朝倉が切り出した。

「いいけど、どうした？」

「いや、酔っ払って家に帰ると、嫁さんがうるさいんですよ。子どもの面倒もみないといけないですし」

「君が？　いろいろ大変だな」

「まあ、子どもは可愛いから、いいんですけどね」

どことなく歯切れが悪い。子どもは可愛いが、奥さんは怖い――本音はそんなところだろうか。

ビールで乾杯して、ぐっと大きく飲むと、ようやく暑さが引いていく感じがした。現役時代はほとんど酒を呑まなかったのに、ゴールドゾーンに転職してからの五年間で、ずいぶん酒席を重ねてきた。やはり営業は、夜のつき合いも大事なのだ。

「今日は駅伝チームの視察？」ＪＥＴジャパンの長距離部は、カジマとスポンサー契約を結んでいる。スポーツ用品メーカーにとって、駅伝は旨味がある――テレビの中継で長く映るから、絶好の宣伝なのだ。ユニフォームは、一見しただけではどこのメーカーのものかわかりにくいが、シューズは一目瞭然で、中継そのものがコマーシャルになる。何しろランニングシューズは巨大な市場で、各社の宣伝合戦の主戦場だ。

「ええ。僕は、ＪＥＴでは駅伝の選手としかつき合ってませんから」

「元箱根駅伝の選手としては、血が騒ぐんじゃないか」

「いやあ……どうですかね」

「しかし、JETもまだ駅伝では結果を出せないね」

「昔はよかったんですけどね。山口さんも苦労してますよ」朝倉がジョッキを持ったままうなずく。

「一人二人がよくてもどうにもならないからな」

「チーム競技ですからね。野球やサッカーと一緒です……岩谷さんは、今日は神崎ですか」

ずばり指摘され、岩谷は一瞬言葉に詰まった。違う、と否定するのは簡単だが、別に隠す理由もない。ライバル社の営業マンとは現場でよく会うのだが、あまりギスギスした関係にはならない。努力は裏でするもので、表向きは意外と積極的に、選手に関する情報交換をしたりするものだ。ただし、やはりこちらの動きはできるだけ悟られたくない。

「カジマは、神崎には手を出さないのか？」

「様子見ですね。様子見というか、上の方は、ラグビーにはあまり手を出したくないようです」

「マイナーだから？」自分で言っておいて落ちこんだ。マイナーなのは間違いないが、自らそれを認めては駄目だ。

「上層部の判断なので。僕も、ラグビーはほぼノータッチですから、何とも言えません」

「でも、JETのラグビー部とはチーム契約を結んでるじゃないか」

「あれは僕の担当じゃないですから」

「神崎のこと、どう思う？　商品価値は」

「今のところ、絶対欲しい感じじゃないですね。七人制では、間違いなく今後も日本代表として活躍してくれると思いますけど、円盤投は、参加標準記録に届くかどうか、何とも……これから二年以内に、あと三メートル伸ばせる保証はないですからね。円盤投に専念するならともかく、ラグビーと二刀流だと、どうかな」朝倉が首を捻った。「両立は難しいんじゃないですか？」

「そういう見方か……」

「岩谷さんは、二刀流、いけると思ってるんですか？」

「わからない」岩谷は正直に打ち明けた。「でも、そうなるといいな、とは願ってる」

「うーん、どうでしょうねえ」朝倉が腕組みをした。「上手くいったら面白いとは思いますけど……うちはやっぱり、慎重にならざるを得ないですよ」

「大きな会社は、どうしてもそうなるよな」岩谷は少しだけ皮肉をまぶして言った。

組織が大きくなって判断が遅れ、身動きが取れなくなるのはよくある話だ。現場の営業マンが即断即決でいこうと決めても、上が愚図愚図していたらどうしようもない。

「そうなんですよね」憂鬱そうに朝倉が言った。「それで取り逃がした選手もいるんですけど、まあ、しょうがないです」

大きなざる——ゴールドゾーンでは持ち得ないような巨大なざるで一気にすくって、穴からこぼれてしまった分は無視、というのがカジマのやり方だろう。しかしざるに残った選手を確実に取るだけでも十分なはずだ。一方ゴールドゾーンのように小さな会社は、ピンポイントで狙った相手を必ず射止め、取りこぼしがないようにしたいのだが、毎回上手くいくとは限らない。

「岩谷さん、マジで神崎を狙ってるんですか」

「興味は持ってるよ」

「そうですか……まあ、頑張って下さいとしか言いようがないですね。うちは、今のところ手を出すつもりはないし、他社も同じような感じだと思いますよ」

「魅力がないわけじゃないだろう」これが本当なら、なかなか貴重な情報だ。

「まだ結果が出ていない、ということですよ。野球やサッカーみたいにメジャーなスポーツだったら、名門チームの選手は青田買いしてもいい。でも、ラグビーや円盤投みたいにマイナーなスポーツは、誰の目にもわかるぐらいはっきりした結果を出さないと、手を出しにくいですね」

「ラグビーをマイナー扱いするなよ」岩谷は本気で警告した。

「いや、でも、国内の競技人口なんて、十万人ぐらいじゃないですか。試合数も限られてるし、観客も少ない。日本代表の試合だって、なかなか注目されないでしょう」

「痛いところ、突くなよ」

「前回のワールドカップはチャンスだったんですけどねえ」朝倉も溜息をついた。「あれで一気にメジャーになりそうだったのに、何で上手くいかなかったんでしょう」

「一つのスポーツが盛り上がる時には、複合的な要因があるからな。競技団体やメディア、広告代理店がどれだけ力を入れているかにもよるよ」

「ラグビーの場合、最大の要因は、イケメンがいなかったことだと思いますけど」

「おいおい」岩谷は思わず笑いそうになって、表情を引き締めた。朝倉の言葉は冗談のように聞こえるが、実は核心を突いている、と認めざるを得ない。

「イケメン選手がいないと女性や子どものファンが増えないでしょう。だいたい、ラグビー選手は顔も体もいかつ過ぎるんですよ」

「それはしょうがないじゃないか」岩谷は反論した。「でかい体を作らないと、試合はできないんだから」

「それはわかりますけどね」

「相撲にだって、人気力士はいるだろう」

「相撲とラグビーを一緒にされても……」

この議論は延々と平行線を辿《たど》りそうだったので、岩谷は話題を変えた。定番の、若い選手の品定め……この辺は本音の探り合いにもなる。相手が、特定の選手をどう見てどう評価しているかがわかれば、本気で「取りに行く」気があるかどうかも読める。

一時間ほどダラダラと話を続けた後、朝倉が腕時計を何度か見たので、お開きにした。早く家に帰って子どもの面倒を見なければならないというのは、本当かもしれない。恐妻家……というわけではないだろうが、今の若い連中は基本的に誰にでも優しい。もっとも岩谷も、世間的には「若い」部類に入るのだが。

二人は連れ立ってＪＲに乗り、都心に向かった。上りの電車はガラガラで腰かけられたが、そのせいで酔いを意識するようになる。岩谷は本社に寄るつもりだったが、朝倉は本当に家に帰るようだ。

「真面目だねえ」岩谷はついからかった。

「まあ、子どもは可愛いですから」特に照れる様子もなく、朝倉が言った。「出張も多いから、東京にいる時ぐらいはちゃんと面倒を見ないと、ですね」

「そういうもんかね」独身の岩谷には理解しにくい話だった。

「岩谷さんも結婚すればわかりますよ……まだ結婚しないんですか？」

「大きなお世話だ」

二人は東京駅で別れた。朝倉は京浜東北線に、岩谷は中央線に乗る。中央線の電車が動き始めた瞬間、会社へ行くのを面倒に感じたが、直帰する気にもなれない。家には、できれば寝に帰るだけにしたい……ついでに、どこかでちゃんとした食事をしていこうか。家に帰っても、どうせ一人なのだし。

会社に着いたのは、午後八時過ぎ。もう誰もおらず、フロアの照明は全部消えていた。窓から入りこむ新宿の街の灯《あか》りを頼りにして、自分のデスクにたどり着く。椅子に浅く腰かけ、デスクライトをつけて、腹の上で腕を組んだ。

何か、作戦を考えなければ。

しかし、あれだけあっさり、しかも全面拒否されると、打つ手を思いつかない。何か隙――取り入るネタがあればそこから落とすことは可能なのだが、今のところ小さなひび割れ一つ見つからなかった。

デスクに置いた小さなラグビーボールを手に取る。ミニチュアのそのボールには、黒々とした太い筆致で「田村康之《たむらやすゆき》」の署名があった。所属していた実業団チーム「ブルーパワーズ」を引退する時に、監督がサインを入れて贈ってくれたのだ。デスクの飾りにちょうどいいので、ここでずっと岩谷のサラリーマン生活を見守ってくれている。

そうだ、田村さんに会ってみよう。

田村はもちろん指導者として一流なのだが、一時期、メディアと深い関係にあった。彼が選手として現役を退いた直後の二十年前──テレビに引っ張りだこになり、ラグビーの試合解説だけでなく、ワイドショーのコメンテーターまで任されていた。スポーツ紙にもよく寄稿していて、あまりにもすんなり馴染んだものだから、引退後はメディアでの活動を狙って根回ししていたのではないかと噂されたものである。

しかしそういう生活は、十年ほどしか続かなかった。結局田村は、元の生活──ラグビーの現場に戻って来たのだ。岩谷も、現役生活の後半は彼の指導を受けていた。指導者としても優秀なのは間違いなく、ブルーパワーズは、トップリーグの優勝争いの常連になるまで力をつけた。

その田村が、呑み会の席でふと漏らしたことがある。

「誰が好き好んでテレビに出ると思う?」

一体何を言い出すのかと思い、岩谷は酔いも手伝って「どういうことですか」と思い切って聞いてみた。彼の返事は「ラグビーを普及させるためだよ」。そのために、自らの顔と名前、キャラクターを使ったわけか……残念ながら、彼の戦いは孤軍奮闘で、田村がメディアによく出ている間、ラグビー人気が盛り上がることはなかったが。

「田村さんに相談してみるか……」

声に出して言ってみると、気持ちが固まる。田村は常に「ラグビー業界」の中心にいる人で、情報通だし、あちこちに強いコネもある。選手のことを相談するのに一番いい相手だろう。トップリーグの開幕を来月に控え、今月は追い込みの時期……今頃はちょうど夏合宿だ。最近、ブルーパワーズはラグビー合宿の「聖地」である長野県の菅平《すがだいら》ではなく、他の実業団チームと同じように、涼しい北海道で合宿を張っているはずだ。北海道だと、さすがに簡単には行けない。

岩谷はパソコンを立ち上げ、チームのホームページを確認した。どういう事情か、チームは今年は菅平で合宿を張っていた。北海道の方が費用がかかるはずで、チームが予算を削減し始めているのかもしれない。調べてみると、他にも二チームが菅平を合宿場所に選んでいる。実業団チームの「菅平回帰」なのだろうか……いずれにせよ、菅平なら、車を飛ばして片道三時間だ。話がつけば、明日営業車を借り出して一日で楽に往復できる。よし、さっそく電話だ。

スマートフォンを取り出し、まだ登録してある田村の電話番号を呼び出す。最近直接話していないが――ゴールドゾーンはブルーパワーズとユニフォームなどウェアの提供契約を交わしていて、その関係でマネージャーとやり取りすることは多い――別に遠慮はなかった。五年間、監督と選手として苦労を共にした仲間なのだ。

この時間だと全体練習はとうに終わっているはずだが、田村は電話に出なかった。ミーティングの最中だろうか……明日の朝、もう一度かけ直すかとパソコンの電源を落とそうとした瞬間、スマートフォンが鳴った。田村だった。

「すまん、すまん」電話に出るなり、田村がいきなり謝った。「ちょっと出損なっちまった」

「すみません、合宿中ですよね」

「いやいや、いいんだよ。今日の予定はもう終わった。今年の仕上がりは順調だぞ」聞きもしないのに、田村がベラベラ喋った。この男はサービス精神旺盛というか、人より体内時計が早く進んでいるというか、とにかく早口でよく喋る。

「北海道じゃないんですね」

「今年からな……予算の都合でね。しかし菅平の方が、長く日程を取れる。強度を上げたトレーニングを長くやってるよ」

「菅平だと、練習試合の相手がいないんじゃないですか？」

「いや、こっちでも何チームか合宿を張ってるし、大学生はだいたい菅平にいるからな。若い、生きのいい連中に胸を貸してもらってるよ」自分のジョークに、田村が大笑いする。

それでは練習にならない――社会人と大学のチームでは、地力が違い過ぎるのだ。

昔は、日本選手権で大学が実業団に勝つこともよくあったが、最近は圧倒的に力の差がついていて、学生の勝利は「番狂わせ」になってしまっていた。

「北海道に行ったたって、各チームが日程を合わせて合宿しているわけじゃない。まあ、合宿終わりに、北海道への遠征を予定しているから、そこで実戦を何試合かやるつもりだ」

「お忙しいですね」

「毎年こんなもんだよ。それで、どうした？　新しい製品の売りこみか？」

「それならマネージャーに話します。ちょっと別件で……お知恵をお借りしたいんですが、明日、お会いできませんか？」

「いつ来る？　お前が来るなら時間を空けておくぞ」

「いえいえ、そんな……」ブルーパワーズの合宿日程は、昔とそれほど変わらないだろう。午前——早朝が基礎練習、午後がチーム練習。夜は筋トレに加え、自主トレやミーティングがある。監督が一番暇なのは昼だ。早朝からの練習の疲労をリカバーするために、ゆっくり昼食を摂って、昼寝をするのが常になっている。「昼休みに伺いますよ」

「お前、今、どこにいるんだ？」

「本社——新宿です。明日は朝イチでこっちを出ますから、昼には着けます」

「昼休みは十時から二時まで取ってある」

「相変わらず、朝の練習は六時からですか」

現役時代を思い出し、岩谷は思わず顔が歪むのを感じた。そう、夏合宿の朝は早い。暑さが本格的になる前にきつい練習をこなしてしまおうという狙いなのだが、合宿が進むに連れて疲労は蓄積し、早起きが辛くなる。一番シビアだったのは大学時代だった。起きてこない人間は置き去り。そして遅刻でもしようものなら、午後の練習終わりにペナルティできついランパスが待っていた。

「最近、菅平も北海道もクソ暑いから、真昼は練習にならない。本当は、朝五時から練習にしたいところだ」

「相撲部屋より早いですよね」

田村が豪快に笑った。こういうのは、昔からまったく変わっていない。そもそも異常な笑い上戸で、テレビによく出ていた頃、ある生放送のバラエティ番組で笑いが止まらなくなり、一時スタジオを出てしまったという伝説があるぐらいだ。

「うちの選手は、合宿が終わると太って帰るからな」

「普通は痩せますよ……とにかくお昼過ぎ、一時ぐらいまでには着けると思います」

「気をつけろよ。夏休みだから、高速も混んでるぞ」

「安全運転でいきます」

「ああ、待ってる——お前はいつでも大歓迎だけど、面倒臭い話を持ってくるなよ」

釘を刺して、田村が電話を切った。

安堵の息を吐く。「面倒臭い話を……」とは言っても、田村は普通に話してくれるだろう。岩谷が知る限り、彼ほど話し好きで人の面倒を見るのが好きな人間はいない。

問題は、緊急の出張をどうやって実現させるかだ。一年中、日本各地を飛び回っているゴールドゾーンの営業も、自分の判断だけで好き勝手に動けるわけではない。まず、杉山をどう説得するかだ。

しかし岩谷にはツキがあった。すっかり忘れていたのだが、杉山は夏休みを取っていて不在だったのだ。ということは、出張の許可はさらに上司の上木に取ればいい。神崎とのやり取りを報告するのは気が重かったが……。

電話で岩谷の話を聞いた上木は、予想通り渋い口調になった。

「そんなにあっさり断られたのか」

「取りつく島もありませんでした」

「条件提示もしてないのか？」

「いえ」

「いくらだ？」

「ツールの提供プラス年間一千万円の活動費……それもあっさり拒否されました」

「それでも足りないということか」

「金の問題ではないようです……とにかく今回は、知恵を借りに行こうと思いまして」

「それで菅平か……わかった。出張は承認しておくから、気をつけて行ってこい」

「ありがとうございます」

これで明日、田村に会える。彼なら何か上手い知恵を出してくれるだろうと岩谷は期待した。

3

翌日、岩谷は早めに出社してから出発した。菅平までは、車で三時間はかかる。それも、渋滞がない場合の話である。学校が夏休み中なので、高速は混んでいるかもしれない。

ゴールドゾーンの営業車はプリウスαだった。元々のプリウスのラゲッジスペースを拡大したワゴン車なので、荷物を積んで走り回るのに適している。もっとも、運転していて面白い車ではないので、三時間のロングドライブは気が重い。しかし今日は幸い、関越道《かんえつどう》も上信越道《じょうしんえつどう》もガラガラだった。これだけ空いていれば快適……時々ウィンドウを開けて、外気を中に入れた。熱風が入ってくるだけだったが、それでも風を浴びるのはそれなりに心地好い。

十二時過ぎ、菅平に到着。岩谷にとっては、とにかく懐かしい場所である。大学時代の四年間、夏の合宿はずっとここだったのだ。本来はスキー場で有名だったのだが、高地で夏の暑さから逃れられるので、いつの間にかラグビーの夏合宿の定番になったようだ。それほど広くない場所にラグビーのグラウンドが集中しているのは、いかにも特別感のある光景だった。基本的には全て芝のグラウンドで、思い切ったタックルの練習もできる。地方の公立高校などでは、普段の練習は土のグラウンドで行わざるを得ない。これが、若い選手に恐怖感を植えつけてしまう……土のグラウンドでタックル練習をするのは、わざわざ怪我しにいくようなものである。

点在するラグビー場の間を縫うように車を走らせ、宿舎に向かう。昼食を摂っている暇がないので腹は減っていたが、とりあえず我慢することにした。まず用件を話して、いいアイディアをもらわないと……そう言えば、近くに美味いカレー屋があったはずだ、と思い出した。かなり高齢の夫婦がやっている店だったが、まだ営業しているだろうか。あそこで昼食を奢って話を聞いてもらうのもいいだろう。

宿舎のホテルに着いた時には、十二時二十分になっていた。午後の練習が始まるまで、あと一時間半か……監督は何かと忙しいから、その時間を丸々もらえるかどうかはわからない。

このホテルもかなり古いようだ。しかし、正面玄関の上に飾られた「歓迎　ブルーパワーズ」の横断幕はまだ真新しい。今年からの合宿に合わせて、急遽作ったものだろう。

ロビーに入ると、すぐに田村を見つけた。ソファにどっかり腰かけ、新聞を読んでいる。何故か東経新聞……経済ニュースになんか興味がある人だっただろうか、と岩谷は訝《いぶか》った。

「監督」

声をかけると、田村がバサバサと大きな音を立てて新聞を畳んだ。顔が露わになって驚いたのだが、顔の下半分がほとんど髭に埋もれている。彼も今年五十五歳、何か心境の変化があったのだろうか――髭にわずかに白いものが混じっているのを見て、岩谷は少しだけ悲しい気分になった。髭が白くなると、渋さが前面に出てくる人もいるのだが、田村の場合は「老けた」感じが強い。顔に皺《しわ》が多いからだろう。

「おう」

田村が手を上げ、立ち上がった。岩谷は彼に近づき、一礼した。この前会ったのはいつだったか……確か今年の初めだが、その時に比べて少し太った感じがする。体の線が露わになるTシャツを着ているせいかもしれないが。

「車だよな？」

「はい」

「よし、出してくれ。飯にしよう」

「食べてないんですか？」

「でかい声では言えないけど、このホテルの飯はイマイチなんだ」珍しく小声で田村が打ち明けた。「近くにカレー屋があるんだが、知ってるか？」

「ええ。行ったことがあります」

「そこにしよう。あそこ、美味いよな」

助かった、と岩谷は思わず笑みを浮かべた。食事しながら話ができれば効率的だし、先ほどから、口中にあの店のカレーの味が蘇ってきていたのである。

「お伴《とも》します」

「なんだ、嬉しそうだな」

「まさに、あそこのカレーが食べたかったんですよ」

「この前、いつ食べた？」

「去年です」大学の合宿巡りをしている時だった。

「今年、代替わりしたぜ」

「え？」

「親父さん、結構いい歳だっただろう？　今年から息子さんがやっている。これが、親父さんより腕がいいんだ」

「楽しみですね」

田村を助手席に乗せ、岩谷は記憶にある道を走った。車で五分ほど。山小屋風の造りは記憶にある通りで、代替わりしても改築などはしていないようだった。広い駐車場は車で埋まっており、人気のほどが窺える。

店内もほぼ満席で、ようやく二人がけのテーブルに席が取れた。岩谷はざっとメニューを見回したが、基本は変わっていないようだった。父親のメニューを引き継ぎ、それをブラッシュアップしたということだろうか。

「何にしますか？」

「ここはビーフに決まってる」

ビーフカレー二千円……こんなに高かっただろうか、と岩谷は目を剝《む》いた。まあ、いい。田村との食事なら、領収書で精算できる。

注文すると、カレーは驚くべき早さで出てきた。まあ、ライスを皿によそってカレーソースをかけるだけだから、時間がかかるわけもないのだが。

黒々としたビーフカレーだった——ほとんど黒と言ってもいい。かなり大きめの牛肉がゴロゴロと入っていて、二千円という値段も納得できる。観光地では時々、東京よりも高い料理にでくわすこともあるのだが、ここは純粋に豪華なので高い、ということだろう。

一口食べて驚いた。あまり感じたことのないスパイスの香りが口一杯に広がり、その後でかすかに苦味がくる。しかし嫌な苦味ではなく、いかにも大人が好みそうな味わい……以前どこかで、苦味の強いハヤシライスを食べて感動したことがあったが、あれと似ている。ビーフシチューに少し辛味が入った感じで、今まで食べたカレーとはまったく違っていた。

「どうだ、美味いだろう」田村が、まるで自分の手柄のように言った。

「美味いですね。食べたことのない味です」

「息子さん、東京で自分でカレー屋を経営していたそうだ。そこを畳んで、わざわざ親父さんの店を継いだ。こいつはまさに覚悟の味だぞ」

田村は旺盛な食欲を発揮して、あっという間にカレーを完食してしまった。食後にアイスコーヒーを頼み、岩谷はほっと一息ついた。さほど辛くないと思っていたのだが、独特なスパイスの刺激が結構強く、いつの間にか額には汗が滲《にじ》んでいる。

「それで？　俺に知恵を貸して欲しいって？」

「はい」岩谷はきちんと座り直して背筋を伸ばした。

「うちとの契約の話じゃないんだな」

「それは順調で……というより、マネージャーとちゃんと話しています。監督にご面倒をおかけすることはありません」

「そうか？　だったら何だ？」田村が、アイスコーヒーを勢いよくストローでかき回した。氷がグラスにぶつかる音が乱暴に響く。

「神崎のことです」

「神崎」田村は反射的にうなずいたが、すぐには事情が呑みこめないようだった。

「神崎って、あの神崎か？　セブンズの？」

「はい」

「今や注目の的じゃないか。円盤投との二刀流……十五人制の代表よりも顔と名前が売れている」

「そうですね」岩谷は苦笑した。

「こんな二刀流が本当に成功するかどうかはわからないけどな」田村の声には、かすかに皮肉が混じっていた。「あまりにも違い過ぎる。互いに補完する関係にもならないだろう」

「でも、どちらでも結果を出しているんですよ」

「まあな」田村はどこか不満そうだった。

田村は二刀流否定論者か、と少し暗い気分になったが、岩谷は気を奮い起こして、神崎との契約を真剣に考えていることを説明した。本来は、神崎と田村は直接関係ないわけで、あれこれ相談するのは筋違いである。しかし田村は、岩谷が知る限り、現在のラグビー界で最も頼りになる「策士」なのだ。

「なるほど」

岩谷が話し終えると、田村は腕組みをしてうなずいた。すぐに腕を解き、煙草に火を点ける。顔を背けて煙を吐き出すと、斜めの位置から眇《すが》めるように岩谷の顔を見た。

「相当変わり者だという評判だな」

「変わり者というか……いや、普通は普通なんですよ。まともに話もできます」

「金の話を持ち出したんじゃないか」田村がずばりと指摘した。

「ええ」

「それがかえってマイナスだったんだろう。もしかしたら、内心怒っていたかもしれない――奴が、メイリョー製菓の大株主だって、お前も知ってるだろう？」

「お爺さんが創業者だとか」

「どれぐらい配当があるかはわからないが、結構な額らしいぞ。それこそ、どこからか給料を貰《もら》わなくても楽に暮らして、ラグビーに全ての時間を注ぎこめるぐらいの額だそうだ」

　こういうのは根拠がない噂――配当を受けているのも、家賃収入があるのも事実だろうが、話に尾ひれがついて大袈裟に広まっているのではないだろうか。人は金の噂を聞くと、だいたいゼロを一つ多く加えて誰かに伝える。

「金では動かない相手なんだろう」

「たぶん、そうですね。必要ないって言われちゃいました」

「俺が聞いてる話では、真っ直ぐ過ぎる――裏表がまったくない人間のようだ」

「俺もそう思います」

「だから言ってることは全部本音で嘘はない――本人が、金はいらないと言ったら本当にいらないんだよ。お前、アプローチの仕方を間違えたな」

「面目ないです」岩谷は一瞬うつむいてしまった。「しかし、金の話はいずれしなくてはいけないんですよ。だったら最初から持ち出した方が――普通は、そういう風に話を始めます」

「わかるよ。でも、あいつに限っては、そういうアプローチは無意味だと思う。あいつにすれば『そんな話をされても』という感じじゃないか？　単に困ってるだけだよ」

「確かにそんな感じでした」岩谷はうなずいて認めた。「でも俺は、まだ諦めてません。何か必ず、彼の気持ちを動かす方法があるはずなんです」

「ああいう男に対しては、正攻法で行くしかないんじゃないかな」田村が煙草を灰皿に押しつけた。

「正攻法？　何をもって正攻法って言うんですか？」

「会社の広告塔にしたい――正直にそう言えばいいんだよ」

「いや……それはいくら何でも……」岩谷は顔をしかめた。

「綺麗事やお題目を並べても、神崎にはすぐに見透かされそうじゃないか――そうだ、あいつ、確か帰国子女だよな」

「オーストラリアに六年いました」

「そういう人間には、日本的な根回しや忖度《そんたく》は通用しないんじゃないか？　正直に言った方がいい」

「確かに……そうですね」岩谷も認めざるを得なかった。神崎の目――あの視線は真っ直ぐこちらを射貫き、本音を抉《えぐ》り出そうとしているようだった。しかもそれが嫌らしい感じや強引な感じではなく、ただ疑問を掘り出そうとしているだけ……やりにくいことこの上ない。裏交渉や密談は一切受けつけない、そもそもそういうものが何なのかもわからないようなのだ。

「その本音が受けつけられないとしたら、あとは理想論をぶつけるんだな」

「理想論？」

「日本ラグビーのため、とかだよ。お前も散々、マイナー競技故の悲哀を味わってきただろう？　満員のスタジアム、猛烈な歓声、大きな試合は必ずテレビ中継——そういうのを夢見なかったか？」

「もちろんです」

「神崎がこれからどうなるかは俺にもわからない。しかしあいつが話題を集めるのは間違いないだろう。それを利用したい——日本のラグビーのために、神崎の力が必要だと説得したらどうだ。ラグビーを盛り上げるために、特別なスターの存在が必要だと言ったら、あいつの気持ちも動くんじゃないか？」

「ああ……なるほど」

「正面からいけ。でも、手土産の一つも持って行った方がいい」

「そういうのは受け取らなそうですけど……」

「菓子折や現金の話じゃないよ。スポーツ用品メーカーならではのもの、あるだろう」

「ああ……」すぐにピンときた。「わかりました。ありがとうございます。いいヒントになりました」

「こんなもんでいいのかい？」

「おかげさまで……目が開きました」

「お前、寝てたのか」田村が目を見開く。「もう、営業として十分経験を積んでると思ったけどな」

「相手が百人いれば、百通りの方法が必要なんですね。鬱陶しいディフェンスラインを突破する方法を考える方が、まだ楽ですよ」

「なるほどね……」うなずき、田村がまた煙草に火を点けた。ラグビー関係者といえども煙草を吸わないわけではなく、なかにはかなりのヘビースモーカーもいる。田村も年々、煙草の本数が増えているようだった。

「せっかく来たんだから、少し練習を見ていかないか？　今から会社に戻っても、もう仕事なんてできないだろう」

「そうします。視察も仕事のうちですから」

三時間も車を運転しっぱなしだったので、少し体を伸ばしてやりたいとも思った。それにはラグビーのグラウンドがちょうどいい。久々に高原の芝の香りを嗅ぎながら、後輩たちのプレーを見守ろう。

田村をグラウンドに送り、岩谷も彼の横で練習を見守った。選手たちは午前中の練習の疲れを感じさせず、いい動きを見せている。

「合宿、何日目ですか？」田村に訊ねた。

「今日で一週間だ」

「ちょうど疲れのピークだと思いますけど、今年のチームはかなりタフですね」

「当たり前だ。俺が鍛えてるんだから。それに、強度を上げた練習をするって言っただろう。その成果が出てきたんだよ」田村が平然と言い放った。

アップを終えて、紅白戦形式での実戦練習が始まる。ただし通常の試合時間――前後半四十分ずつではなく、二十分を三本だ。できるだけ多くの選手をグラウンドに送り出し、それぞれの動きを見定める。そのため、プレーが止まる度に田村が声をかけていくだろうと岩谷にはわかっていた。昔から、座ってじっと見ているタイプではなかったのだ。

実業団のチームにも、それぞれのカラーがある。今はフォワード・バックス一体となったランニングラグビーが主流だが、フォワードが強いチームはフォワードを、バックスにタレントの多いチームはバックスの攻撃を中心に試合を組み立てるのは当然だ。そして、毎年のように選手の入れ替えがあるから、基本方針は年ごとに変わっていく。今年のブルーパワーズは、大学から新加入の選手に大型のフォワードが何人かいるから、田村はフォワード重視のチーム作りに舵を切ったのだろう。

「あれ、岩谷さん」

声をかけられ、岩谷は振り向いた。思わず顔がほころんでしまう。

見て取った。

「ご無沙汰してます」

後輩の古河がさっと頭を下げる。かすかに足を引きずっているのを、岩谷は素早く

「おう、古河《ふるかわ》」

「どうした？　故障者リスト入りか？」

「左の足首がちょっと」

「こいつももうオッサンだからな」田村が茶々を入れた。「ちょっとしたことで怪我するんだ」

「これは古傷ですよ、古傷」古河が反発した。

「古傷が治らないのもオッサンになった証拠だぞ。もう引退して、若い連中に席を譲ったらどうだ？」

「まさか。必ず復活しますよ」

聞きようによってはひどく生々しい会話だが、これはブルーパワーズではよくあることだ。田村は口癖のように「やめろ」「引退だ」と言うが、全て冗談である。彼自身が選手に引導を渡したことは一度もない。

古河はこの十年、ブルーパワーズでスクラムハーフのレギュラーを張っている。田村が監督になった年に、ちょうど大学を出てチームに合流したので、まさに田村と二

人三脚でチームを強くしてきたと言っていい。悪口も含めて、何でも言い合える仲でもある。今年三十三歳。フォワードとバックスの動きをつなぐ、運動量の多いスクラムハーフとしては、現役を続けていくかどうか岐路《きろ》に立つ年齢だ。

「大丈夫なのか？」岩谷は訊ねた。

「いや、本当に古傷なんです。でも、合宿後半には復帰しますから」

「大したことがないといいけどな」

「慣れてますよ」

スクラムハーフはしばしば、トリッキーな動きを要求される。足首にかかる負担は、他の選手に比べてずっと大きいはずだ。

古河は、田村が座るベンチ脇の芝に直に腰を下ろした。足の裏をピタリと合わせて、腿を上下させる。関節はまだまだ柔らかい……しかし履いているのはスパイクではなくアップシューズだった。

しばらくその場でストレッチしていたが、やがて立ち上がり、ボールを拾い上げてゴールラインの方へ歩いて行く。ボールを抱き寄せるように何度も胸にぶつけ、感触を確かめていた。岩谷も、何となく彼についていった。

ふいに古河が立ち止まって振り返り、パスをよこした。綺麗にスピンがかかって、すっと伸びるいいパス。岩谷は慌ててキャッチした。

「何だか、もう危なっかしくなってるじゃないですか」古河がからかった。

「当たり前だ。引退して五年だぞ」

「全然触ってないんですか?」

「今走れって言われたら、金を払っても断るな」

「岩谷さん、俺と個人契約ってないですかね」古河がいきなり切り出した。

「チームとして契約してるじゃないか」急に何を言い出すんだと戸惑いながら、岩谷は言った。

「いや、個人で……無理ですかね」

「チームとしては、個人との契約もNGじゃないんだよな」このチームは、そういうルールになっていたはずだ。

「昔はうちにもいたじゃないですか。小出《こいで》さんとか、ずっとカジマと契約してたでしょう」

「ああ」

小出は日本代表キャップ三十四を誇る名フライハーフで、ブルーパワーズでも長年司令塔を務めた。岩谷は現役時代、五年ほど在籍期間が被っていて、彼からのパスを受ける機会も多かった。もっとも小出が選手として評価されていたのは、その卓越したキック力故である。彼の正確無比なキックが何度陣地を挽回し、ペナルティゴールで相手にボディブローのようなダメージを与えたか。相手が全く予期していない時に繰り出されるドロップゴールも効果的だった。というより彼は、トップリーグの試合では、一度もドロップゴールを失敗したことがない。ディフェンスの戦術が緻密になっている現代ラグビーにおいて、ドロップゴールを確実に成功させる能力は稀有《けう》なものと言っていい。

「何で急にそんなことを言い出すんだ？」

「うち、二人目ができてですね……ちょっと金が」古河が親指と人差し指でＯＫサインを作った。

「基本的に、ラグビー選手にはそんなに金は出せないぜ」岩谷は正直に打ち明けた。「ウェアやスパイクはいくらでも提供するけど、金はな……お前の二人目の子どものミルク代になるかどうかはわからない」

「そんなに安いんですか？」古河が驚いたような口調で訊ねた。

「小出さんだって、年間七桁はいかなかったそうだよ」

「そんなものだったんですか？」古河が目を見開く。「いや、でも、それでも俺は欲しいですけどね」

「どうしたんだよ。子どもが二人いる家なんか普通じゃないか。それに、給料だって悪くないだろう」

「いや……」

古河がふっと目を逸らした。しかし次の瞬間には、綺麗にスピンのかかったパスを岩谷に放る。ラグビー経験者でなければ、身を屈めて避けてしまいそうなスピードだった。岩谷は両手でしっかりパスを受け止めた。

「何か、他にも事情があるのか？」

「嫁の親父さんが、ちょっと病気でですね……ちゃんと保険に入ってくれていればよかったんですけど」

「自腹か」

「そうなんですよ。少しでも援助したいんですけど、今の状態じゃ、そうもいかない」

「それは確かに大変だな」岩谷は心から同情して言ったが、正直困っていた。この話をいくら転がしても、古河と個人的な契約をすることはできない。はっきり言えば、古河にそれほどの商品価値はないのだ。

「まだしばらく、金がかかるんですよね」

「いろいろ大変だな」

「そういうわけで、本当に個人で契約、無理ですかね」

「うーん……」岩谷はボールを二度三度と投げ上げた。どう返事したらいいのだろう。後輩——何年か一緒にプレーした仲間を傷つけたくはない。

「無理ですよね」古河がぽつりと言った。「まあ、自分がそこまでの選手じゃないことは自分でわかってますよ。今、うちのチームには、個人でスポンサーと契約している選手は一人もいないですしね」

「一人が突出しても、チームとしては強くなれないぜ」あまりこの状況に即した考えではないのだが、岩谷は口にしてみた。「とにかくこの件は……まあ、俺の一存で決められないこともあるけど……そうだな。難しいかな」

もごもごと言い訳して、岩谷は古河にボールを投げ返した。

「そうですよね」古河が溜息を漏らす。「実業団でやってると、金のことではいつも大変じゃないですか。普通の社員と違って、残業で金を稼げるわけじゃないし、持ち出しも多いし」

「正直、部の予算も苦しいんだろう？」岩谷がブルーパワーズで現役の頃からそうだった。

「みたいです」

だからこそ、合宿や遠征では持ち出しも必要になってくる。岩谷も現役時代にそういうことを経験し、金のやりくりには困っていた。正直、懐具合は今の方がはるかにいい。

「今の、忘れて下さい」古河が無理に笑みを浮かべた。

「悪いな。いろいろ複雑な事情もあるんだ」

しばらく紅白戦を見ていこうと思っていたのだが、急に居心地が悪くなり、岩谷は田村に挨拶してグラウンドから出た。車に乗った後も、何だかモヤモヤした気分が消えない。微《かす》かな罪悪感のせいだとすぐに気づいた。後輩が困っているのに、何の助けにもなれない自分……しかしすぐに、この商売では仕方がないのだと自分に言い聞かせた。ゴールドゾーンにおける岩谷の役目は単純である。自社製品をPRして売りまくること——それが自分の生活を豊かにする源泉にもなる。少し格好をつけて言えば、田村が言っていたように、ラグビー界の興隆のために微力でも力になりたい、という気持ちもあった。スター選手を発掘し、盛り上げて、競技人口を増やしたい。それがひいては代表チームの強化につながり、世界の強豪と対等に戦えるようになれば、さらに盛り上がる。

選手全員にいい条件の契約を提示することはできない。選手にも「持つ者」と「持たざる者」がいるのだ。神崎のように「持つ者」は何もしなくても周りに人が寄って来る。一方古河のように「持たざる者」は、自分のプレーに専念する環境を確保するのも難しい。単に才能があるかないかの違いだけで、決して不公平ではないのだが……そこに自分たちが絡んで金の問題が生じることで、複雑な思いを抱く人間もいるかもしれない。

秋野との関係は、理想的ではないだろうか。多少の金は絡むが、岩谷は「純粋な応援団」である気持ちも強い。自分は三十歳を過ぎて現役を引退した。しかし秋野は、「三十歳の壁」をぶち壊して、本格的に記録を伸ばし始めたのだ。年齢を重ねることを日々意識していく中で、秋野のように選手としては「高齢」な男が頑張っているのを見ると勇気づけられる。この後も年齢の壁に挑戦して、ずっと続けて欲しかった。秋野が現役でいる限り、自分もしっかりやれる気がする。放棄した自分のアスリートとしての人生を、秋野に代わりに生きてもらっているようなものだ。

車の窓を開けて、涼しい高原の空気を導き入れた。同時に、選手たちの怒声が耳に飛びこんでくる。「オープン！」「ハリー！」。ディフェンス側の選手の声だとすぐにわかる。相手は密集から素早くバックスに展開しそうだ。急いでディフェンスラインを整えろ――。

グラウンドで展開される熱い戦いを、古河がポツンと離れたところで一人、眺めていた。そうしながらも、ボールを高く投げ上げてはキャッチする。これも重要な練習――単純な動きが要求されないように見えるラグビーだが、指先の感覚は大事なのだ。

その背中を見ているうちに、何だか辛くなってきた。車を発進させ、練習場を後にする。バックミラーを覗くと、古河はまだボールを投げ上げていた。バックミラーから消えるぐらい高く……次に会う時は、彼はユニフォームを脱いでいるかもしれない。

4

関越道に入り、上里《かみさと》サービスエリアで一休みした。昼食を食べてからだいぶ経つのだが、カレーの旨味と辛味がまだ口の中に残っている感じがし、ブラックの缶コーヒーを一本買って、何とか洗い流した。一息ついたところで上木に電話を入れる。

「何かいいアイディアはもらえたか」

田村との会談の結果を説明した。話しているうちに、どうにも上手くいかない気がしてくる。しかし上木は乗り気だった。

「わかった。次はその方針でやってみよう。お前の話術の勝負になるだろうが、神崎のような相手に対しては、こちらも正々堂々と本音を話すのがいいんじゃないか」

「そうですね……」

「何だ、自信がないのか」

「正直、あまりないです」

「しっかりしろ。これはチャンスなんだぞ」上木が指摘した。「お前も俺も、マイナースポーツの悲哀を散々味わってきたじゃないか。神崎をスーパースターに祭り上げることができれば、来年のワールドカップ、その後のオリンピックで、ラグビーの一大ブームがくるんじゃないか？　上手くいけば、ブームじゃなくて本当に定着するかもしれない」

「ええ」今まで何度もチャンスがあったのに上手くいかなかった……しかし自分の中では、まだ燃える気持ち――自分を信じる気持ちがある。多くの人にラグビーの魅力を届けるためにも神崎の力が必要なのだ。

そのためには……。

上木との電話を終えた後、岩谷は自分が円盤投を「利用」しようとしていることに気づいた。本筋はあくまでラグビー。円盤投がさらに神崎の商品価値を高めてくれる。

陸上関係者に対しては非常に失礼な態度かもしれないが、致し方ない。岩谷はあくまで、ラグビー側の人間なのだ。

神崎のスケジュールは詰まっている。七人制の代表合宿などが本格化するのは二〇一九年以降――オリンピックの一年前からだが、今年も何かと忙しい。普段はＪＥＴ

ジャパンのラグビー部で自主練習しつつ、七人制の合宿があればそちらに参加して、その合間には陸上部のグラウンドに顔を出して円盤を投げている。最近のトレーニングでは、体を休ませることも重視しているのだが、それを無視するように自分の体をいじめているのだ。あれでよく、怪我なく無事でいられるものだと唖然《あぜん》としてしまう。

今年後半のメーンイベントが、十一月から世界各地を転戦して行われるワールドラグビーセブンズシリーズだ。その前、十月には七人制日本代表の合宿があるから、そこで何とか神崎に接触して、もう一度口説くつもりでいた。

しかし突然、別の予定が入ってきた。神崎が、九月に大阪で行われる実業団対抗陸上の全日本大会にエントリーしたのだ。急遽決めたのだろうか……この情報を大会の三日前に知った岩谷は、慌てて大阪出張の予定を組んだ。

そしてここで、意外な展開を目の当たりにすることになった。

円盤投の予選は、初日の夕方からだった。ヤンマースタジアム長居《ながい》の南側にあり、規模の小さいヤンマーフィールド長居で行われた。神崎はここで、明らかに力をセーブしつつも、五十メートル超えを連発した。三回投げてベストの記録は五十四メートル二五。十分予選を突破できる記録で、投げ終えた後も汗ひとつかいていないようだった。

一方秋野は、これまで見たことがないほど苦闘していた。珍しく、一回目はファウル。二回目も距離が伸びず、五十メートルに届かなかった。投げ終えた後、彼が何度も右肩を回して、首を傾げる動きを繰り返していたのが気になる。おかしい。少し前に会った時は元気そうで、「自己ベストを狙いますよ」と言っていたのに、怪我しているのだろうか。普段からサポートしている自分には、そういうことは隠さず教えて欲しかった。

それでも、三回目でベテランらしく踏ん張り、五十三メートル一八を投げて決勝に駒を進めたのでひとまずほっとする。いつの間にか、秋野の投擲に、自分の過去の試合を重ね合わせていることが多くなった。全く別の競技なのに……。

決勝は翌日の夕方だったので、時間が空く。岩谷は朝になってから、秋野に電話を入れることにした。彼も一晩経てば冷静になり、自分の不調を分析できているのではないか……宿泊しているホテルの一階にあるレストランで朝食を摂った後、岩谷は外へ出てスポーツ紙を全紙買ってきた。「全日本」と言っても陸上競技の扱いは小さい。どの新聞も中面に押しこめるように、結果を載せているだけだった。

新聞全紙に目を通した後、岩谷はスマートフォンを取り上げた。大きな大会でも、秋野は必ず朝七時に起きていることは知っている。絶対にリズムを崩したくないからだと本人は言っていたが、今日はどうだろう。大会で、あれほど投げられなかったのは久しぶりではないだろうか、と心配になる。精神的に強い——多少のことでは動じないはずだが、「記録が悪かった時」の秋野を見ていないので、岩谷には何とも言えない。

秋野はすぐに電話に出た。いつも通りの落ち着いた声。普段と同じ時間に起きて、きちんと朝食を食べた後、という感じだ。

「岩谷さん」

「おはようございます」次に何を言うか、岩谷は迷った。励ますのも違うし、叱責するなどとんだ筋違いだ。かといって、軽いジョークで和ませるのも……そもそも、ジョークが思い浮かばない。結局「体調がよくないんですか？」と無難に訊ねた。

「昨日の話でしょう？　いや、実に面目ない」仕事上の軽いミスを詫びるような口調だった。

「いや、私に対して『面目ない』はないですよ」岩谷は苦笑した。秋野は、こういう男なのだが……常に謙虚で腰が低い。「でも、心配でしたよ。いつもの感じじゃなかったですから」

「まあ……歳ですかね」

秋野があっさり言ったことに、岩谷は軽い違和感を覚えた。今まで、年齢のことなど一度も口にしなかったのに。

「冗談じゃないです。老けこむような年齢じゃないでしょう」

「いやあ、三十を過ぎたらなかなか厳しいですよ」

しかし投擲の場合は、基本的な体力や筋力以外にも、経験がものをいう。事実、ハンマー投の室伏広治《むろふしこうじ》は、三十六歳で世界選手権優勝を飾っているし、秋野だって日本記録を更新したのは三十歳を過ぎてからではないか。

「まだまだでしょう。秋野さんに頑張ってもらわないと、こっちも気合いが入らない。私は秋野さんのファンなんですから」

「そう言ってもらえるのは嬉しいですけど……」

「決勝は頑張って下さい。会場で観てますから」

「今日は、神崎が勝ちそうですね」

「そうですか？」確かに昨日の神崎は、記録をきっちり揃えて、楽に予選を突破した。

「彼も、段々試合に慣れてきたみたいだ。やっぱり、ラグビーでオリンピックに出ているほどだから、大舞台には強いんでしょうね。昨日なんか、私の方がよほど緊張していた」

「いや、いつもの秋野さんでしたよ」何とか励まそうと岩谷は必死で言った。

「いやいや……スタンドからは遠くて、よく観えないいんじゃないかな。昨日の私は、ひどい顔をしていたはずです」

「そんなこと、ないと思います」

「今日は、岩谷さんをがっかりさせないように頑張りますよ」

妙に弱気な態度が気になった。秋野は決して大口を叩くタイプではないが、いつも静かに自信を漂わせている。男は黙って結果を出す——という感じだ。今日の彼は、岩谷が今まで聞いたこともない弱気な台詞《せりふ》ばかり発している。

電話を切った瞬間、嫌な予感に襲われた。今度はＪＥＴジャパン陸上部のヘッドコーチ・山口の番号を呼び出す。

「電話してくると思ったよ」言うなり、山口が溜息をついた。「秋野のことだろう？」

「大丈夫なんですか？　怪我でも？」

「そういうわけじゃない。練習ではいつも通りだった」

「だったら、昨日の記録は——」

「わからん」怒ったように山口が言った。「こういうこともあるんだよ。何となく調子が悪くて、記録が伸びないことが」

「秋野選手に関しては、今までそういうことはなかったでしょう？　常にきちんと記録を揃えて、失投はしない」

「選手だって人間なんだから」山口は本気で怒っているようだった。「今日は何とかするだろう」

「本当に大丈夫なんですか？　私は怪我を心配しているんですが」

「あんたもしつこいね。とにかく、大人しく試合を観ててくれ」

電話はいきなり切れてしまった。岩谷は溜息をついて、積み重ねたスポーツ紙の上にスマートフォンを置いた。神崎のことを聞き忘れたと思ったが、もう一度電話する気にはなれない。

今日の決勝では、一波乱ありそうな気がしてならなかった。


晴れ、気温二十八度、風はほとんどなし。ヤンマースタジアム長居は、トラック、フィールド双方の競技にとって、好コンディションだった。

それにしても巨大なスタジアムである。セレッソ大阪のホームグラウンドでもあるこのスタジアムには、五万人が入れる。スタンドのかなりの部分は大屋根で覆われ、観客は陽射しや雨などを気にせず、試合観戦に集中できる。

円盤投は、フィールドの南側で行われる。岩谷はスタンドの最前席に陣取っていたが、トラックが間に挟まっているので、選手の顔まではよく見えない。双眼鏡を取り出して秋野の顔を確認しようとしたが、珍しく落ち着きなく動き回っているので、すぐに視界から出てしまう。

やはりいつもと様子が違う。円盤投はすぐに順番が回ってきてしまうので、ゆっくりと時間をかけて自分の投擲のために精神集中している余裕はない。常に体を動かし、筋肉が固まらないようにしておかねばならないのだ。誰かとダイレクトに競うのではなく、ひたすら自らの記録と向き合うだけなので、他の選手の投擲もあまり見ない。

しかし……普段の秋野はもっと落ち着いている。投げ終えた直後は待機用のテントの中で腰を下ろし、投げる順が近づいて来ると外へ出て、体を動かしながら自分の順番を待つ。動いている割にはどっしりした感じがするのが不思議だが、今日はテントから出てくると、落ち着きなく視線を彷徨《さまよ》わせている。

決勝は十二人の選手によって行われる。最初に三投し、そこまでの記録で上位の八人が残りの三投に挑む。最多で六回投げることになるので、体力の配分も大事だ。しかし、最初の三投が特に重要なのは言うまでもない。ファイナルの八人に残れなければ、入賞もなくなってしまうのだから。

秋野は三番目に出てきた。サークルに入ってからのルーティーンはいつもと変わらない。円盤を手に馴染ませるように、すっと一撫で。「円盤はがっちり摑むんじゃなくて、支える感じ」と、秋野は以前言っていた。人差し指と中指、薬指と小指をそれぞれくっつけ、中指と薬指の間を少し開けて円盤をホールドする。何か意味はあるのかと聞いたのだが「自然にこれに落ち着いた」と言うだけだった。

肩を二回上下させ、深く腰を落とす。それから始動——タイミングを取るように、右腕を三回、左右に振る。振り幅は次第に大きくなっていく。それを見る度、岩谷はフィニッシュの大技に入る直前の鉄棒選手を思い出すのだ。違いは、反動で自分が飛ぶか、円盤を飛ばすか。

秋野の体が綺麗に回転した。足元は安定している——彼が履いているのは、ゴールドゾーン特製のシューズである。投擲競技は人口が少ないが故に、シューズの選択肢もそれほど多くない。ゴールドゾーンでは円盤投・ハンマー投両方で使えるシューズを一種類しか販売していないが、秋野が履いているのはそれをベースに調整を加えた特注品だ。既製品と違い、右足の爪先部分にだけわずかに滑り止め加工が施されているが、一方で踵《かかと》部分は既製品より少し丸みを帯びている。秋野は自分の「癖」を徹底して研究しており、より回転しやすく、かつ最後にしっかり踏ん張って体重をかけられるようにと細かく調整したものである。

秋野はいつも、無言で投げる。軸が一切ぶれない綺麗な回転から、ほぼ正面に円盤が飛ぶ。しかし伸びない……五十メートルを少し超えたぐらいだ、と岩谷は読んだ。

すぐに記録が出る。五十一メートル二五。おいおい……普段の秋野の記録からすると、あまりにも貧弱だ。最終八人へ進めるぎりぎりの距離ではないだろうか。

その直後に神崎が出てくる。他の選手よりもひと回り大きい、堂々たる体軀は、それだけで周囲を圧倒している。ひょこりと一礼してサークルに入り、右腕の「素振り」は二回だけで投擲に入る。軸はぶれないが、体が大きいだけに非常に動きの大きな投擲に見える。少し右へぶれたか？　しかし何とかファウルにならずに飛んだ。円盤が落ちた瞬間に、スタンドから「おお」と歓声が上がる。

六十メートル三八。いきなり六十メートル超えだ。

岩谷は必死で双眼鏡を覗きこんだ。神崎の表情は変わらない。あれだけの記録を出しているのに何か気に食わなかったのか、二度、三度と首を傾げている。

七人制との「兼業」で体力的にもギリギリの戦いを強いられているはずだが、神崎の動きは疲労をまったく感じさせなかった。二投目、六十一メートル七八、三投目、六十一メートル九六と、まるで事前に計画していたように記録を少しずつ伸ばしてくる。三投を終えた時点で、圧倒的なトップに立っていた。

心躍る試合運びだ。調整しながら少しずつ距離を伸ばしていくなどまず不可能だろうが、神崎の記録を見ている限り、そういう「意図」が感じられる。この分だと、残り三投で日本記録を出してくるかもしれない。

一方、秋野は散々だった。二投目、三投目と少しずつ記録を伸ばしたものの、三投を終わった時点のベストは、五十二メートル九〇。最後の八人に入るには、他の選手の結果待ちという感じになっていた。

岩谷は細かくメモをつけながら試合の様子を見守っていたのだが、十番目の選手が自己ベスト──五十三メートル五〇を出したところで、秋野の敗退が決まった。

まさか──秋野が決勝の上位八人に残れなかったのはいつ以来だろう。調べておいたデータを見返せばすぐにわかるのだが、その気にすらなれなかった。

スタンドにも異様にざわついた雰囲気が流れ始める。見てはいけないものを見てしまった感じ……しかしこれは現実なのだ。双眼鏡を覗くと、秋野が唇を嚙み締めているのが見える。腰に両手を当て、真っ直ぐサークルの方を凝視していた。

「秋野はアウトでしたね」

アウト？　無礼な言い分にむっとして顔を上げると、朝倉が隣に腰を下ろしたところだった。何か反論したかったが、上手い言葉が浮かばない。

「彼、怪我でもしてるんですか？」

「いや、そういう話は聞いていない」

「だけど、日本選手権の時に比べて、一気に落ちたじゃないですか。調整の失敗かな」

「わからん」自分でもむっとするほど素っ気ない口調で言い返してしまった。

「しかし、神崎はすごいですね。今日、日本記録、出るんじゃないですか」

「可能性はあるさ——いつでも。しかし、何で君が円盤投を見てるんだ？」

「この後で一万メートルですから、その待機です」

「そうか」

岩谷の機嫌が悪いのを敏感に感じ取ったのか、朝倉が黙りこんだ。しかし席は立たない——急に席を立つと、それはそれで無愛想な対応だと思われる、とわかっているのだ。

二人は無言で、八人のラスト三投を見守った。

神崎は、四投目で失敗した。円盤が少しだけ右へ逸れ——円盤がそちら側に行きがちになるのが癖のようだ——ファウルになってしまったが、五投目では六十三メートル六二を記録する。観客席に「おお」という大きなどよめきと万雷《ばんらい》の拍手が起こった。日本記録更新。この時点で二位の選手のベストに五メートルの差をつけており、優勝はまず間違いない。

最終の第六投で、神崎はさらに記録を伸ばした。六十三メートル八六。今度の拍手は割れんばかりに大きい。前の一投で日本記録を出していたので、観客全員がこちらに注目していたせいもあるだろう。女子の千五百メートルが終わったばかりで、他に競技が行われていないことも影響したのかもしれない。

「すげえ！」朝倉までが声を上げ、拳を握り締めた。岩谷はずっと息を潜めていたのに気づき、ゆっくりと深呼吸してから、双眼鏡に目を押し当てた。

神崎はゆっくりと、四方に向かってお辞儀した。その態度があまりにも謙虚で――まるでミスしたサラリーマンが上司に向かって頭を下げるような感じだった――気が抜けてしまったが、彼の顔に満面の笑みが浮かんでいるのがわかってほっとする。

すぐに彼の周りにカメラマンが群がり、姿が見えなくなった。記録を示したボードのところで撮影――陸上で新記録が出た時におなじみの光景だ。

神崎の商品価値は、今日で二段階――もしかしたら三段階上がったと言っていいだろう。オリンピックの参加標準記録突破も視野に入ってきた。朝倉は「ターゲット外」と言っていたが、今日の結果を見て状況が変わるかもしれない。岩谷は思わず「俺の獲物だからな」と釘を刺した。

絶対に神崎を落とす――その決意は確固たるものになっていたが、そこにかすかなひびが入っている。秋野は大丈夫なのだろうか？　これが衰えの第一歩なのだろうか？

今回はJETジャパン陸上部ヘッドコーチの山口の手引きで、試合後に神崎に会えることになっていた。ただし、すぐにというわけにはいかない。試合後にはその場で代表取材があり、それが終わってしっかりクールダウン、その後着替えてからになる。

岩谷は指示された通りに、スタジアムの西側にある駐車場で待った。わざわざどこかへ場所を移す時間ももったいないので、山口が用意してきた移動用の車の中で話すことになっている。

しかし岩谷は、早くも異変に気づいていた。スタジアムの外――正面ゲートではなく関係者出入り口のところに、何十人もの人が固まっている。老若男女……Tシャツにジャージ姿の中学生から、長年陸上競技を観続けてきたであろう六十代の紳士まで。「出待ち」というやつだろう。今日、円盤投で新たなヒーローが生まれたのだ……神崎を待ち構えたくなる気持ちはわかるが、あの人たちに摑まると面倒なことになる。

そして岩谷の懸念は現実になった。先に山口、すぐ後に神崎が出て来たのだが、いきなり悲鳴のような歓声が上がって、神崎が囲まれてしまったのだ。体が大きい神崎のことだから、危険なことはないと思うが、何かトラブルが起きたらまずい……岩谷は山口の車から離れ、神崎を囲む人の輪に近づいた。

スターを迎えたファンのよくある行動パターンだ。サインとツーショット写真、握手を求め、神崎のところへ押し寄せて来る。危険な感じはなかったが、相当時間がかかりそうだ。神崎は一瞬、戸惑いの表情を浮かべたが、すぐに愛想のいい笑みを浮かべ、サインに応じ始めた。決してイケメンではないのだが、笑顔を浮かべるとそれなりに愛嬌のある顔になる。

山口が人の輪から抜け出して、岩谷に近づいて来た。

「いよいよ本物のスター誕生ですね」岩谷は感心して言った。

「よせよ」山口が嫌そうな表情を浮かべた。「こんな風に人気が出たって、あいつの記録が伸びるわけじゃない。金も儲からない」

「いや……」

岩谷はまったく別のことを考えていた。確かに、神崎は一般受けするイケメンではないものの、汗をかいたアスリートの表情には独特の魅力——色気がある。これを機に、彼をCMなどに起用しようとする企業が出てきてもおかしくない。「二刀流」となれば、それだけで話題は沸騰《ふっとう》するだろう。そこで混乱しないためには、やはりうちがきちんと契約を結び、マネージャー役も務めなければ。彼に十分な金と名声を与えた上で、競技に専念できる環境を作る必要がある。放っておくと、広告代理店の連中も接触を始めるだろう。あの連中は強引だから、トラブルの原因になりかねない。

しかし、神崎のCMか……やはり二刀流を強調するものになるだろう。ラグビーの試合で突進し、相手をなぎ倒す場面と、投げ終えた円盤の行方を追う表情を交互に入れて、二つのスポーツでトップに立つ選手の立場を強調する。

ふと妄想から現実に戻ると、神崎はまだファンに囲まれていた。しかもその数はさらに増えている。

「どうします？」岩谷は山口に訊ねた。

「危なそうな感じはないから、あと三分だけ待とうか」山口が腕時計を見ながら答えた。「ファンに素っ気なくするのもまずいけど、あまり長居するのもよくない」

「わかりました。三分経ったら救助しましょう」

しかし三分では、集まった大勢のファンを捌《さば》けそうにない。神崎は馬鹿丁寧にサインしているようだった。以前、彼のサインを見たことがあるのだが、ぐちゃぐちゃに崩して速記のように書くのではなく「神崎真守」と楷書《かいしょ》で丁寧に書いていた。もっと簡単なサインに工夫しないと、これから大変なことになる、と岩谷は心配になった。

「さて、救助に行くか」

山口がファンの輪に近づき始めたので、岩谷はすぐ後に続いた。山口がパン、と両手を叩き合わせると、神崎に群がっていたファンの目が一斉に彼の方を向く。

「ごめんなさいね。クールダウンも終わっていないので、今日はこの辺で勘弁して下さい」

神崎も深々と頭を下げ「すみません」と謝った。こんなに多くのファンに囲まれたことはないだろうから、彼自身、戸惑っているに違いない。

ええ、と不満の声も上がったが、ごく一部の人からのようだった。その場を去る神崎には、温かい拍手が送られる。

「おめでとう」彼が横に来ると、岩谷は大きな声で言って右手を差し出した。

「あ、ありがとうございます」

びっくりしたように反応して、神崎が岩谷の右手を握る。馬鹿でかい手で、岩谷の手がすっかり隠れてしまいそうだった。これだけ手が大きければ、ラグビーのハンドリングでも、円盤を摑むのでも有利だろう。体の大きさだけは、どんなに努力しても手に入れられるわけではない、と岩谷は羨ましくなった。現役時代、巨漢選手を前にした時の恐怖を今でもありありと覚えている。あと五センチ背が高かったら、自分はもっといい選手になれていたかもしれない。

追いかけてくるファンを何とか振り切り、神崎と岩谷は駐車場の端に停まったワンボックスカーの二列目に並んで腰かけた。気を利かせたのか、山口は外にいる。

「もう一度、本当におめでとう。最高の日本記録だった」

「ありがとうございます」

声は静かだったが、彼の体にこもる熱気が伝わってくるようだった。さすがに、あれだけの観衆の前で日本新記録を出したのだから、興奮していないわけがないだろう。

「今日は特に調子がよかったね」

「まあ、何とか上手くいきました。でも、もう少し伸ばせたと思います」

「そうか？」

「参加標準記録には、まだ届かないでしょう」

「でも、着実に伸びている。参加標準記録まで、あと二メートルちょっとじゃないか。何とかオリンピックを目指したいよな」

「はい」神崎が素直に認めた。今や、それも夢物語ではない。順調に記録を伸ばし続けている神崎のことだ、本当に参加標準記録を突破して、東京オリンピックの代表に選ばれる可能性がある。おそらく彼には、あと二回——二〇一九年、二〇二〇年と全日本に出るチャンスがある。何とか記録を突破してくれるのではないだろうか。

「この前の話を蒸し返すことになるんだけど、こういう機会だから、うちとの契約を真面目に検討してくれないだろうか。オリンピックを目指す上で、最高のサポートを約束する」

「はあ……」

ここまでは前回と同じようなやり取りだ。神崎の返事がはっきりしないのも、記憶にある通り。岩谷は一歩踏みこむことにした。

「広告塔になって欲しいんだ」

「ゴールドゾーンの、ですか？」

「そうだ。今日の日本記録で、君の価値は一段上のレベルに上がった。これからマスコミに追いかけられるし、何かと身の回りが騒がしくなる。うちの会社で、君をサポートさせて欲しいんだ」

「それぐらい、一人で何とかなりますよ」

「いやいや、考えてくれ。君は今、七人制ではラグビー協会の専任契約になっている。陸上の方はＪＥＴジャパンの所属だけど、立場は非常に中途半端だろう？　ＪＥＴジャパンに、二十四時間、三百六十五日、君のサポートができるとは思えないんだ。うちならできる」

「そういうの、特に必要ないです。今でも十分できてますから」

「なあ、ラグビーのことを考えてくれないか？　俺は現役時代、マイナースポーツの悲哀を散々味わった。ガラガラの秩父宮《ちちぶのみや》で試合をしたことも何度もある。この業界は昔から宣伝が下手で、『興味のある人だけが観に来ればいい』という殿様商売をしてたんだけど、そのせいで国民的スポーツに成長するチャンスを何回も逃している」

「それは……わかります」

「日本のラグビーにとって、来年のワールドカップと次のオリンピックが勝負なんだ。最後の勝負になるかもしれない。君には、ゴールドゾーンだけでなく、ラグビー界全体の広告塔にもなって欲しいんだよ。ラグビーをもっと人気スポーツにしようじゃないか」

「それは、まあ……」神崎の態度はまだ煮え切らない。上の空で話を聞いていない、という感じではないのだが。

「君はどう考えているんだ？　日本のラグビーはこれでいいと思ってるのか？」

「あの、逆に岩谷さん、円盤投についてはどう思います？」

「え？」神崎からの質問に、岩谷は答えに詰まった。

「円盤投は、この前の東京オリンピック以来、ずっとオリンピックに出場できていません。世界との差も、ずいぶん開いてしまいました。仮に僕がオリンピックに出ても、勝てる見込みはないでしょう？　そういうわけで、投擲の中でも一番マイナーなスポーツが、円盤投かもしれません」

「じゃあ君は……円盤投をもっとメジャーな種目にするために頑張るつもりなのか？七人制はどうする？」

「七人制も頑張ります。どっちもですよ」神崎が爽やかな笑みを浮かべた。「そのためには、時間が足りないんです。余計なことをしている暇はない……練習と試合に集中するためには、何かに縛られたくないんです」

「君が、金銭面で恵まれた立場にいるのはわかっている。でも、金で解決できないこともあるじゃないか。面倒な雑務は俺たちが全部引き受けるよ。専属のマネージャーをつけてもいい」

「そもそも、断ればいいんじゃないですか？　取材とかCMとか、何とかアンバサダーとか、そういうことでしょう？　僕はラグビー選手だけど円盤投もやっている——ただそれだけのことです。とにかく二つの競技に集中したいだけなんです」

「余計なことは一切したくないわけか……」

「はい」

「でも、世間は君を放っておかないぞ」

「大丈夫ですよ」やけに自信たっぷりに神崎が言った。「セブンズも円盤投もマイナーな競技ですから。マイナスとマイナスを足しても、マイナスが大きくなるだけですよ」

君は甘いぞ——岩谷は警告を思い浮かべたが口には出さなかった。世間は、「神崎真守」という人間に注目して、スターに押し上げようとする。そこから逃れる術などないのだ。せいぜい、誰かが防波堤になり、彼が余計な心配をしないで済むように頑張るしかない。そのために自分たちはいるのだ。

「もしかしたら、他の社から、いい条件のアプローチがあるのか？」

「そういうのはないですよ——全然」

「間違いなく、これから殺到するよ……今日は、これを見てもらいたかったんだ。うちの誠意だ」岩谷は大きなバッグからシューズを二足取り出した。これが田村の言っていた「土産」だ。ラグビー用と円盤投用で、円盤投用は既製品だが、ラグビー用は発売前のプロトタイプでシンプルな黒一色だ。踵部分に「G」と「Z」を組み合わせたゴールドゾーンのロゴ、その下に神崎の名前が入っているだけ。「ラグビー用はまもなく発売になるんだけど、これはプロトタイプを君のサイズに合わせた特注品だ。新素材を使って、軽さと頑丈さを両立させている。だいたい、どんなスパイクでもどこかに不満があるだろう？　だからどうかな、君のアイディアをもらって、『神崎モデル』を作り上げるのは？」

「スパイクは、困ってません。今使ってるので十分です」

「神崎モデルができれば、子どもたちも喜んで使うよ」

「それも僕には関係ないです。競技とは直接関係ないことなんで」神崎の口調が硬くなる。「とにかく、どことも契約する気はありません」

「それだけじゃ、安心できないんだけどな」岩谷は苦笑した。ライバル社にさらわれるよりはましだが、彼は本当に、一人で何とかできると思っているのだろうか。だとしたら甘い。世の中には、彼を食い物にしようとする人間も、いくらでもいるのだ。

「もう、いいですか？」神崎が腕時計を見て、「今夜、スポーツニュースに出なくちゃいけないみたいです」と嫌そうに言った。

「断ればいいのに」

「本当ですよ」神崎が真顔で言った。「合理的じゃないっていうか、テレビに出る意味なんかないじゃないですか」

「それが君の考えか……テレビの力はすごいぞ。今日、君は本物のスターになるんだ」

「本人にその気がなければ、そういうことにはならないんじゃないですか」

神崎がさらりと言った。やはり甘い……今日、テレビのスポーツニュースで扱われ、明日の新聞でもでかでかと記事が出る。その結果、明日から神崎の人生は変わってしまうのだ。

しかし彼の気持ちを変えるのは難しい。岩谷は、それだけは痛感していた。

それにしても、自分の仕事の意味は何なのだろう。アスリートに「必要ない」と言われてしまったら、今の仕事は半分なくなってしまう。サポートされることで自分の価値を見出す人もいるはずだが、神崎は違うのだろうか。

この男のことは分からない。帰国子女だからかもしれないが……いや、まるで宇宙人だ。

第三章　世界標準

「今日は、大阪で行われました全日本実業団対抗陸上で、円盤投の日本新記録を出して優勝した神崎真守選手にお越しいただいています。神崎さん、おめでとうございます！」

「ありがとうございます」

「さあ、まずは今日の決勝、全六投を全てご覧いただきたいと思います……神崎さん、一投ごとに記録を伸ばしていきましたけど、これは狙っていたんですか？」

「そういうわけではないです。投げるうちに、体が自然にフィットしてきた感じです」

「日本記録を更新したこの一投、手応えはどんな感じでしたか？」

「少し右の方へ流れたんで、リリースの時は心配だったんですけど、何とか収まってくれました」

「第四投は、ぎりぎりファウルだったんですが、ほとんど六十五メートルぐらい飛んでいました」

「いや、ファウルはファウルなので……少し手が滑った感じがしました」

「さあ、そして神崎選手というと、七人制ラグビーとの二刀流が注目されています。秋からはセブンズシリーズで各国での転戦も始まり、東京オリンピックを見据えた戦いが続きます。この七人制ラグビーと円盤投の両方でオリンピック出場の可能性が高まっていますが、神崎さんの中では、実現可能性はどれぐらいありますか？」

「まだ何も決まっていないので、何とも言えません。円盤投は、まだ世界レベルには届きませんし、ラグビーも何が起きるかわかりませんから……はい、でも、両方でオリンピックに出られたらすごいことだと思います。そこを目指していきたいと思います」

「オリンピックでも二刀流の宣言ということでよろしいでしょうか」

「まだ夢ですけどね。両方の競技に対するリスペクトを忘れずに、頑張っていきたいと思います」

「ではここからは、ラグビーと円盤投の両方で一流の活躍を見せる、神崎選手の肉体の秘密に迫っていきたいと思います」

（東テレ『スポーツヒート』）

1

世界各国を回るセブンズシリーズのアメリカ大会。日本はプールCに入り、イングランド、南アフリカ、スペインという強豪国と対戦することになっていた。初戦のスペイン戦には辛勝したものの、南アフリカには完封負け。何とかイングランドには一矢を報いたい――しかしイングランドのディフェンスは強固で、そのうえ十五人制と同じようにキックを多用してくるので、散々走り回らされ、完全にペースを狂わされた。

後半三分、日本はようやくチャンスを摑んだ。ハーフウェイライン付近での、マイボールのペナルティ。スクラムハーフが素早くボールを展開する。こういう場合は、フォワードもバックスもない。神崎はスクラムハーフからのパスを受け、真っ直ぐ突進した。正面で待ち受けているのは、何度もぶつかり合ったイングランドのフォワード。アメリカ風に言えば、冷蔵庫のような体型だ。真四角でがっしりしている。

その選手のタックルが、少しだけ高い。倒すのではなく、ボールを殺そうとする狙いなのはわかった。それを読みきった神崎は、当たる瞬間、少しだけ体の軸をずらした。前進は止められたが、半身の状態になって、フォローしてきたスクラムハーフに安全なパスを送るだけの余裕はできた。スクラムハーフがディフェンスラインの隙間に突っこんだのを確認して、神崎はさらにフォローに回る。よし……二人がつないだ。神崎は、摑まった味方の選手の胸元に飛びこんでボールをもぎ取ると、そのまま身を翻してサイドラインに向かって流れて走った。途中、イングランドのバックスがサイドラインの方に追い詰めるようなコースで迫って来たのを確認し、走る方向を変えて一気に前に出る。イングランドのバックスもそれに合わせてコースを塞ぎに来たが、神崎は全力でぶつかり、低い位置で相手の肩に衝突した。そこで体の中心に力をこめ、足を運んで、一気に吹き飛ばす。倒された選手を跨ぎ越してさらに前進。フォローしてきたイングランドのフォワードが前に立ち塞がった。彼の背後には、既にゴールラインが見えている。押しこんでそのままゴールラインを割るのは難しい。もう一度内側へ展開して——しかし神崎は、外側にフォローが回ってくる気配に気づいた。タッチラインまでは五メートルほど。上手くディフェンスを引きつけてパスを送れば、そのままインゴールに飛びこむスペースが空くはずだ。

左肩からぶつかっていく。自分より重い選手のタックルを受け、衝撃で押し戻されそうになったが、上手く体を回転させて後ろを向いた。左手を上げて相手の動きを制したまま、右手一本でパスを出す。低いか……しかしフォローしてきたフライハーフの池畑《いけはた》が、転びそうになりながらも、右手一本でボールをすくい上げる。危なっかしい足取りだったが、何とか倒れずにゴールラインまで走りきり、勢いそのままに頭からインゴールに飛びこんで、ボールを叩きつけた。

よし！　神崎は内心でガッツポーズを作った。トライしても騒がない、大袈裟に喜ばない——これはラグビーの基礎を叩きこんでくれた父の教えで、今でも厳密に守っている。相手を下手に刺激する必要はない、という言い分は理屈が通っていると思う。

他の選手たちが池畑に抱きつき、トライを祝福する中、神崎は彼に向かってさっと親指を立てて見せただけで自陣に戻った。前後半七分ずつしかないのだから、時間を無駄にせずに次のプレーに移らないと。キャプテンとしても、喜ぶよりこの先の試合展開が気になる。

しかし結局、イングランドには追いつけないまま、日本は敗れた。今シーズンのセブンズシリーズでは、どうにも調子が上がらず、納得のいかない試合が続いている。この分では、来年に迫ったオリンピックが心配だ。

今夜は徹底してミーティングだな。オリンピックも、出るだけで満足してはいけない。自国開催なのだし、勝ってこそ意味がある。いや、オリンピックでいい成績を残さないと、日本のラグビー界の火は消えてしまうかもしれない。

試合終了後、サイドラインに立ち、グラウンドに向かって一礼しながら、神崎は奇妙な気分に襲われていた。これは岩谷の言い分ではないか。

　去年九月の実業団大会、円盤投で日本記録を出した後に会って以来、岩谷からは何度か電話がかかってきた。神崎としては、契約する気はまったくないので、彼に会うつもりはないが、彼は簡単に諦める気はないようだった。本当にラグビー興隆のためと考えているのか、それとも単に金のためか。

「クソ」バックスリーダーでもあるフライハーフの池畑が吐き捨てる。ちらりと神崎の顔を見て「やばいぞ」とつぶやいた。

「ああ」

「コアチームに残れないと、マジでやばい」

「わかってる」

　二人は並んでロッカールームに向かったが、話は途絶えた。コアチームからの脱落――そのピンチは、二人とも十分理解している。

　セブンズシリーズでは、すべての試合に参加できる「コアチーム」が十五ある。全日程が終了して最下位のチームはコアチームから脱落し、翌シーズンは「招待チーム」になってしまう。試合数は少なくなり、世界トップレベルでの実戦経験が減る。オリンピックを来年に控えてのこの脱落は、極めて痛い。強化策の見直しも必要になってくるだろう。

もちろん、まだ降格が決まったわけではない。セブンズシリーズは、六月まで続くのだから。

そう自分に言い聞かせても、少しも楽観的になれないのだった。

試合が行われたサムボイド・スタジアムは、ラスベガスの中心地から少し離れた場所にある。ラスベガスといえば、ネオンサインが溢《あふ》れるド派手なギャンブルの街というイメージなのだが——実際その通りだ——中心地から少し離れたこの辺には、基本的に何もない。だだっ広い荒野に突然出現した四万人収容の巨大なスタジアムは、非常に奇妙な雰囲気を醸し出している。

移動のバスが走り出した時、神崎はふと後ろを振り向いてスタジアムを一瞥した。まだ照明が灯っており、砂漠の中にぼうっと浮かび上がったオアシスのようにも見える。

車はすぐに、幅広い道路の両側に大きな家が建ち並ぶ住宅街に入っていった。しかしそこを抜けると、道路はまた荒野の中の一本道に変わる。何となく、北海道辺りに雰囲気が似ているな、と神崎は思った。ただしここでは、絶対に雪は降らないだろうが。

左側に、巨大なウォータースライダーが見えてくる。どうやら「水」のテーマパークらしい。昼間は家族連れで賑わうのだろうが、夜に見ると、どこか不気味な雰囲気だった。

バスはほどなく、宿舎に到着した。サムボイド・スタジアムにはそこそこ近いが、ラスベガスの中心地からはかなり遠い——宿舎がこんな場所に選ばれた理由は、選手たちをギャンブルから遠ざけておくためだろうか、と神崎は訝った……もっとも神崎は、とても一か八かのギャンブルにチャレンジするような気分にはなれなかった。今日は一勝二敗、明日の順位決定戦に向けて作戦を練り直し、もう一度気合いを入れなくてはいけない。

宿舎は三階建てのこぢんまりとした建物で、ホテルというよりモーテルの感じだった。この周辺には同じようなモーテルやファストフード店があるだけで、ラスベガスらしい華やかさとは縁遠い。いかにもアメリカの田舎という感じだった。

夕食は、近くにあるステーキ店で摂った。既にスタッフが予約していたようだが、よりによって日本にもあるチェーン店……神崎は店に入りながら苦笑してしまった。日本でもこの店に入った記憶はあるが、メニューも同じなのだろうか。

馬鹿でかいヒレステーキは大味だったが、卓上の調味料で味を調整すると、まあまあ食べられた。負けてもテーブルの賑やかさが失われないのは、このチームのいいところなのか悪いところなのか……面倒臭いミーティングは、ホテルに戻ってからだ。

かないと。

デザートにはチーズケーキ。甘いものを食べたい気分ではなかったが、ハードな試合の後ではある程度糖分を摂取しておいた方が疲れは抜けやすい。明日の結果次第では、コアチームからの脱落が現実味を帯びてくるのだから、少しでも体調を整えておかないと。

レストランを出た時に、マネージャーから「ギャンブル禁止」と改めて申し渡しがあったが、わざわざ街の中心部に出かけて金を使う気になっている選手はいないようだった。そもそも、がっちり勝負できるほど金を持っているわけでもない――日本のラグビー選手は、基本的に常に懐が寂しい。いや、神崎だけは違うが。ちょっと一勝負、ぐらいの金はあるものの、そういうことに使う気はまったくない。メイリョー製菓の株の配当、それに家賃収入で手に入る金は、全部自分の体のために投資したかった。実際神崎は、国内で基礎トレーニングをする時のパーソナルトレーナー、食べ物のアドバイスをもらえる管理栄養士と契約している。莫大な額ではないが、毎年かなりの金が飛んでいくのは確かだった。

選手たちは、揃ってホテルに向かい始めた。アメリカ基準でも大男、しかもがっちりと筋肉で武装した男たちが固まっているので、嫌でも通行人の目を引いてしまうが、日本よりはましだ。わざわざ好奇の目を向けてくる人はいない。だいたい、ラスベガスは典型的な車社会で、歩いている人があまりいないのだ。

ふいに、もう一杯コーヒーが飲みたくなった。ホテルでも飲めるが、もう少し美味いコーヒーがいい……そういえば、広い道路を挟んだホテルのはす向かいに、スターバックスがあったはずだ。池畑を誘ったが、彼は部屋に戻って、ミーティングの前に今日の試合のビデオを見直すという。普段からこのチームのことを一番に考えているのは間違いないのだが、気分転換が上手くできないのが弱点だ。二十四時間、三百六十五日ラグビーのことしか考えていないこの男は、現役を引退したらどうするつもりだろう。指導者としてラグビー漬けになる道もあるにはあるが。

一人になると、急に侘《わび》しさと不安を感じた。七人制の日本代表チームは海外遠征も多いのだが、神崎は自分の英語力が未だに不安だった。いや、喋れないわけではない。幼少時をオーストラリアで過ごし、日本に戻ってからも無理やり英会話を習わされていたので、一通りの日常会話には不自由しない。問題は、幼い頃に身についたオーストラリア英語が時々出てしまうことだ。

オーストラリア英語は、発音が英語や米語と微妙に違い、イギリス人やアメリカ人のネイティブスピーカーの耳には、妙に訛《なま》って聞こえるらしい。気をつけてはいるのだが、会話の流れの中では、無意識のうちに慣れたオーストラリア英語が飛び出してしまう。今日も、カウンターでコーヒーを受け取る時に、カップが倒れそうになって、店員が慌てて押さえてくれた時に「ノー・ウォーリーズ」と言ってしまった。本来の英語なら「ノー・プロブレム」か「ドント・ウォーリー」だ。店員が一瞬怪訝そうな表情を浮かべたので、ひょいと頭を下げてすぐにその場を立ち去った。

店内ではなく、建物の外にある席に一人陣取り、熱いコーヒーを楽しむ。夜もこの時間になると結構気温が下がっており、半袖では肌寒いほどだった。コーヒーの熱さで中和して、ちょうどいい感じか……。

突然、一人の女性が同じテーブルについた。失礼な——相席は構わないが、こういう時は一言あって然るべきだろう。アメリカ人は、無用なトラブルを避けるために、よく言葉をかけ合うものだし。

ちらりと見ると、日本人のようだった。まあ、ラスベガスに日本人女性がいてもおかしくはないのだが……ただし、濃いグレーのパンツスーツというビジネススタイルなのが気になる。ここは、仕事ではなく遊びの街ではないのか？

「神崎さんですね」と呼びかけられたので、慌ててカップを取り落としそうになる。日本では、声をかけられることも多くなった。やはり、去年の実業団で優勝してから、テレビやスポーツ紙などで取り上げられる機会が増え、名前も顔も売れてしまったのだろう。できるだけ丁寧に挨拶して、サインを求められれば時間が許す限り応じることにしているが、まさかアメリカに来てまでこんなことになるとは。

「神崎です」仕方なく答える。否定したらあまりにもわざとらしい。

「お初にお目にかかります。村岡と申します」

極めてビジネス的な挨拶の後、彼女が名刺を差し出してきた。ちらりと見ると、日本語の名刺――所属は「アルファパワー」だ。名前は村岡遥子《ようこ》。

おっと、そういうことか。アルファパワーは、アメリカに本社のあるスポーツ用品メーカーで、ここ数年、急速に売り上げを伸ばしている。アメリカでは、ナイキ、アンダーアーマーに次ぐ「第三勢力」として定着しつつあり、確か去年か一昨年には日本法人もできたはずだ。もう一度名刺を確認すると、正確には「アルファパワージャパン」である。日本法人の方か……神崎は名刺をテーブルに置いて、ひょこりと頭を下げた。面倒臭い相手だが、さっさと席を立つような無礼な真似はしたくない。神崎は素早く彼女を観察した。三十代……いや、まだ二十代だろうか。座っているので身長ははっきりとはわからないが、百六十センチぐらい。綺麗に日焼けしていて、いかにもアウトドアスポーツの愛好家、という印象だった。長い髪は、後ろで綺麗に一本に縛っている。

「今日の試合、観てましたよ」

「……それはどうも」

「いいプレーでしたね。特に、イングランド戦のトライにつながる突進とパスの判断は最高でした。あれは世界標準です」

「どうも」どうもとしか言いようがない。

「ミーティングは終わったんですか」

「いや」嫌な言い方をするな、と神崎は表情を歪めた。

「明日も大事な試合ですね」

「それはもう——一戦一戦が大事ですけど」

「そうですね。いよいよオリンピックも近いですし」

「あの……それで、僕を尾行してたんですか？」

「ええ、まあ」遥子が屈託のない笑みを浮かべた。極秘の仕事を綺麗にやり遂げた、とでも言いたげな、満足そうな笑顔。

「あまり気持ちのいい話じゃないですね」

「選手とどう接触するかは難しいでしょう。アポを取るのも大変だし、私はあなたの携帯の番号も知りません。それに、所属先に話をしても、つないでもらえませんでしたし」

面倒な取材や契約の話から逃れるために神崎が取った作戦が、それだった。ＪＥＴジャパンや協会を窓口にして、取材は基本的にシャットアウトしてもらう。自分の直接の連絡先はあまり知られていないはずだから、これで雑音は聞かずに済む。接触のきっかけにならないように、ＳＮＳも全て閉鎖した。

「でも、試合の時は必ず会えますからね」

「尾行しないと無理じゃないですか」

「仰る通り」遥子はまだ笑みを浮かべていた。「でも、無事に会えたんだから、これでいいです」

「いや、そう言われても……」神崎は苦笑した。「あの、契約の話ですよね」

「もちろんですよ。他のメーカーからも話が来て、大変でしょう」

「いや、今はそんなことはないですよ」実際、真っ先に声をかけてきた岩谷からも、最近は連絡がない。諦めたのか、あるいは別の作戦を考えているのか。岩谷は大袈裟に騒ぐ男ではないが、諦めがいい訳ではない。何か、新しい手を探っているのだろうと神崎は読んでいた。

「年間二千万円、出します。もちろん、こちらから積極的に確認すべきことではない。もちろん、ウェアやグッズは何でも提供しますし、あなたと共同で新しいツールを開発してもいいです。私が専属で窓口になりますから」

「いや、そんな、いきなり」

ゴールドゾーンは年間一千万円を提示していた。その額は、神崎が毎年受け取っている株の配当や家賃収入よりも低い。もちろん、金額の多寡で心が動かされるわけではないが。

「悪くない条件だと思いますよ。スポンサー契約でここまで金を出すことは、まずありません」

「そうなんですか？」そもそも相場がわからない。

「ご検討いただけませんか？　うちのサポートは手厚いですよ。金だけではなく、それこそ物心両面で。専属でマネージャーをつけることもできます。今、移動も大変じゃないですか？　それも全部、こちらで面倒を見ますよ」

「いや、移動は特には……」

実は神崎は、最近国内の移動に車を使うようになった。以前は便利で時間に正確な電車がメーンだったのだが、人に声をかけられることが多くなったので、車移動をメーンにし、自分でハンドルを握るようになったのだ。とはいえ、千葉の陸上部グラウンドと調布のラグビー部グラウンドに同じ日に行ったりすると、都心の渋滞を抜けていかねばならないので結構疲れる。運転手役も務めてくれるマネージャーがいれば楽になる——とつい考えてしまった。

いやいや、四六時中誰かが近くにいたら面倒なだけだ。神崎にとっては、一人になれる時間も貴重なのだから。特に最近は、街を歩いているだけでも声をかけられ、辟易することも多い。

「条件は提示しました」遥子があっさり立ち上がり、さっと一礼した。「どうか、ご検討下さい」

「はあ」あまりにもあっさりしていて、気が抜けてしまった。言うだけ言ったら仕事は終わり、ということか。

「またすぐにお目にかかります——陸上の方は、しばらく大会には出ないんですか？」

「それは絞りこんでいます。この遠征も長いですからね」

セブンズシリーズはこの後、一週間後にカナダ大会が開かれる。一度日本に帰ると、移動の時間と費用が無駄になるので、チームはこのままバンクーバーに移動してミニ合宿を張ることになっていた。その後の香港大会は、一ヵ月間が空いて四月なので、一時帰国する予定である。香港の後はシンガポール大会、そしてまた間を置いてイングランド大会、そしてフランス大会が最終戦になる。日本と現地を行ったり来たり、それに長期遠征になることもあるので、何かと落ち着かない。

アルファパワーのことなど考えている余裕はないのだが、向こうは絶対にまた接触してくるだろう。遥子のさらりとした態度が、むしろ不安だった。粘っこく迫ってくることもできたはずなのに、今日は条件提示しただけであっさり引いてしまう——これも彼女の作戦なのだろう。

なかなか理想の環境は手に入らないものだ。こちらのことを考えてくれるなら、放っておいて欲しいのだが。本当に、余計なことは何もしたくないのだ。

2

初日を一勝二敗で終えた日本代表は、二日目、九位以下の決定トーナメントに回った。ここでもケニアとウェールズに連敗し、アメリカ大会は最下位……コアチームからの脱落も、本当に現実味を帯びてきた。何しろここまで五大会を終えて、最高順位はオーストラリアでの十位である。

アメリカ大会の順位決定戦は散々——これまでで最悪だった。タックルを受けながらも出すオフロードパスを多用して、ボールを止めずにゲームを動かし続けるという意図は、ケニアとウェールズの素早く固いディフェンスによって挫かれた。タックルは普段に増して激しく、パスが通らず、しかも何度かターンオーバーされてしまった。オフロードパスの危うさはこれである。体の自由が利かない状況でパスを出すと、やはり思うようにはボールをコントロールできない。圧倒的な当たりの強さとボディバランスがないと難しい——要するに個人の能力が成功率を大きく左右するのだ。

試合後のミーティングも、流石《さすが》に士気が上がらない。ヘッドコーチが一々ミスを指摘したが、正直言って、そんなことは言われなくてもわかっている。試合時間が短いが故に、場面場面の記憶は鮮明だ。

とにかく、ここから盛り返さないと。今日はラスベガスに泊まって、明日はバンクーバーへ……移動時間が短いのは助かるが、その分気分転換は難しい。

バンクーバー入りして早々、日本代表は会場の「BCプレイス・スタジアム」を視察した。元々ラグビー専用のスタジアムではなく、多用途の屋内競技場で、東京ドームと同じように内外の気圧差で屋根を支持する仕組みだ。そしてフィールドは人工芝……これが不安だった。ラグビーのグラウンドは長めの天然芝で整備されているところが多い。ランニングの妨《さまた》げにはなるが、分厚いクッションになって怪我の心配が減るわけだ。最近の人工芝は天然芝に近い感覚だが、それでも違いはある。

今年から日本代表のキャプテンを任されている神崎は、できるだけこの芝に慣れるよう、チームメートに徹底して指示した。キッカーの池畑はドロップキックの練習を繰り返していたが、渋い表情は消えなかった。

「どんな感じだ？」

「ちょっと反発が弱いかな。芝が長過ぎるんだ」

七人制では、一度地面にワンバウンドさせて蹴るドロップキックが多用される。十五人制では地面にボールを置いた状態で蹴られるトライ後のコンバージョンキックもペナルティキックも、七人制では全てドロップキックだ。池畑のキックはチームの重要な得点源で、彼は試合前、常に神経質にフィールドの状態をチェックしている。

「まあ、試合本番までに慣れてくれよ」

「相当調整しないと厳しいな」

「お前なら大丈夫だろう」神崎は池畑の肩をぽんと叩いた。

フォワードは、スクラムの練習を繰り返した。七人制では、十五人制よりもスクラムを組む機会は少ないが、それでも試合中、一度もないということはまずない。十五人制と違って三人で組むスクラムは、なかなか安定しない。八人でのスクラムは、その重さ故に一度安定するとピタリと動かなくなるのだが、三対三のスクラムでは、もろに体重の差が出て、不安定になりがちだ。とにかく素早く入れて素早く出す——十五人制とは違う対応が要求される。

一応、天然芝に近い感覚ではあったのだが、踏ん張らねばならないスクラムでは、どうしても滑る感じがする。試しにポイント交換式のスパイクから固定式のスパイクに履き替えて、再度スクラムを試してみた。この方がむしろ安定するようだ。天然芝に比べて柔らかく滑らかだから、硬い金属製のポイントだと滑りがちになるのだろう。

芝の状態を確かめることを中心に、この日の練習は二時間ほどで終了した。ほどよく汗をかいて外に出ると、急に寒風にさらされて震えがくる。三月のバンクーバー

は、最高気温が一桁のことも珍しくない。最低気温は三度ぐらいまで下がるし、雨も多い。初夏のような陽気のラスベガスから飛んできたせいで、体がなかなか慣れそうになかった。

広い道路を挟んだ向かい側は、アイスホッケーのNHLカナックスの本拠地であるロジャース・アリーナだ。この辺が、バンクーバーの中心地になる。市街地が狭いので、宿舎のホテルとBCプレイス・スタジアム間は徒歩での行き来になる予定だ。

BCプレイス・スタジアムで練習ができる時間は限られており、調整のためには市内にある他の公共運動場を使わねばならない。何とも不自由……合宿とはいえ、必ずしもラグビーだけに集中できる環境ではなく、どちらかというと遠征費を節約し、体力を温存するためにバンクーバーに滞在しているようなものだった。当然、ホテルも安宿である。

この遠征中、神崎は円盤投の練習ができる場所がないかと探していた。専門の選手のように毎日練習はできないが、できるだけ円盤に触り、投げていないと感触を忘れてしまうからだ。神崎は、自分が体力と才能だけで記録を伸ばしてきたことを十分意識していた。もしも円盤投に専念すれば――JETジャパン陸上部のヘッドコーチ・山口にも何度も言われたものだ。

「ラグビーはやめてうちに来ないか？」

その都度、笑って誤魔化したり、「絶対に両方やり遂げます」と真面目に答えたりするのだが、山口は一貫して、自分を円盤投専門に引きずりこもうとしている。一方、尊敬する先輩である秋野は、「円盤投を優先して欲しいけど、やりたいようにやってみればいい」と比較的鷹揚《おうよう》だった。

円盤投で日本のトップランナーである秋野なら「二刀流なんか冗談じゃない」と怒ってもおかしくない。自分が人生を賭けて続けてきた競技なのに、ラグビーの「ついでに」やっている人間が、記録を抜いてしまったのだから。

しかし彼は親切で、練習中は積極的にアドバイスをくれる。内容は、極めて細かい技術的な問題。回転する時の右足――具体的には踵への体重のかけ方で、言われた通りにやってみると、体の回転軸が一層安定するようだった。

秋野は何度も、「俺にお前の体があれば、六十五メートルは軽く投げられるな」と、本気とも冗談ともつかないことを言った。秋野は、身長百八十二センチ、体重九十キロ。鍛え上げて全身筋肉の塊《かたまり》ではあるが、体の大きさそのものが持つパワーというものもある。ラグビーで、早くから巨体の外国人選手と対峙する機会が多かった神崎は、そのことを身を以《もっ》て知っていた。最後に物を言うのは体格――オールブラックスのウィングで、一九九〇年代半ばから二〇〇〇年頃にかけて世界のラグビー界を席巻したジョナ・ロムーは、ウィングという「走る」ことが専門のポジションにあって、身長百九十六センチ、体重百十九キロの巨体を誇った異彩の選手だった。本来ならロックで活躍してもおかしくない体格で、百メートルを十秒台で走るのだから、一人では絶対に止められない。相手バックスの選手に当たりに行く時は、戦車が普通車を踏み潰すようなものだった。彼が通常の体格のウィングだったら、どれだけスピードがあっても、ここまで恐れられることはなかっただろう。

秋野と一緒に練習する時間は少なかったものの、会えば必ず一言、二言……それが一々的確で、自分の記録が伸び続けているのは秋野のおかげだと神崎は思っている。いつしか神崎は、秋野を「師匠」と呼ぶようになっていた。そう呼ばれると、秋野も嫌な顔はしない。

一度、「どうしてこんなにいろいろ教えてくれるんですか」と訊ねたことがある。彼は一瞬きょとんとした表情を浮かべた後、笑って、「マイナーな競技の選手同士は、助け合わないと」と平然と言った。

確かに、日本では円盤投の競技人口は少ない。裾野が狭いが故に国内の記録はなかなか伸びず、世界から取り残されている。秋野にすれば、歯がゆい状況ではないだろうか。自分が第一人者としてどれだけ頑張っても、後に続く人がいなければ盛り上がらない。だから、伸びそうな後輩には、これまでもアドバイスしてきた――あくまで練習だけの話だが。試合になると、秋野は決して一言も話そうとしなかった。練習と試合は別、とはっきり割り切れるタイプの選手のようだ。

ホテルに戻る。今回は一人部屋なので時間を持て余してしまう。各地を転戦する日本代表といっても、二十四時間いつも一緒にいるわけではない。そんな状態になるとかえって息が詰まってしまうので、練習と試合、食事の時以外は無理に顔を合わせないようにするのが、このチームでの無言の約束だった。もちろん、気の合う仲間同士、連れ立って遊びに行くのはＯＫ。しかし今の代表には真面目な選手が多く、わざわざ外へ呑みに行く人間はいない。せいぜいホテルのバーで軽く呑むぐらいだ。

夕飯までの時間がフリーになった。少し市内見物でもしてみるかと、神崎は一人、ホテルを出た。せっかく海外を転戦する機会を得たのだから、見たことのない街をこの目で見ておかないと。

ダウンタウンのこの辺りはホテルが多く、ざわついた雰囲気に満ちている。一方で、街路樹がそこそこ綺麗に整っているので、豊かな緑が目の保養になった。それにしても寒いな……おそらく、今の気温も十度に届くか届かないかぐらいだ。荷物になるのが嫌だったが、薄いダウンジャケットを持ってきて正解だった。前を閉じ、背中を丸めて歩き続ける。

街自体は清潔な感じだ。おそらく治安もよく、なかなか住みやすい街ではないかと思う。初めての街でも、ダウンタウンの中心地を歩いていると、治安の程度がわかるものだ。歩道にゴミが落ちているような街は、だいたい危険である。バンクーバーでは歩道にはゴミ一つなく、道ゆく人もどこかゆったりした様子だった。

そう言えば、市内にはチャイナタウンもあったはずだ。こっちの大味な肉料理に飽きたら、そこで中華料理を食べてもいい。海外遠征ではいつも食事に悩まされるが、大きい街にはだいたいチャイナタウンがあるので、馴染みの味で胃を休めることができる。もちろん、そういうところで食べる中華料理が、必ずしも美味いわけではないのだが。

スターバックスを見つけ、温かいラテを買って、飲みながらブラブラと歩き続ける。途中、公園があったので入ってみた。海外でよくある、市街地の中の小さな緑の楽園ではなく、地面はタイル張りだった。周囲をビルに囲まれ、ぽっかりと空いた空間……ベンチがいくつかあったので、そのうちの一つに腰を下ろす。金属製のベンチなので尻にヒヤリとした感触が走り、ビルの間を縫うように吹く風は冷たかったが、温かいラテのおかげで体は温まった。

スマートフォンを取り出し、この遠征の間ずっとつけていたメモを見返す。試合の度に反省点を綴《つづ》り、次の試合への参考にしようと思っていたのだが……現時点ではあまり役に立たない。チームの「地力」が圧倒的に足りない、という実感しかなかった。もちろん、狙い通りに上手くいった場面もある。オフロードパスでずっとボールをつなぎ続けて成功させたトライなどは、記憶に鮮明だった。しかし実際には、タックル一発で止められ、攻撃が中断された場面の方がはるかに多い。

日本代表は、パスやランの技術では海外勢に決して引けを取らないと思う。しかしやはり、大事な場面で当たり負けしてしまうことが少なくなかった。結局、個々の選手がフィジカルを強くしていくしかない。当たり負けしない体を作れば、チームプレーでは絶対に他のチームに劣らないのだから。

つなぎにつなぎ、池畑のキックを上手く利用して大きく状況を動かし、相手を揺さぶる——そういう「型」を作りたかった。池畑のキックは、七人制では世界レベルで、正確さ、飛距離とも海外の選手に引けを取らないのだ。

フォワードの役割が大事だな、と改めて思った。七人制では、フォワード・バックスというポジションをあまり意識せず、とにかく全員が走ってつなぐプレーが要求される。しかし今の代表メンバーは、フォワードの走力が少し弱い。力ずくでの押し合いやボールの奪い合いで不利になるのを覚悟の上で、走れる選手を揃えたのだが、それでも海外の選手には走り負けてしまうことも多い。しかも、当たっても負ける——海外には、この世界で言うところの「走れるデブ」がいくらでもいるのだ。

神崎には何の権限もないが、オリンピックに向けては、大幅なメンバーの入れ替えも考えなければならないだろう。十五人制の方には、もっと体格に優れ、しかも走れるフォワードが何人もいる。ただし、日本代表で活躍するような選手の視線は、今年の自国開催のワールドカップに向いている。それが終わったら、オリンピックに向けて七人制を手伝ってもらうとか……。

無理だ、と神崎はすぐに思い直した。七人制と十五人制は、同じラグビーという競技の中で、別種目と言っていい。神崎も、今は十五人制での日本代表入りはまったく目指していなかった。

七人制の魅力に取り憑かれたのは、高校時代だ。十五人制の練習の一環として、チームの中で七人制の選抜チームを作り、大会に出た——試合には負けたが、あの時感じた面白さは、十五人制ではついぞ味わったことのないものだった。

十五人制と七人制の違い——一言で言えば「重さ」の違いだ。

いかにランプレー中心になったとしても、十五人制の場合は、スクラムや密集で大男たちの揉み合いがあるので、フルコンタクトの格闘技的な面も強い。それも「集団格闘技」だ。複数の選手が揉み合う密集で下手に下敷きになると、呼吸ができなくなるほど辛い。「圧死」するとはこういうものかと、死ぬような思いをしたことが、神崎にも何度もあった。

一方七人制の場合は、もっと軽やかだ。もちろん、激しいタックルの応酬はあるが、どちらかというと神崎が子どもの頃に経験した「タグラグビー」に近い。タグラグビーはタックルの代わりに、腰に付けた「タグ」を取るので、ラグビー初心者や年少者が、本格的にラグビーに取り組む前の「入門編」として行われている……ただし、結構な運動量とボディバランスを要求されるので、体を解《ほぐ》す目的で、練習に取り入れているトップチームも少なくない。素早い展開、そしてタグを摑もうとする相手から逃れるための俊敏な動きは、七人制と共通点がある。

七人制は、とにかく動く。十五人制だと、プレーが止まっている時間が少なくないのだが、それが神崎には合わなかった。もちろん、前後半で四十分ずつ、ずっとハードで素早いプレーを続けるのは不可能に近いのだが、七人制は試合時間が短いが故に、常にテンションを上げたままプレーを続けなければならない。その感覚が、神崎には合っていた。日本ではマイナーと言われるラグビーの十五人制に比べてもさらにマイナーな七人制だが、神崎は自分がそこに集中し、日本代表でプレーしていることを誇りにしている。

それをビジネスに結びつけようとする人間は、いまひとつ信用できなかった。誇りは金に換算できないのに。

「どうも」

日本語で声をかけられ、はっと顔を上げると、目の前に遥子が立っていた。おいおい――ラスベガスからバンクーバーまで追いかけてきたのかとうんざりしたが、神崎は表情を変えないように努力した。

「わざわざバンクーバーまで来たんですか？」本当に無駄だと思う。もっと合理的な仕事のやり方があるはずなのに。

「試合があれば、観に来ますよ」遥子が平然と言った。「隣、いいですか？」

ベンチの真ん中に座っていた神崎は、端に移動した。遥子も反対側の端に座る。絶妙な距離感と言っていい。会うのは二回目、話の内容は一種のビジネストーク……あまりくっつき過ぎても離れ過ぎても、話がしにくい。

ちらりと見ると、遥子もスターバックスのカップを持っていた。

「もしかしたら、スターバックスのところから尾行していたんですか？」

「いえ、これは偶然です」遥子が微笑み、カップを顔の高さに掲げる。

「そうですか？」

「アメリカ大会は残念でしたね」遥子が急に話題を変えた。

「お恥ずかしい結果です」

「バンクーバーでは、少しは盛り返せますか？」

「どうでしょうね」神崎は肩をすくめた。正直に言えば、盛り返せる要素はほとんどない。「それより、無駄なことはしない方がいいと思いますが」

「無駄なこと？」

「僕と契約しようとしていることです。その気はまったくありませんから」神崎はきっぱりと言い切った。「合理的じゃないですよ」

「そう簡単には諦めませんよ。私にも、今後のキャリアがかかってるんです」

「そうなんですか？」

「これは、本社案件なんです」

「と言いますと？」

「あなたとの交渉は、本社の指示です。契約を結ぶことを条件に、私にも本社でのポストが用意されています」

「出世の道具ですか」神崎は皮肉を言った。

「今、スポーツ市場がどれだけ大きなものか、ご存じでしょう？」遥子は皮肉にもまったく動じない。

「どうかな……ビジネスの話は、東経で読むぐらいのことしか知りません」

遥子がまた声を上げて笑った。どうも馬鹿にされているような感じがする……神崎はコーヒーを飲んで、強張りかけた表情を誤魔化した。

「うちみたいな新興企業にとって、『ビッグツー』をどう追い上げるかが大きなテーマです。そのためにもあなたの力が必要なんです」

「ナイキとアディダスにどう迫るか、ですか？」

「よくご存じじゃないですか」

ちらりと遥子の顔を見ると、本気で感心しているようだった。スポーツ選手だって、経済に興味がないわけじゃない——神崎は内心反発した。神崎の収入の多くは株の配当だから、経済ニュースは人並み以上に注目している。特に製菓、食品業界の動きには敏感だ。

ただ、契約に縛られるのが嫌なだけだ。

「年間売上高は、ナイキが四兆円弱、アディダスが二兆五千億円程度……この二社が突出していて、三位グループは四千億円から五千億円で競り合っています。日本だと、カジマやアシックスがこのグループに入りますね」遥子がすらすらと説明した。

「アルファパワーは？」

「今のところ、世界十位に入るかどうか」遥子が首を横に振った。「創業してから十年のメーカーにしてはよくやっていると言うべきか、どうなんでしょうね？　自分では判断できません」

「アメリカのメーカーですよね？　そもそもアメリカでは、ラグビーはマイナー競技でしょう。ラグビー選手と契約しても、いいビジネスにはならないはずです」

「でも、アメリカ本社でも、あなたの動向に注目しているんですよ」

「二刀流として？」

「アメリカ流に言えば、『ツーウェイ』ですね。でも味気ないかな……日本の『二刀流』の方が格好いいけど、アメリカは刀じゃなくて銃の国だから」

そうか……確かに「二刀流」は、両手に刀を持つ剣術の型だ。アメリカの場合だと「二丁拳銃」になるのだろう。

「あの……アメリカだと、二刀流がそんなに珍しくないことは僕も知ってますよ」神崎は遠慮がちに言った。「野球とアメフトとか、野球とバスケットボールとか、プロスポーツで、二つの競技で契約した人も少なくないでしょう」

「メジャーな競技だから、というのはわかります？」

「ああ……」

「アメリカだと、高校時代に夏は野球、冬はアメフトというパターンも多いんです。体格もよくて、運動神経抜群な選手が、両方の競技で活躍して人気者になるのは当然でしょう？」

「ええ」

「要するに、高校のヒエラルキーの最上位にいる人たちですね。そういう背景があるから、二つのスポーツでプロ契約をする選手に対しても、一定の理解があります。もちろん、両方で成功するケースは極めて稀なんですけどね」

実際には、ほとんどいないと言っていいだろう。例えばバスケットボールのマイケル・ジョーダンは二十世紀後半における最高のアスリートの一人だが、一時バスケットボールを引退している時にチャレンジした野球では成功できなかった。しかもあの時は「金持ちの余技」のように皮肉な見方をする人たちがいたのも事実である。

そのことを指摘すると、遥子が穏やかな笑みを浮かべて続けた。

「昔だと、ボー・ジャクソンとかですね。彼はあらゆる点で規格外の選手でした。野球とアメフトでオールスターゲームに出た唯一の選手ですからね。陸上の短距離でもオリンピック候補になっています。もしもアメフトでの大怪我がなければ、両方で殿堂入りしていたかもしれませんよ」

「それは規格外過ぎる」

「今は、二刀流に対する期待も高まっているんですよ。去年の大谷の活躍もありますし、エステル・レデツカもそうでしょう？」

「ああ、平昌《ピョンチャン》で……」

アルペンとスノーボードの両競技で金メダルを獲得した女子選手だ。スキーとスノーボードは似て非なる競技だが、近いと言えば近い。野球とアメフトほどの「差」はないはずだ。

「優秀なアスリートは、いろいろなスポーツに挑戦してもいい――むしろそういう場面を見たいと思う人が増えてきてるんじゃないですか。そういう人のためにもプレーするのが大事でしょう」

「僕はプロじゃないので」神崎はやんわりと否定した。「観られるためにプレーしているわけじゃない。アメリカのスポーツ用品メーカーからしたら、それほど商品価値もないんじゃないですか。そもそも七人制ラグビーも円盤投も、マイナーな競技だし」

「自分で言うんですか」遥子が笑った。「冷静ですね」

「メジャーな競技にしたいとは思いますけど、現状は……それがわかるぐらいには冷静ですよ」

「メジャーとマイナーの違いって、何なんでしょうね」

遥子が足を伸ばした。身長の割に足が長い——アスリートではなくモデル体型だな、と神崎は思った。しかし彼女自身も、何かスポーツをやっていたのではないだろうか。そういう縁がないと、スポーツ用品メーカーに就職しようとは思わないのではないだろうか。

「私、小学校の終わりから中学校卒業まで、アメリカにいたんですよ」

「ああ、そうなんですか」自分と同じ帰国子女か。もっとも、ここで親近感を覚えて話を転がしてはいけないと、神崎は気を引き締めた。

「アメリカでホッケーを始めたんです。グラウンドホッケー。ものすごくマイナーでしょう？」

「伝統のスポーツですけどね」

何となく、貴族のスポーツという印象がある。もっとも神崎は、ホッケーの試合を生で観たことは一度もないから、本当にそうかどうかはわからないが。

「高校入学のタイミングで日本に戻ってきたんですけど、入った高校にはホッケー部はなくて……あるところの方が珍しいですけどね。大学は、ホッケーができるところを基準に選びました」

「それだって、そんなに多くないでしょうけど」

「ラグビーよりも少ない……まあ、大学で四年間ホッケーをやって、もう十分だと思いました。ホッケーは、ラグビーよりもずっと競技環境が貧弱ですからね。プレーを続けるにしても、限界がありました。それで、広告代理店で少し働いた後、アルファパワーに入ったんです。日本支社ができたばかりで、面白そうだったから」

「チャレンジ精神旺盛なんですね」

「新しもの好きというか」遥子が微笑んだ。「もしもホッケーがもっとメジャーなスポーツだったら――あるいは他のメジャーなスポーツをやっていたら、今はこんなことはしていなかったかもしれません。まだ現役で選手を続けていたかも」

「失礼ですが、今、何歳なんですか？」

「二十九です」

自分より少し年上か……その割には、随分世慣れている感じだ。もっとも、世間の普通の二十九歳はこんなものだろう。一応会社員としての仕事もしてきた神崎だが、同年代の仲間たちに比べれば、まったく世間を知らないと言っていい。会社の同僚と話していて、常識の乏《とぼ》しさに恥ずかしい思いをすることもしばしばだった。

「続けていたら、アスリートとしては全盛期ですね」

「自分の才能がどれぐらいか——続けるべきか、どこかのタイミングで別の道に進むべきかどうかぐらいはわかりますよ」

遥子の口調には、特に悔しさは感じられなかった。アスリートは、様々な理由で競技から身を引く。体力の限界までやり切って、「これ以上はプレーできない」と言える人間は幸せだろう。多くの選手は、怪我や能力の限界を悟って現役を退く。遥子も「やり切った」感はないはずで、中途半端な気分でいるのではないかと思ったが、それを表に出すような気配はない。新しい人生で、充実した毎日を送っているように見える。

「とにかく今は、売ることが目的ですね」

「はっきり言いますね」

「もちろん、理想論ならいくらでも言えますよ。スポーツ振興のためとか、スポーツを通じた健康と平和の実現とか。でも、そういうのは会社が公式見解として表明すべき話で、私みたいな一介のビジネスパーソンが言っても……」

「嘘っぽく聞こえますね」

神崎は思わず皮肉を吐いたが、遥子は動じる気配もない。

「私に言えることは一つだけです。アルファパワーとして、あなたが欲しい。ぜひうちと契約して、オリンピックを目指して下さい。最大限のフォローをします。人もつけます」

「どうして僕に、それほどの……ええと、商品価値があると思うんですか？」

「二刀流だから」遥子がきっぱり言い切って微笑んだ。「七人制ラグビーだけだったら、あるいは円盤投だけだったら、声はかけません。両方でオリンピック代表になる可能性があるから、頼んでいるんです。結局アメリカ人は、いつも夢を見ていたいんです」

「僕は日本人ですよ。オリンピックを狙うとしても日本代表です」

「それはもちろん、わかっています。でも今は、スポーツに国境は関係ないんですよ。海外で活躍する日本人選手も注目される。あなたが二刀流の選手としてうちと契約したら、アメリカ人は熱狂しますよ。お金も、いくらでも稼げます。うち以外のスポンサーもつくでしょう」

「僕は、別に金は……」

「あなたが金銭的に恵まれた立場にいることはわかっています」

「個人的なことも調べたんですか」神崎は苛立ちを隠さずに訊ねた。岩谷もそうだが、人のプライベートな部分に土足で踏みこんでくるのはあまり気持ちのいい話ではない。

「必要だったから」遥子がさらりと言った。「これはあくまでビジネスです。そこはご理解いただかないと」急に事務的な口調に変わる。

「わかりますけど、受け入れるかどうかは別の話ですよ」

「あなたが、働かなくても競技生活を続けていけるぐらいの収入があることはわかっています。不労所得――株の配当と不動産の家賃収入ですよね？　でもそれは、不安定なものじゃないですか。メイリョー製菓の業績がダウンすれば、配当が極端に減ったり、配当自体がなくなることも考えられる。あなた、結構なギャンブルをしているんですよ」

「メイリョー製菓は優良企業です」自分は株主で社員ではないが、祖父が一代で大きくした会社を腐《くさ》されるとむっとする。

「今は些細なことで、どんな大企業でも傾くことも珍しくありません。不動産だって、永遠に借り手がつく保証もないでしょう？　しっかりリスクヘッジしていますか？」

「それは……」基本的にはあまり考えていない。金は自分の体に投資してしまい、貯金もほとんどなかった。

「そういうことを責めようとしているわけじゃないんですよ」遥子が一転して優しい声を出した。「お金のことを考えるのは面倒ですよね？　競技だけに集中したい、そう考えるのは当然です。うちと契約すれば、お金のことは心配する必要はありません。それに、あなたの商品価値を高めることもできます。例えば、アメリカでＣＭ契約を勝ち取ることもできるんですよ。そうしたら、日本ではあまり騒がれずに競技に集中できるうえに、私たちが提示する契約金よりもはるかに巨額の金を手に入れることができる。いいことばかりじゃないですか。それに競技に集中していい成績が出せれば、ラグビーも円盤投ももっとメジャーな競技になる。そういうことに興味はないですか？　いわば自分が、二つのスポーツの伝道師になるわけです」

「伝道師……ですか」

マイナーなりの悲哀は散々味わってきた。岩谷など、それをもっと強く感じてきただろう。彼は、ラグビーをもっとメジャーにするために神崎の力が必要だ、とはっきり言った。

しかし……今の神崎にはそこまで大きな意識はない。目の前の練習と試合に集中し、勝ちにいくことしか考えていないのだ。「意識が低い」と言われるかもしれないが、現役の選手に、「競技全体のことまで考えろ」というのは、はっきり言って無茶だ。とにかく俺は、二つの競技に集中したいんだ……一つだけよりずっとエネルギーも頭も必要なことをわかってくれないのだろうか。

「あなたにはあなたの考えがあるでしょう。そういうのを是非聞かせて下さい」

「話したところで無駄だと思います。僕は無駄なことはしたくありません」

「そうですかね」遥子が首を傾げる。

「たぶん、平行線ですよ。あなたたちの狙いや、やっていることは理解できますけど、僕はそこに乗らない。絶対に」

「どうしてそこまで頑固に……」

「余計なことはしたくない、ただそれだけです。僕は今でも十分です。これ以上何も必要ありません」

3

ホテルに戻って部屋に籠《こも》り、神崎はアルファパワーについて調べ始めた。創業はちょうど十年前の二〇〇九年。アメリカでＮＦＬの選手として活躍していたジョン・ジヤクソン、通称「ＪＪ」が始めた会社だった。経歴を生かして、最初はアメフト関連の製品を多数作り出し、スポーツ用品業界に食いこんだ。その後陸上、サッカーと取り扱う商品のジャンルを広げ、今や急成長企業として注目されている。フォーブス誌の「世界で最も革新的な成長企業」ランキングに入ったこともある。

ホームページで役員構成を確認して、軽く驚いた。日本人がいるではないか……「Ｓｅｉｉｃｈｉ　Ａｉｋａｗａ」。日本支社との関係だろうか？　その名前で検索をかけてみると、アメリカで活躍するスポーツ選手の代理人、藍川聖一《あいかわせいいち》の名前が出てきた。彼の事務所自体はニューヨークにあり、十五年ほど前からアメリカで代理人ビジネスをしていることがすぐにわかった。契約している選手の一覧を見ると、日本人メジャーリーガーを中心に、アメリカのプロスポーツ選手の名前がずらりと並んでいる。相当大きな事務所だ……日本人がアメリカで代理人として成功するのは、アスリートとして成功するより難しそうな気がするが、いったいどんな人物なのだろう。

もう一度アルファパワーのホームページで確認すると、役員とはいっても「パートタイム」──非常勤だった。とはいえ、こういう人がいると、代理人契約からアルファパワーとの契約まで、スムーズにつながっている感じがする。

もちろん、プロスポーツは巨額の金が動く世界で、それで飯を食っている人がたくさんいることは神崎にもわかっている。だがあくまで、自分には関係ない世界のこととしか思えなかった。神崎はアマチュアであり、純粋に「勝ちたい」「記録を伸ばしたい」以外に欲望はない。

ふと気づくと、夕食の時間の五分前になっていた。先ほど連絡が入り、今日のディナーは中華街で、と告げられていた。久しぶりに米が食べられると思うとほっとする。

急いでダウンジャケットに袖を通し、ロビーに降りる。既に他の選手やスタッフは全員集合していた。

「キャプテンが最後になるのはまずいぞ」本気かどうか、池畑が笑いながら忠告した。

「すまん、ちょっと調べ物してたんだ」

「真面目だねえ」

「そういうわけじゃないけど」

外へ出ると、先ほどよりも気温はぐっと下がっていて、薄いダウンジャケットだけでは身震いするほどだった。セーターを一枚余計に着こんでくればよかったと後悔したが、部屋へ戻ると皆を待たせてしまう。ただし、寒いと感じているのは少数派のようで、フォワードの安藤《あんどう》など、長袖のトレーナー一枚の軽装である。まあ、彼は体重が百十キロを超える巨漢だから、筋肉と脂肪の分厚い衣に守られて寒さを感じないのかもしれない。

チャイナタウンへは、歩いて十分ほど。大男の集団が歩いているとやはり目を引くようで、人の視線を何度も感じた。しかし神崎たちを七人制ラグビーの日本代表と認識している人はいないようだった。いかなる競技であれ、国を背負って大会に出るためにこの街を訪れている選手だとわかれば、もう少し反応がありそうなものだが。カナダでも、ラグビー人気はそれほど高くない。

十分ほど歩くと、いかにも中華風の派手な門が姿を現した。周辺の店の看板も、漢字ばかり……中華街らしい雰囲気になってきた。規模からすると、サンフランシスコやニューヨークよりはずっと小さいようだが、それでも神崎はほっとした。海外滞在経験も多いのだが、やはり漢字を見ると気持ちが落ち着く。「唐人街」というバナーを見て、あっという間に緊張が解けてきた。

とはいえ、中華料理の店はあまりなく、漢字の店名がついたエステティックサロンや理容店、銀行などが目立つ。観光客向けの街ではなく、あくまでバンクーバーに住む中国系の人御用達なのだろう。

その門から少し離れた店に入り、円卓に分かれて落ち着く。料理はいかにもアメリカ大陸風の大味なものばかりだったが、久しぶりの米なのでありがたくいただく。遠征が続くと次第に食欲が落ちてくるのだが、今夜は腹一杯食べられた。ラグビー選手が一日に必要な食事は四千五百キロカロリー程度――今日は久々に、それを超える量を食べた感じだった。

とはいえ、やはりフォワードとバックスでは食べる量が違う。料理がすぐになくならないよう、あるいは余らないように、神崎はフォワードとバックスを混ぜてテーブルにつかせていた。「親交を深める」意味もある。だいたいこういう席では、フォワード、バックスと分かれて固まりがちなのだ。お互いに「別の人種だ」と思っている節もある。

「食い過ぎた」隣に座る池畑がギブアップして、胃の辺りを撫でる。神崎は、大皿に残った焼きそばをまとめて自分の小皿に取り、一気にかっこんだ。まだ入りそうな気もするが、これぐらいにしておこう。

「お前、こっちに女がいるのか?」

池畑がいきなり訊ねたので、神崎は頰張っていた焼きそばを吹き出しそうになった。

「何言い出すんだよ、いきなり」

「見たぜ」池畑がニヤリと笑う。「ホテルの近くの公園で、女と会ってただろう。同い年ぐらいの、ちょっといい女」

「何でお前が知ってるんだ?」

「見たんだよ……散歩してて」

「お前は散歩禁止だ。余計なものを見るな」

「馬鹿言うな」池畑が笑い飛ばす。「で、誰なんだよ？　バンクーバーの女なのか、日本から連れて来たのか」

「日本から連れて来る？　そんなこと、できるわけないだろう」

「でも、日本人だよな」

「ああ、日本人だ」

「さっさと白状しろよ」

「そんなんじゃない」神崎は溜息をついた。池畑は試合では頼りになる男だし、ラグビーに関しては徹底的に真面目で緻密なのだが、そこから離れると少し鬱陶しい……騒がしいし、噂話が大好きなのだ。チーム内に変な情報を流されても困る。

「じゃあ、何なんだよ」池畑はしつこかった。

「アルファパワーの社員だ」

「ああ？」

「アルファパワー。知ってるだろう？」

「知ってるも何も、今着てるよ」

池畑が、トレーナーをまくりあげた。確かに……下に着ているTシャツの左胸に、

「α」と「P」を組み合わせたロゴが見える。

「それ、いいか？」

「吸湿性と速乾性がどうとかいう話だけど、他のメーカーのものとそんなに違いはないよ。こんなの、どこも同じようなものだろう」

「そうか」

神崎自身は、アルファパワーの製品を一つも持っていなかった。これは完全に「たまたま」である。特定のブランドへのこだわりはなく、新製品が出るとなるべく試すようにしているのだが、アルファパワーの製品は特に目に入らなかったのだ。最も大事なスパイクはアディダスがメーンで天然芝での試合では交換式、練習と人工芝での試合では固定式ポイントのスパイクを使い分けていた。

「スポンサー契約の話か？」

「ラスベガスからずっと追いかけられてるんだ」

「いい話じゃないか。受けないのか？」

「受けないよ。面倒だから」

「面倒って……」池畑が顔をしかめる。「用品をタダで提供してもらって、金も貰えるんだろう？」

「その分、義務も生じるんだよ」

「義務って、イベントのゲストとか、CM撮影とかだろう？　そんなの、大したことないじゃないか。俺だったら迷わず受けるね」

「俺は……いいよ」

「わかんない奴だな」池畑が首を傾げる。「普通の選手は、そういう契約が欲しくても相手が寄って来ないんだぜ？　チャンスは摑めよ」

「別に、チャンスとは思ってないから」

「つくづく変わった奴だな、お前」

池畑は、神崎の「収入」について詳しいことを知らないはずだ。知ればあれこれ噂を流しそうな男なので、秘密にしている。ただし、完全な秘密というわけではない。実際、岩谷も遥子も知っていたのだし。

「ま、追い払っておいたよ」実際にはそんなに強く出たわけではないが。

「また接触してきたら、俺にも紹介してくれよ」

「そんなに契約、欲しいか？」

「というより、ちょっといい女だったからさ」池畑が嬉しそうに笑う。

「そうか？」

「お前の好みじゃないなら、俺に譲れよ」

「譲るとか譲らないとか、そういう問題じゃないだろう」

まだ名刺は持っていたはずだ。あれを池畑に渡してしまおうか……そうしたら池畑が積極的な攻勢に出て、結果的に遥子は俺から離れるかもしれない。
馬鹿らしい。神崎は思わず苦笑してしまった。放っておけばいいのだ。「その気がない」とはっきり言い切ったし、その気持ちは今後も絶対に変わらない。とにかく邪魔して欲しくない——自分の中には硬い芯がある。誰にもそれに触れて欲しくなかった。

カナダ大会も散々な結果になった。初日は、プールDに入って総当たり戦で三戦全敗。翌日の九位以下決定トーナメントでは、ウェールズに完封負け、スペインにも五点差で敗れ、ケニアを何とか振り切って十三位に滑りこむのが精一杯だった。神崎たちが目指す「速いつなぎ」のラグビーは上手く機能せず、攻撃が分断されてカウンターアタックを許してしまう致命的なミスが何度かあった。
これで一旦帰国する——できれば、嫌な記憶しかない土地を一刻も早く離れたかったが、帰国便は夕方発だった。午後二時にホテルのロビー集合で空港へ向かう予定で、それまでは自由時間になる。連れ立って土産物を買いに行ったり、街中の見物に出かけたりする選手たちが多い中、神崎は個人行動にした。神崎の感覚では、特に見るべきものもない街……とはいえ、昼飯を食べて、あとはホテルのロビーでずっと時間潰しをしているのも馬鹿馬鹿しく、チェックアウトを終えてから思い切って外に出た。どうせなら、普通の観光客のようなことをしてみようと、バンクーバー展望台に行くことにした。スマートフォンで地図を確認すると、ホテルからは歩いて十分ほど。街並みを眺めながら歩いて、途中で何か美味そうな店があったら早めの昼食を摂って……と頭の中で短い休暇の計画を練り上げる。

シーモア通りに出ると、前方に巨大なビルが見えてくる。展望台はタワーではなく、高層ビルの屋上に設置されているのだった。食事はどうするか……歩いている途中で小さな和食の店を見つけた。といっても、どんぶり専門店である。どうせ適当な、いかにも「海外の和食」の店なんだろうと思ったが、ふと流れてきたカレーの匂いに釣られて、ふらりと店に入ってしまった。メニューを見ると、様々な種類のどんぶりがあるのだが、ここは店に入るきっかけになったカレーにしてみよう。何となく、カレーなら間違いがないような気もするし。イギリスへ遠征した時に、料理の不味《まず》さに閉口したのだが、あの時もカレーに助けられた。イギリスではインド風の本格的なカレーだったが、この店では、日本風のどろっとしたカレーを提供するようだ。親切なことに、メニューにはカロリーも記載されている。とんかつの他にエビフライまで載った重量級のカレーにも惹きつけられたが、千六百五十キロカロリーもあることに気づいて、チキンカツカレーに落ち着いた。体重はこのところずっと、ベストの百二キロをキープしていて、体調もいい。これ以上増やしても減らしてもコンディションが狂いそうだった。最近はその辺も気にして、食べたもののカロリーと、練習や試合で消費したカロリーを記録するようにしている。このチキンカツカレーは、ライスが三百五十グラムにカレーが二百五十グラムか……神崎には量の足りない機内食を食べる前に、これぐらいは腹に入れておいてもいいだろう。

カレーはまあまあ美味かった。チキンカツの衣がバリバリに硬かったのはご愛嬌……カツカレーにしては珍しく、形のはっきりした人参やジャガイモが入っているのもよかった。海外で食べる和食としては十分な味だ。

カレーが入って、少しだけ体が温まった。今日は最高気温が十度に届かず、かなり肌寒いのだが、ダウンジャケットの下にセーターを着こんだおかげでそれほど寒さは感じない。

そのまま展望台まで歩き、十八ドル二十五セントという入場料の高さに顔をしかめながら、最上階に上がってみる。まあ……展望台などどこでも同じようなものだろうが、改めてバンクーバーの街を一望すると、それなりに感慨がある。バンクーバーはカナダ南西部の大都会ではあるのだが、緑多い街で、雄大な自然と都市の景観がごく普通に馴染んでいる光景には、それなりに感動させられた。目の前がバンクーバー港、その向こうには雄大な山々が見えている。反対側に回ると、バンクーバーの市街地を見下ろせる。昨日まで自分たちがプレーしていたBCプレイス・スタジアムも確認できた。

ぼうっと景色を眺めているうちに、気づけば三十分が過ぎてしまう。ゆっくり戻って、途中でお茶でも飲んで時間調整しようかとエレベーターに向かいかけたところで、前に人が立ちはだかった。

遥子。

おいおい……短期間に三回目か。その執念には恐れ入るが、どんなに頑張っても無駄だと、そろそろわかってくれてもいいのではないか？　こんなことに金と人をかけるのは、企業としてどうなのだろう。

「今日、帰国ですよね」

「ええ……まさか、同じ便じゃないでしょうね？」

「いえ、私はしばらくアメリカに残ります」

「それはよかった。隣の席だったりしたら、辛い旅になりますからね」思わず皮肉を吐いてしまった。

今日の遥子は一人ではなかった。隣に、中肉中背の日本人の中年男性がいる。ふと、頭の中で記憶がつながった。

「もしかしたら、藍川さんですか」

「よくご存じですね」藍川が薄く笑みを浮かべる。「予習してきたんですか」

「敵を知らないと戦いには勝てませんから」

「我々は敵ですか？」藍川は相変わらず笑みを浮かべている。

「敵というのはいい表現じゃないかもしれませんけど、あまり私の役に立っていないのは事実ですよ」

「契約してないからですよ……とりあえず、座りませんか」

展望ロビーには、いくつかテーブルと椅子が置いてあるが、誰も座っていなかった。ここへ来れば皆、窓辺に寄って外を眺めるわけだ。結局神崎は、藍川に促されるまま、テーブルについた。三人で小さな丸テーブルを囲んでいると、何だか妙な気分になってくる。互いの顔が近過ぎるのだ。

「わざわざ本社の役員まで乗り出してくるほどの話なんですか」神崎は嫌な気分――追いこまれた気分になった。

「私の力不足で」遥子が申し訳なさそうな表情を浮かべた。

「いやいや、これは偶然です」藍川が言った。

「偶然？」

「ちょっと、こちらにいる大学生に会いに来る予定がありましてね。日系なんですが、アイスホッケーの有望な選手なんです」

「僕はついで、ですか」

「それでも、時間を捻出したことを評価していただきたいですね」藍川は妙に上から目線だった。

「あなたは、アルファパワーの非常勤の役員としてここにいるんですか？　それとも、本業の代理人として？」

「アルファパワーの人間ですよ」藍川があっさり言い切った。「あなたの場合、代理人は必要ないでしょう。代理人というのは、基本的にはチームとの契約の際に間に立つ人間のことですから。そしてあなたは、そういう契約を必要としていない」

「そうですね」

「うちからのお誘いを、あっさり断られたそうですね」藍川がいよいよ本題に入った。

「御社との契約は、特に必要ないんです……あの、お忙しいんですよね？　あなたも」神崎は遥子にも目を向けた。「僕はお断りしました。この意思は絶対に変わりません。つまり、僕に時間を割くのは無駄です。申し訳ないので、これきりにしてもらえませんか？」

「考える時間ぐらいはあるんじゃないですか」藍川が食い下がる。表情は変わらないものの、声に焦りが感じられた。

「ラグビーと円盤投のことを考えるので精一杯ですよ」これは紛れもない本音だ。一つだけでも大変なのに、二つの競技に同等の精力を注いでいると、頭がパンクしそうになる時がある。

「私はあなたを、日本ではなくアメリカで売り出したいんです」

「え？」

「日本で二刀流を続けていると、批判もあるんじゃないですか」

「それは、まあ……」去年の実業団対抗の後、その議論が一時沸騰した。テレビ番組などでも討論の材料にされ、「賛成」「反対」双方が結構激しい意見を戦わせたものである。神崎はあまり見ないようにしていたが、ネットでも議論が飛び交っていたようだ。

「日本人は、一つの道に打ちこむ人が好きですからね。小さい穴を深く掘り続ける——アメリカ人も同じですけど、いくつものジャンルで活躍する人も人気です。そういうのが、チャレンジ精神として評価されるんですよ」

「そういうメンタリティはわかりますけど……」

「アメリカの会社に任せてみませんか？　あなたの競技環境を今よりずっとよくできますよ。練習場所をアメリカに移す手もあるでしょう。アメリカの方が、日本よりもずっと充実している」

「僕が目指しているのは日本代表です」

藍川がふっと笑みを浮かべた。気の抜けたような表情で、神崎も急に力みが消えるのを感じた。

「まあ……オリンピックまではまだ一年以上あります。今は、うちが本気だということだけでもわかっていただければ結構です。こういう案件で、役員が乗り出してくることなんか、まずないんですよ」

「自分がそれだけ重要な人物だということをアピールしたいんですか？」

藍川が神崎の皮肉に正面から答えた。

「私は、アルファパワーの中では特別なポジションにいるんです。こういう交渉事に関しては、普通の営業マンよりもずっと強いですしね」

「代理人としての経験からですか」

「メーカーと選手の契約よりもずっとシビアな契約の交渉を、普段からしているんです」藍川の口調は自信たっぷりだった。

「改めて言いますけど、どことも契約を交わす気はありません……あなたも、こんな状況でいいんですか？」神崎は遥子に問いかけた。

「何がですか？」遥子がきょとんとした表情を浮かべた。

「あなた一人では上手くいかないから、助っ人が来たんでしょう。これじゃ、あなたの評価が下がってしまう」

「あなたがイエスと言ってくれれば、私の評価は上がりますよ」

「イエスとは言いません」

「まあまあ」藍川が割って入った。「とにかく一度、今度は日本で、ちゃんと時間を作って下さい。うちから、より詳しい契約の内容を提示させていただきます。それぐらいは受け入れていただいてもいいんじゃないですか？　まずは話をするだけで」

「申し訳ないんですけど、あなたたちの時間を無駄にするわけにはいきません」

「そうですか……では、今日はこの辺で」藍川があっさり立ち上がって一礼した。

「しかし私は、あなたが羨ましいですよ」

「何がですか？」

「私も、日本で高校までは野球をやっていましてね。でも、選手としては二流——三流だった。あなたのように、二つのスポーツで才能を発揮できる選手なんて、雲の上の存在です。ただ、私のような商売では、そういう人と一緒に仕事ができるのが醍醐味なんです。そのために代理人になったようなものですからね……とにかくあなたは、もっと自分の力をアピールした方がいい。日本的な感覚で遠慮しているだけでは、これからの時代は駄目ですよ」

「日本的というか、オージー的気質かもしれません」

「ああ、そうか……あなたは、オーストラリアからの帰国子女でしたね。しかし、オーストラリアの人はもっと開けっぴろげで、自分をアピールするのが得意かと思っていました」

「二つの国の文化に触れると、簡単には分析できない複雑な性格になるんじゃないですかね」

本当は、この件は極めて単純なのだ。二つの競技でオリンピックを目指す、そして人の助けは受けない——誰かに援助してもらって続けるのは、神崎の考えるスポーツではないのだ。

4

「どうした、しばらくぶりで調子が狂ったか」

秋野に檄《げき》を飛ばされ、神崎はふと溜息をついた。確かに……あくまで練習だが、五十メートルも飛ばないのでは話にならない。これは純粋に技術的な問題だと思いたかった。しばらく円盤を投げておらず、指先の感覚がどうにもしっくりこないだけ……。

円盤はがっしり「握る」わけではなく、あくまで指先を「引っかける」だけの感覚なのだが、慣れてくると指先と円盤がしっくり馴染んで一体化する。それなのに、リリースの瞬間には、きっちり離れて飛んでいくような……今は、体を回転させている最中に、円盤が指先から離れてしまいそうな危なっかしさがある。その結果、回転スピードを抑え気味にせざるを得ない。

「すみません」神崎は思わず謝ってしまった。秋野は自分にとって、この競技の大先輩にして師匠でもある。その彼をがっかりさせてしまうのは申し訳なかった。

神崎は円盤を拾いに行き、サークルに戻った。芝の上を歩いていると、スパイクがない——むしろ回転しやすくするためにソールは滑らかだ——専用のシューズなので、滑りそうで危なっかしい。

「お前、少し小さくなったんじゃないか？　痩《や》せたか？」秋野が心配そうに言った。

「体重は同じなんですけど、ずっと連戦だったんで、筋トレが十分にできなかったんですよ。少し萎んだかもしれません」

「日本選手権までに戻せそうか？」

「そうですね。そこまでは、円盤に集中しますから」

納得したように秋野がうなずく。

「とにかく今は、ひたすら投げこめ。あとは筋トレもしっかりやって、円盤投用の体を取り戻すことだな」

「そうします」

「ラグビーの方は、しばらくいいんだろう？」

「それは大丈夫です」

この調整が一番面倒だった。東京オリンピックまで残り約一年となり、七人制代表は合宿と遠征に集中する日々が続く。その隙間を縫って円盤投の練習をし、日本選手権に出るのは、ラグビー協会としては歓迎すべきことではあるまい。しかしいつの間にか、「上の方」で何となく話がついたようだ。スケジュールの調整は難しいが、何とか両立させてやろう——どうも、オリンピックの盛り上げのために自分を利用しようという狙いがあるようだが、神崎としてもそれに乗るしかなかった。二つの競技でオリンピックを目指すなら、協会の後押しがないとどうしようもない。

神崎は、ひたすら投げ続け、秋野の番になると、フォームを凝視して脳裏に焼きつけようとした。しかし、人間の記憶には限界がある。

「秋野さん、ちょっと撮影していいですか？」

「ああ？」

「動画で」神崎はスマートフォンを取り上げた。

「いいけど、スマートフォンだと手ぶれするぞ。ちゃんとビデオカメラで撮ったやつがあるから、それを観ろよ」

「それも観ます。でも、念の為」

「何だよ、緊張するな」秋野が照れ笑いを浮かべた。

「こんなことで緊張しないで下さいよ」

「映されるのは苦手なんだ」

神崎は顔の高さにスマートフォンを構え、秋野の投擲を撮影した。右腕の振りは三度……軸がぶれない回転はいつも通りだった。練習なのでそれほど距離が出るわけではないが、理想的なフォームだと思う。ターンの最後の捻りも完璧だ。下半身が先に正面を向き、左肩、右肩、腕と流れるように体が捻れていく。

横からも撮影する。ケージが邪魔になるのだが、回転の始動では少し重心が低く、リリースの時には伸び上がるようにして高くなるのははっきりわかる。体全体を使って、円盤を一番的確な角度で投げ上げるわけだ。そう、円盤投は決して腕だけで投げるわけではない。腕はむしろ、単なる円盤の発射台。体全体の回転で生じた遠心力を、腕を通じて余さず円盤に伝えることが大事だ。

理屈はわかっている。しかし神崎は、自分のフォームがギクシャクしているのを意識していた。日本人選手としては恵まれた体格とパワーで——つまり素質だけで飛ばしている感じ。それこそ、円盤投に集中して練習すれば、すぐに理想的なフォームを固めることはできると思うが、今は無理だ。秋野の投擲をビデオで、あるいは生で何度も見て、手本にするしかない。

練習を終え、神崎はクラブハウスに籠った。ラグビーから離れているこの時期は、とにかく円盤投に集中したい。ミーティングルームでパソコンを用意し、今日自分で撮影した秋野の動画と、以前練習の様子を撮影したものとを見比べてみる。

すぐに違いに気づいた。

回転スピードが落ちている。以前——今観ている動画は二年前に撮影されたものだ——は現在より明らかに回転が速く、しかも軸が全くぶれていない。綺麗に回転しているのは以前と同じだが、今日は明らかに回転スピードが遅かった。

気になって、去年の実業団対抗の動画も探して観てみる。決勝で、最後の八人に残れなかった時のものだ。この時も、二年前の練習に比べて回転が遅い。詳しく解析してみれば、どれぐらい差があるかははっきりするだろうが、見た目でも差がわかるぐらいだから、間違いない。

怪我だろうか？　秋野とは四六時中一緒にいるわけではないから、微妙な変化はわからない。しかし、あえて聞く気にはなれなかった。そこまで気楽に会話ができるような仲ではないし、そういう質問をするのは失礼ではないかと思った。

ノックもなしにドアが開き、神崎は慌てて振り返った。秋野。シャワーを浴びたばかりのようで、髪はまだ濡れている。

「どうだ、俺の弱点はわかったか?」

「弱点なんかないですよ。教科書に載せたいフォームです」

「光栄だね」

秋野が「ちょっと代われ」と言って神崎を立たせた。パソコンを操作し、別の動画を呼び出す。パソコンにつながれた大きな画面には、神崎の姿が映っていた。去年の実業団対抗で日本記録を更新し、優勝した時のものだ。

「何ですか?」

「ちょっと気になってることがあるから、確認しよう。ずっと言おうと思ってたんだが」

決勝の第四投だった。手応えはある一投だったが、結果的にはファウルになった。

「これ、惜しかったな」秋野が指摘する。「六十五メートルぐらい飛んでたんじゃないか?」

「でも、ファウルですからね」

「お前、右抜けしやすいよな」

「ええ」

「ファウルになる時は、だいたい右抜けしている」

「そうですね」彼の指摘は、自分でも意識していた。しかし的確な矯正方法が見つからない。

「俺が見たところ、右抜けする原因は二つある」秋野がVサインを作った。「一つは、体が開いてしまうこと。もう一つは、円盤をリリースする時の最終的な足の向きだ」

「右足を、正確に正面へ向ける、ということですね。今は向いてない」

「この映像だとそこまではっきりわからないけどな……ドローンを使ってケージの上から撮影できるから、明日、やってみるか。右足が一時の方向を向いて着地していると思う」

「要するに、リリースが早過ぎる、ということですか？」

「体がちゃんと正面を向いていないから、早く手放してしまう、とも言える。どうしてそうなるか、自分でわかるか？」

「投げ始めた頃、逆に左へファウルになることが多かったんです」

「なるほど、持ち過ぎか……」

「はい。それで無駄な力を抜いて、少しでもリリースを早くしようと思って……そうしているうちに、リリースが早くなり過ぎたみたいです。そっちの方がましですけどね」

「五回投げて一回はファウルになる感じかな……あまりいい成績じゃない」

「まったくです」神崎は頭を掻いた。

「いい記録を出す選手は、ファウルも少ないぞ。それだけ基本ができているからだ」

「不思議ですよね。そんなに難しい動作じゃないのに、一回一回安定させるのは難しい」

「まあ、一緒に矯正していこう。お前にはまだまだチャンスがあるから」秋野が動画を止めた。

「秋野さん……何でそこまで面倒を見てくれるんですか？」

「前にも言ったけど、マイナー競技の選手同士は協力し合わないと」秋野が困ったような表情を浮かべた。

「でも、僕たちは今……こんなことを言うと偉そうに聞こえるかもしれませんけど、日本記録を、オリンピックを争っているわけじゃないですか」

「でも、同じチームの仲間だぞ」

「いや、だけど……逆の立場だったら、僕にはできませんよ。ライバルがいたら排除したい」

秋野が声を上げて笑い、「排除ね」と言った。その表情は少し寂しげで、神崎はまずいことを言ってしまったかと悔いた。

「ラグビーでも同じように考えてるのか？」

「個人競技とチームスポーツは違います。味方に対しては仲間としか思わないけど、敵には……タックルでぶっ潰してやろうと常に思ってます」

「おいおい、紳士のスポーツじゃないのかよ」

「それは試合が終わってからの話ですよ。試合中は殺し合いですから」

「俺が知らないことも多いなあ。それにしても怖いね」秋野が首にかけていたタオルで髪をごしごしと擦《こす》った。「さて……じゃあ、安全なスポーツ、円盤投の話だ。実は俺も、学生の頃には、結構右抜けする癖があった。ケージに散々ぶつけたよ」

「今は完璧じゃないですか」秋野の投擲は、常にほぼ真っ直ぐ飛ぶ。

「矯正したんだよ。それこそ力ずくで」

「そんなこと、できるんですか？」神崎は首を捻った。

「やってできないことはない。少なくとも俺はできた。お前、今回はどれぐらい余裕があるんだ？」

「あと一ヵ月ですね」ワールドラグビーセブンズの全日程が終わって一週間。結局シリーズを通して日本は最下位で、コアチームから脱落、来年はフル参加ができなくなった。実戦の機会が少なくなり、来年の東京オリンピックに向けての強化策が見直されることになったが、一ヵ月後の合宿入りまでは空いている。その前には陸上の日本選手権も控えている。

「一ヵ月か……だったら明日からさっそく、矯正に取りかかろうか」秋野が提案した。

「どうするんですか？」

「それは明日のお楽しみにしよう」秋野がニヤリと笑い、神崎の肩をポン、と叩いた。

果たして秋野の「矯正」はどんなものだろう。彼のことだから、かなり厳しい練習になるのは間違いない。しかし神崎は、恐れを感じなかった。きつい練習ならむしろウェルカムだ——それで強くなれるならば。

「それ、スターティングブロックですよね」

「ああ」秋野がサークルの一番前にブロックを置いた。「本当は、こういう形でゴム製のものがあるといいんだけど、とりあえずこれでやってみよう」

「どうするんですか？」

「まあ、見てろ」

秋野が短距離用のスターティングブロックを投擲のフィールドに向けて縦にセットし、ハンマーを振るってピンで固定した。見た限り、中央からわずかに左にずれている。それこそ、足の幅の分ぐらいだ。

「ああ、そういうことですか」合点がいって、神崎はうなずいた。

「ちょっと見本を見せてやる」

秋野が円盤を取り上げ、サークルに入った。いつものポジションで投擲の準備に入り、軽く回転して円盤を投げる。普通の投擲では、円盤をリリースした後、勢いでさらに一回転してしまうのだが、今回はあくまで軽く投げただけ……右足がスターティングブロックの横にピタリとついた。円盤は三十メートルほど先に落ちた。神崎は彼の意図をすぐに読み取った。

「わかるな？　怪我しないように気をつけろよ」

「ええ……」怪我と言われると、スターティングブロックが凶器のように見えてくる。普通の勢いで回転したら、足をぶつけてしまいそうだ。あんな硬いものに足がぶつかったら、怪我しかねない。

「まず、軽く投げてみろよ。あくまでフィニッシュの確認だけだから、投げ終わった後で絶対に余計な動きをするな。全力でやって怪我したら、えらいことになるぞ」

「ですね」

「お前ぐらい体重がある人間がコケたら、再起不能の大怪我になるかもしれない」

「倒されるのは慣れてますよ」

「サークルの中は芝じゃない。結構硬いぞ」

確かに……ここは慎重にいこう。神崎がアップしている間に、秋野がサークルのすぐ前に小型のカメラをセットした。一メートルほど先なので、円盤をぶつけたり、自分が転んでぶつかる心配はなさそうだが、何となく邪魔だ。

「ケージの上からも撮影できるんだけど、この位置の方がよくわかる。さあ、今日は徹底的に投げよう」

アップを終え、神崎はサークルに入った。正面に背を向けても、スターティングブロックの存在がどうしても気になる。

「普通に投げろ」秋野がアドバイスした。「ただし、あくまで軽く。スタートのポジションだけを意識して、普通に投げた時に右足がどこまでいっているか、確認だ」

とはいっても、軽く投げたのでは正確なフォームは再現できない。神崎は五割の力で投げた。足がスターティングブロックにぶつかるのではと気にしてしまい、リリースが早過ぎた――円盤が右に飛び、ファウルになる。

「スターティングブロックを意識し過ぎだ」秋野が指摘した。

「やっぱり怖いですよ」

「ぶつかっても死ぬわけじゃないさ」

言われて、二投目はもう少し力を入れて投げてみた。意識してリリースを遅くし、スターティングブロックぎりぎりのところで足を止める――しかし踏みこみ過ぎた。

右足をスターティングブロックにぶつけ、バランスを崩して倒れてしまう。何とかリリースした円盤は、二十メートルほど先に落ちている。

怪我は……ない。足首が心配だったが、とりあえず痛みもなく無事に動いた。

「お前、頑丈過ぎないか」秋野が苦笑した。

「え？」

「スターティングブロックが外れちまったよ」

そんなに激しい勢いでぶつかったのだろうか。しっかりピンを打ちこんであったはずのスターティングブロックが横倒しに転がっている。そして右足は、親指側をもろにぶつけてしまった。この練習は効果的だとは思うが、スターティングブロックではなく何か別の素材のストッパーを用意しないと。

「痛いか？」

「多少」

「ちょっと待てよ……そうだ、野球部だ」

「野球部？」

「隣から借りてくる」

言うなり、秋野はさっさとグラウンドを立ち去った。隣は野球部の練習用グラウンドだが、あそこに何があるのだろう……訳がわからぬまま待っていると、十分ほどして、秋野が野球用のベースを抱えて戻って来た。

「よく貸してくれましたね」

「俺ぐらいのベテランになると、多少の無理は聞いてもらえるのさ……よし、これでいい」秋野が、先ほどスターティングブロックを置いていた場所にベースをセットした。「これなら柔らかいから、怪我の心配はないだろう。それでだ……タンマグをたっぷり塗っておいた」

滑り止めの炭酸マグネシウム、通称「タンマグ」は投擲選手には馴染みのものだ。

「ああ、なるほど」了解して神崎はうなずいた。「ベースを動かさないで、シューズに粉が付くように……ぴったりその位置で止めろということですよね」

「ご名答」秋野が両手を一度、叩き合わせた。「俺は、理解の早い選手が好きだね。まずは飛距離を気にしないで、どんどん投げろ。フォームを固めるのが先決だ」

「わかりました」

原始的とも言えるが、合理的な練習法だ。納得して、神崎は投擲を繰り返した。最初はやはり、ベースにタッチできずに円盤は右側にそれがちになる。意識して回転の終わりを遅らせると、ベースを踏んでしまったり、蹴飛ばしてしまったり……なかなかイメージしている通りに、ベースにぴたりと足を寄せることができない。

それでも、とうとうベースを動かさず、右のシューズの内側に、綺麗に粉の跡がついた。

「秋野さん、これですよね。これ！」神崎は思わずはしゃいで右足を上げ、秋野に見せた。

「いや、お前、子どもじゃないんだから」秋野が苦笑した。「一回だけならまぐれかもしれないじゃないか。毎回綺麗にそれができて、初めてフォームが固まったと言えるんだよ」

「……ですね」

「粉を綺麗に落とせよ。毎回チェックできないと意味がないぞ」

「わかりました」

その後も神崎は、ひたすら投げ続けた。思えばこれまで、回転をここまで正確に意識しながら練習し続けたことはない。その日の夕方には、二回に一回は、ベースにぎりぎりタッチして投げられるようになった。

「俺がこの練習をした時よりもいいぞ」秋野が指摘した。「俺は、毎回ぴたりと足がつくようになるまで、二週間かかった」

「僕もまだ確率二分の一ですよ」

「いや、お前の運動神経なら、すぐに上手くなるよ。まったく、スポーツ万能選手っていうのは本当にいるんだな。羨ましいよ」

「いやいや……」スポーツ万能というのは当てはまらない――実際には神崎は、かなり不器用なのだ。球技でも、身長を生かせるバレーやバスケットボールはそこそこ得意だが、ボールが小さくなるとさっぱりである。テニスや卓球では、子どもにも軽く捻られてしまうぐらいだった。

「この後、大丈夫か？　夕飯を食う前に、ビデオをチェックしてみよう。右足がベースにタッチしていても、体全体が正確に正面を向いていないと意味がない。変に角度がついた状態で投げると、遠心力を活かしきれないし、やっぱり右抜けするからな。そこが上手くいってなかったら、プランBを考えよう」

「すみません……飯はどうしますか？」

「よかったら、うちに来ないか？　たまには人の家で飯もいいんじゃないか」

「奥さんに悪いですよ」

「いや、もう言ってきたんだ。ただし、お前みたいな大飯食らいがいくらでも食えるように手巻き寿司だけどな」

「寿司は大好きです」

「よしよし」秋野が嬉しそうに微笑む。「うちの娘も手巻き寿司が大好きなんだ。特に焼肉な」

「手巻き寿司に焼肉ですか？」

「こってり味つけしたカルビは酢飯にも合うぞ。肉とレタスとコチュジャンを巻くと、いくらでも食べられる」

想像しただけでよだれが出てきそうだ。しかし秋野は「ビデオのチェックが終わってからだぞ」と釘を刺した。

「早送りでいきましょう」

「何言ってるんだ。じっくり鑑賞会だよ」

声を上げて笑いながら、二人はクラブハウスに向かった。その時ふと、秋野は今日はほとんど練習をしていないと気づく。自分のために時間を使っただけではないか――彼はコーチではなく、あくまで現役の選手である。こんなことが続いたら、彼の時間を奪ってしまう。

第四章　王が来る

日本ラグビーフットボール協会・原口進《はらぐちすすむ》七人制強化委員長「神崎は、現在の七人制代表を背負って立つ選手である。彼ぐらいの体格であのスピードがあれば、間違いなく世界レベルで通用する。東京オリンピックでは当然、主軸選手、キャプテンとしての活躍を期待している。円盤投に関しては、協会としてはサポートはできないが、陸連と連絡を密に取り合って、うまくスケジュールを調整していきたい。スポーツの新しいあり方が生まれるかもしれない」

日本陸上競技連盟・安永光男《やすながみつお》投てき競技強化委員長「本音を言えば、神崎には円盤投に専念してほしい。前回の東京オリンピック以来の、円盤投での出場チャンスがあるのだから、ぜひここに集中してもらいたいのが、連盟としての本音だ。ラグビーは集団競技だから、代わりの選手は探せるはずだ。しかし個人競技の円盤投には、代わりになる選手はいない。ただし神崎が『先に』ラグビーをやっていたのは事実なので、ここはラグビー協会と足並みを揃えて、できるだけ便宜を図るつもりだ」

スポーツ評論家・立岡稔氏「神崎が、二つの競技でオリンピックに出場できる保証はないが、チャレンジ精神は高く評価したい。元々日本では、複数の競技で才能を発揮する選手がいても、一つの競技に集中させてしまう場合がほとんどだった。しかし今後も少子化が進むことを考えれば、一人の選手が複数の競技に取り組む必要も出てくるだろう。そうしないと、競技人口の減少で、世界レベルから取り残されてしまうことも懸念される。今や、各競技で有望な選手を奪い合う時代ではないのだ。神崎の挑戦は、そのための試金石になるだろう」

東体大スポーツ学部・石本幸治郎《いしもとこうじろう》教授「現代のスポーツでは、選手は極めて専門化している。それは体作りからトレーニング方法、食事の内容まで多岐にわたり、簡単に複数の競技に並行して取り組めるものではない。例えば過去に、冬季のスケートと自転車競技を両立させたケースなどがあるが、完全に冬と夏に分かれていたので、効率的に練習ができたし、大会が重なることもなかった。しかし神崎の場合、七人制ラグビーと円盤投という、あまりにも異なる二つの競技に取り組んでいるのが問題だ。コンディショニングを整えるだけでも大変なはずで、このまま両方を続けると、どちらも失敗する恐れがある。故障などの肉体的なダメージも心配だ。『二刀流』という言葉の持つ夢のようなイメージに惑わされてはいけない」

陸上百メートル、二百メートルでインターハイ出場経験のあるタレントの尾島隆《おじまたかし》さん「『二刀流』っていうと格好いいんですけど、そんなに欲張って手を出さなくてもいいんじゃないかな。ラグビーと円盤投の両立は、相当無理があるでしょう。百メートルと二百メートルの両方やるのはよくあるけど、短距離とは全然違いますよね。今のところ結果は出てますけど、心情的にちょっと応援できない部分もありますね。日本人はやっぱり、一つのことに深く集中して掘り下げる人が好きだから。『二刀流』で盛り上げようとしているマスコミなんかには、商売っ気しか感じないんですよね」

（東日新聞特集面　２４３６５「二刀流新時代」）

1

二〇一九年の陸上日本選手権は、福岡《ふくおか》市にある「博多《はかた》の森《もり》陸上競技場」で開催される。六月二十七日に行われる円盤投の試合に合わせ、神崎は二日前の二十五日に福岡入りしていた。

博多の森陸上競技場は、福岡空港のすぐ東側にあるが、空港から歩いて行けるわけではない。ターミナルは滑走路を挟んで競技場と反対側にあり、大きく迂回《うかい》しなければ辿り着けないのだ。試合に向け、結局神崎や秋野たちＪＥＴジャパンの選手は、博多駅に近いホテルを宿舎にしていた。ここでも十分競技場には近い。基本的に福岡市はコンパクトで、どこへ行くにも移動は楽だ。

大会前日の今日は競技場で軽く体を解し、試投するだけの予定になっていた。午前十時に競技場入りし、与えられた時間は昼食を挟んで午前と午後の二時間ずつ。みっちり練習する時間はなく、競技場の雰囲気を摑み、円盤投のサークルの感触を確かめるぐらいで終わりになる。エントリーしている選手は十八人いるから、実際に投げられる回数は限られてしまう。

神崎は、朝六時に起き出した。ホテルの朝食バイキングは七時から。腹が減って目が覚めてしまったのだが、朝食前にコンビニで食べ物を仕入れて小腹を塞《ふさ》ぐのもどうか……結局、ゆっくりとシャワーを浴び、ミネラルウォーターを一本飲み干して空腹を紛らせてから、ロビーに降りた。六時四十分。新聞を読みながら、朝食の時間が始まるのを待つ。

それにしても皆、勝手なことばかり言うもんだよな……神崎は新聞を畳んで苦笑した。自分を取り巻く環境が次第に騒がしくなってきたことは意識している。ポイントはただ一つ、「二刀流は是か非か」。七人制ラグビーの日本代表に選ばれ、円盤投でもオリンピック出場を決めれば、今はどこへ吹いているかわからない風が同じ方向へ向く——自分を後押ししてくれるだろうと予想しているが、今は落ち着かないだけだった。

落ち着くためには、まず日本選手権で頑張らないと。ひとまずラグビーのことは忘れて、円盤投に集中だ。

しかし、どうしても東日の記事が気になってしまう。日本選手権に合わせてこういう記事を書いてくるのは、何だか悪意を感じる。いったい自分をどうしたいのか……かつてほどの力はないにせよ、新聞の影響力は未だに大きい。そしてこういう記事はネットに流れて、さらに議論が増幅される。しかし考えてもどうしようもないのだから、気にするだけ無駄だ、と自分に言い聞かせる。余計なことを考えて悩むのは非効率的だ。

今回の日本選手権が大きな試金石になるのは間違いない。もしかしたら、明日には運命が変わってしまうかもしれない。無事に二つの競技での出場が決まっても、世論が自分の味方をしてくれるかどうか……あれこれ考えて、また心がざわつく。

いろいろとシミュレーションしてみた。妄想ではなく、あくまで「何が起きるか」を冷静に考える。円盤投でもオリンピック出場を決めれば、メディアの取材が殺到するだろう。最初はテレビと新聞、その後に専門誌や一般の雑誌、さらにスポーツニュース以外のテレビ番組からも声がかかるかもしれない。この辺については、本当はラグビーか陸上、どちらかの組織にきっちり仕切って欲しかった。個人でメディアをコントロールするには限界があるが、協会とメディアなら協会の方が絶対的に力が強い。

今のところは、JETジャパンの広報部が取材の窓口になってくれている。自分は現在もJETジャパンの社員であり、ラグビー部、陸上部双方に籍があるから、このやり方は間違ってはいないのだが、会社に任せているのは筋違いな気がする。それに、会社に任せると不都合もあるのだ。鷹揚な広報部長の泉田《いずみだ》は、「会社の宣伝になるからどんどん出るべし」という方針である。彼の言うように何でもかんでも引き受けていたら、練習の時間が削られてしまう。絶対に線引きが必要だ。ストレートなスポーツニュースやスポーツ紙、一般紙の取材はOKとして、バラエティ番組への出演などは絶対に断ってもらおう、と決めた。

しかし、こういうものなのか……注目を浴びるのは、こんなに面倒臭いのか。

「やあ、久しぶり」

急に声をかけられ、神崎ははっと顔を上げた。見ると、岩谷が目の前にいる。

「横、いいかな」

神崎が何か言う前に、岩谷が横に座った。一人がけのソファの間には小さな丸テーブルがあるので、近過ぎる感覚はない。

「コーヒー、買ってきた」

岩谷が、コンビニのコーヒーカップをテーブルに置いた。どうせこれから、朝食バイキングでコーヒーはいくらでも飲めるのだと思い、神崎は手をつけなかった。コーヒー一杯で買収されるとは思わないが、岩谷から何かもらったら、小さな負い目を背負いこんでしまいそうだ。

「率直に聞いていいかな」

「わざわざ言わなくても、岩谷さんはいつも率直じゃないですか」

「アルファパワーと話をしたそうだね」

おいおい……神崎はにわかに緊張した。あれはもう、三ヵ月以上前の話ではないか。しかも舞台はラスベガスとバンクーバー。どうして情報が漏れたのかと怪しんだが、実際、池畑には見られていた。もしかしたら、あいつが情報を漏らしたのか？口が軽く、噂話を広めるのが趣味のような池畑なら、それぐらいのことはしそうだ。しかし、池畑と岩谷に接点があるのか？岩谷が、池畑との契約を目指して接触したとは考えられなかった。

逆か？池畑がゴールドゾーンとの契約を求めて、岩谷に接触した？そんなことがあるだろうか。しかし確かめれば、岩谷に余計な勘繰りをされるだろう。

「断ったそうだね」

「断るも何も、ろくに話も聞いていません」

「門前払いしたわけか」

「当然です。契約を受ける気はないからって、はっきり言いました」

「それを聞いてほっとしたよ」岩谷が、本当に両手で胸を撫で下ろした。「アルファパワーはでかい会社だ。向こうの方が、提示条件もよかったんじゃないか」

「そういう問題じゃありません」

「じゃあ、どういう問題なんだ」

「どこが相手でも契約はしない、ということです」

「アルファパワーは、うちの二倍の額を提示したそうじゃないか」探るように岩谷が言った。

「そうだったかなあ」神崎はとぼけた。まだ朝飯も食べていない早朝から、生臭い金の話をするのは気が進まない。それを言うなら、いつでも金の話などしたくないのだが。株の配当と家賃収入、それに税金のことを考えるだけでも面倒なぐらいだ。

「なあ、君は……条件闘争なのか？」

「それ、どういう意味ですか？」意味はわかっていたが、思わずむっとして聞き返してしまった。

「二つの会社が君に接触している——どちらと契約するかは、基本的には条件次第じゃないのか」

「いや、そもそもどことも契約する気はないですから」

「そう言いながら、厳しい条件を出してきた選手は何人もいたんだよ。変に知恵をつける人がバックにいたりしてね」岩谷が皮肉っぽく言った。

「あのですね」神崎の苛立ちは頂点に達しつつあった。「何度も言いましたけど、僕は契約する気はありません。これ以上金も必要ありません。バックにも誰もいません。そういう風に言われるのは心外です」

「しかし、君の周辺はますます騒がしくなってきたじゃないか。このままだと、メディアやファンに追われて面倒なことになるぞ。ネットの反応も心配じゃないか？　こういう時には必ず、あれこれ叩く人間が出てくる。余計な声を封じるためのテクニックも、うちの会社にはある」

「今のところ、そういうお世話になる必要はないです」メーカーの世話になれば――ある厄介ごとを避けるために、別の厄介ごとを背負いこむことになる。

「小さな流れが洪水になってしまってからでは遅いんだけどな」

あまりいい喩《たと》えではないが、岩谷の言いたいことは十分伝わる。それでも、神崎の心は動かない。

「岩谷さん、無駄足も給料のうちなんですか？」

「どういう意味だ？」

「僕と会っても無駄です。その分の時間は、働いていることになるんですか？」

「相変わらずきついね。でも、これが俺の仕事だから。そう簡単には諦めないよ」

「岩谷さんが考えているスポーツと、僕が考えているスポーツは、別物かもしれませんね」ふと思いついて神崎は言った。

「どういうことだ？」岩谷が目を細める。

「いや、上手く説明できないんですけど、とにかく別物——別の世界っていう感じ、しませんか？」

「よくわからないな。同じスポーツは、どこでやっても同じだろう」

「そうでもないですよ」

「どういう意味で？」

「同じ競技でも、別の世界はあるじゃないですか。高校野球と大リーグなんか、まったく別物でしょう」

「ああ、そういう意味か……」岩谷がうなずく。「でもオリンピックはオリンピックで、一つの世界じゃないか」

「でも、アマチュアとプロが混じっています。今は、プロとアマを分ける意味があるかどうか、わかりませんけど」

「うーん……」岩谷が腕を組む。「俺にもよくわからないな」

「そうですよね」神崎は苦笑してしまった。「すみません、ちゃんとした理由になららないですよね」

「自分で説明できないこともあるさ」岩谷がうなずき返したが、表情には戸惑いがあった。

「とにかく、岩谷さんの時間を無駄にするわけにはいきません」神崎は、手元にあったコーヒーカップをそっと彼の方へ押しやった。「何度も来ていただいて申し訳ないんですけど」

「アルファパワーとは、本当に契約を進めていないんだな？」

「追い払いました。ろくに話もしてません」

「向こうは誰が出てきたんだ？」

「日本支社の女性と、アメリカ本社の非常勤役員で、選手代理人もやっている藍川という人ですね。バンクーバーで二人に会いました」

「藍川さん？　じゃあ、アルファパワーは本気なんだな」岩谷の顔がすっと蒼褪《あおざ》めた。

「そんなこと、わかるんですか？」

「君も知ってるかもしれないけど、藍川さんは代理人として有名な人なんだよ。特に、日本人の大リーガーと何人も契約していて、かなりの影響力を持っている。その伝手で知り合った人たちと一緒に、アルファパワーを作ったんだ」

「創業者だったんですか……」

「ただしあくまで代理人ビジネスが本業だから、役員としては非常勤なんだ。それでも、ここ一番の契約の時には、自ら乗り出してくる——そういう記事を『フォーブス』で読んだことがある」

「代打の神様みたいなものですか」藍川本人も同じようなことを言っていた。

「そうだね」岩谷が何故か、少し寂しそうに笑った。「とにかく、アメリカの会社はこういうビジネスに慣れている」

「そんなことを言われても……」神崎は肩をすくめた。

「ところで、フランスのアルペンの選手で、アンリ・コティって知ってるよな？」岩谷が突然話題を変えた。

「ええ」急な話題の変化に、神崎は戸惑った。もちろん、名前は知っている。平昌オリンピックで活躍し、回転で銀メダルを獲得、日本でも人気になった選手だ。スキーの腕前もさることながら、その華やかなルックス、フランス貴族の末裔《まつえい》という属性もあり、日本人には神秘的な存在に見えるようだ。しかもかつて子役として映画に出演したことがあり、オリンピック後には新しい映画の撮影に入った、という話題もある。さらに彼も、「二刀流」の選手として認知されているのだ。馬術の選手でもあり、将来は夏のオリンピックへの出場も噂されている。ただし本人は、本格的に馬術に取り組むのはスキーを引退してからと宣言している――こんな情報がいつの間にか頭に入っていたのは、去年の冬、テレビや雑誌で彼の情報が散々取り上げられていたからだ。やはり、メディアの力は恐ろしい。

スキー、馬術に加えて映画俳優としても活躍していくつもりならば、二刀流どころか三刀流ではないか。しかし、演技の話を聞いても神崎の参考にはならない。

「うちは、平昌オリンピック前から、彼と契約してたんだ」

「ゴールドゾーンは、ウィンタースポーツにも手を出し始めたんですか？」

「何だ、知らなかったのか」岩谷が苦笑した。「平昌に合わせて、スキー板を発売したんだよ。他のウェアやグッズもね。先行メーカーに食いこむのはなかなか大変だけど」

「ウィンタースポーツはさっぱりなんですよ……他の新製品はよくチェックしてますけど」神崎もつい釣られて苦笑いしてしまった。

「コティはこの冬に来日する予定なんだ。一度会ってみないか？」

「僕がですか？」神崎は自分の鼻を指差した。

「そう。向こうも二刀流だから、何か学べることがあるんじゃないかな」

「いや……競技が全然違うじゃないですか」

「スポーツとしてはね。でも、気持ちの問題はどうだろう。二つのまったく違う競技に取り組むという意味では、参考になることがあるんじゃないかな」

「まあ、そうかもしれませんね」

「君の契約のことはともかく、会いたいならアレンジするよ」

「そうですね……でもスケジュールが詰まっているし、気が進まないですね」

「スケジュールのことはわかってる。この大会が終わると、七人制の合宿がずっと続くんだろう？」

「ええ」

「でも、是非コティには会ってくれ。絶対に参考になると思うんだ」岩谷が立ち上がった。「うちは君のことを第一に考えている」

俺たちの意識はずっとすれ違うだろうな、と神崎にはわかっていた。俺は何物にも縛られたくない。自分のことは自分で責任を持つ。それで失敗しても、一人で敗北を嚙み締めればいいだけの話だ。

自由でいたい。それが、すべての基本なのだ。

2

日本選手権初日に行われた円盤投には、十八人がエントリーした。まず全員が三回ずつ投げ、上位八人が残り三回の投擲に臨む。

神崎は一投目から、右足に意識を集中させた。大会直前まで秋野の「矯正」は続き、彼は「右足の着地はよくなった」と請け合ってくれたが、神崎自身は未だに不安である。集中練習の前よりはましになったが、やはり円盤が右にずれる傾向は完全には解消されていない。

一人当たりの持ち時間は一分。前の選手が投げ終え、計測が終わるまで、タイマー係は赤い旗を上げたままで、この間は「待ち」になる。他の競技——短距離のスタートなどと被る場合は、赤旗はずっと上がったままだ。代わって白旗が上がると、タイマーのカウントダウンが「1・00」から始まる。

一分はかなり長い。神崎はいつも、ゆっくりと深呼吸してからサークルに入るので、その時点でだいたい残り時間は五十秒ぐらいになっている。今回は、残り五十二秒でサークルに足を踏み入れた。

そこに野球のベースがあると考えろ。神崎はサークルに入った瞬間、一番前に「見えないベース」を置いた。それに背を向け、円盤を持った右手を意識して以前より高く掲げる。これも秋野によって矯正されたフォームだった。神崎の投擲は、円盤の角度が理想よりも少しだけ低い。秋野の指摘では「あと二度上向きに」。そのために、少しだけフォームを弄《いじ》った。ただし「角度」については、まだ満足のいく矯正はできていない。

意識してガニ股になり、重心を低く落とす。右腕の振りは変わらず二回。二度目でさらに体を深く沈め――以前より低い姿勢が取れているはずだ――一回転半。右足は間違いなく、ぎりぎり見えないベースにタッチしたはずだ。すぐに爪先の角度を確認したいが、勢いでさらに一回転してしまうのでそれはできない。このフォロースルーは絶対に必要で、そのためには視線を下に向けてはいけないのだ。体全体を「発射台」にするために、意識して作り上げたフォームだ。そして神崎の中では、このフォームは秋野のそれに限りなく近い。

とにかく、完璧だ。

今までも距離は出せていたが、体全体のバランス、そして最後のリリースに至るまで、完全に納得できた投擲は一度もなかったと言っていい。それが今回、指先に伝わる円盤の感触――リリースした時に伝わる感触が、今までとはまったく違っていた。手放すぎりぎりまでは、指先にしっとりとくっついていたのに、リリースした瞬間、パッと接着剤が取れたように指先から離れる。円盤のしっかりした重みだけが指先に残った。

「行け！」投げた瞬間に叫ぶのも初めてだった。円盤やハンマーに気合いを入れるように、投げた後大声で叫ぶ選手も少なくない。神崎は今まで無言を貫いていたが、秋野は「気分を変えるためにやってみるのもいい」とアドバイスしてくれた。

声が後押ししたわけではないだろうが……円盤は綺麗に回転してぐっと放物線を描き、着地した瞬間に観客席がどよめくのがわかった。記録は——六十二メートル五〇。

よし。

神崎は拳を握って小さくガッツポーズを作った。思ったよりも距離は伸びなかったが、それよりも、いいフォームで投げられたのが重要だ。今回出場している選手の顔ぶれを見た限り、六十メートルを投げておけば、上位八人に入れるのは間違いない。記録を狙う勝負はラスト三投でいい。

秋野は、神崎の二人後に登場した。長く円盤投の第一人者として活躍してきた選手だけに、観客の拍手も一際大きい。

神崎は、待機用のテントの中から秋野の投擲を見守った。心配……自分が心配するのはおこがましいが、それでも今日の結果がどうなるか、不安でならなかった。練習でも秋野の投擲は距離が伸びず、ずっと表情は厳しいままだったのだ。元々ポーカーフェイスで、結果がどんなによくても悪くてもまったく表情が変わらないのに。

第一投は常に大事だ。上位八人に残った場合、合計六回投げることになるのだが、記録は一番いいものが残る。選手によっては、最初は慎重に、とにかくファウルしないように気をつけながら今日のコンディションを掴み、その後でどんどん力を入れていく選手もいる。いわば「尻上がりタイプ」だが、秋野は最初からその日のベストを出せるように、全力で行くことにしているはずだ。

「もしかしたら、第一投で怪我をするかもしれない。だから、最初からフルパワーだ」

その説明はいかにも合理的だったが、秋野は「それは俺のやり方だから」と神崎に無理強いはしなかった。

秋野が投擲の準備に入る。右腕の振りは三回。神崎よりも一段低く身を沈みこませ、体を大きく使って高速回転し、強い遠心力を生み出して円盤を投じる。いつも通り、声は出さない。

リリースの瞬間、「伸びないな」と神崎は直感的に見て取った。それは秋野自身もわかっていたようで、円盤の行方を見届けないで背を向けてしまう。普段、こういうことは絶対にしない。どんなひどい失投であっても、必ず円盤が着地するまで確認するのだ。今日は何だか、自分の投擲がどうでもいいように感じているような気がする……。

サークルを出た秋野の視線が、神崎の視線とぶつかった。その顔からは、いかなる感情も読み取れない。記録がコールされた——四十七メートル八〇。神崎は、自分がミスしたように顔から血の気が引くのを感じた。彼の投擲が五十メートルに届かなかったことなど、久しくなかったのではないか。

声をかけようかと思った。もしかしたらどこか故障していて、あの距離が今の限界だった可能性もある。しかし秋野は、声をかけにくい気配を発していた。普通の試合でも、競技が続いている間は何も言わないのだが、今は特に頑《かたく》な――自分の周りに高い壁を築いているようだった。完全に一人の世界にいる、いわゆる「ゾーン」に入ったわけではなく、刺々しい感じで他人を寄せつけない。

二投目、神崎は六十メートル一〇を記録した。一投目に比べて少しだけ右抜けして、距離も伸びなかった。三投目では回転の終わりをきちんと修正して、六十三メートルジャストにまで伸ばした。去年、自分が記録した日本記録まであと一歩。

しかし、手放しでは喜べなかった。秋野は結局、一度も五十メートル以上を投げることなく、上位八人による四投目以降に進めなかったのだ。

最後の一投が四十九メートル八二に終わった後、秋野は長い間、円盤が落ちた地点を凝視していた。その背中はどこか寂しそうで、神崎は彼が引退を考えているのでは、と懸念した。これが、現役最後の一投になるのか？

秋野がうつむいたまま、選手が待機するテントの方に歩いて来た。神崎はその場に立ち止まったまま、両手を脇に垂らして、彼に何か言葉をかけるべきかどうか迷った。しかし上手い言葉が浮かばない。結局秋野が、神崎の肩にぽんと手を置いて、「体を冷やさないようにしろよ」と言った。

「はい」

「それと……後、頼むぞ」

「秋野さん」

何言ってるんだ。まさか本当に、これで引退するつもりじゃないだろうな？　自分の進路に関して、スポーツ選手が完全に自由に選べるのは「引退」だけである。確かに秋野は、年齢的にも現役を退《しりぞ》いておかしくないのだが、まだ背中で自分を引っ張って欲しかった。そう考えるのは自分のわがままだろうか……。

「秋野さん」

もう一度声をかけたが、秋野はうなずくだけで何も言わず、去って行った。第一人者の秋野が最後の八人に残れず、早々とフィールドを去る――観客は驚き、拍手を送ることすら忘れているようだった。ざわめき……静かなショックがスタンドを走る。

この雰囲気に呑まれてはいけない。自分はまだこれから、三回投げなくてはならないのだ。しかし秋野に対する長年の感謝、実業団対抗に続いて彼が上位八人に残れなかった衝撃――様々な感情が胸の中で渦巻いて落ち着かない。

こういう時こそ、集中しなければ――競技を邪魔する感情を排除するために、投げることだけに集中するというおかしな状況になってきたが、それでも何とかなる、と神崎は自分に言い聞かせた。気持ちの切り替えに関しては自信があるのだ。サッカーやバスケットボールほどでないが、七人制ラグビーでは頻繁に攻守が入れ替わる。直前の失敗をいつまでも引きずると、その後のプレーにも影響が出てしまうのだ。

円盤投の問題は、間が空いてしまうことだ。計測の時間などが入るので、八人全員が一回り投げ終えるのに、十分ぐらいはかかる。待つ間には、やはり秋野のことを考えてしまうのだった。

それでも円盤を持ってサークルに入ると、余計な考えは消える。ひたすら真っ直ぐ、遠くへ投げるために、体の回転を安定させること、右足の爪先を正面に向けることだけを意識する。

四投目は、指先へのかかりが今ひとつ悪く、五十八メートル二五に終わった。それでもまだ、八人の中ではトップの成績を残している。しかし神崎は、まったく満足していなかった。このままでも勝てるかもしれないが、記録は今ひとつ――自分が去年出した自己ベストを、何としても破っておきたかった。それより何より、その先にあるもの――オリンピックの参加標準記録をできれば突破したい。とはいえ、参加標準記録は六十六メートルで、神崎の自己ベストでも、まだ二メートル以上も足りない。そして円盤投では、一気に二メートルも記録を伸ばすのは困難だ。それこそ、集中して徹底的に練習を積み重ね、どこかでブレイクスルーがくるのを待つしかない。そのブレイクスルーがないまま、競技人生を終えてしまう選手もたくさんいるのだが。自分のブレイクスルーがこれからなのか、もう終わっているのかも分からない。

今日これまでのベストは、三投目の六十三メートルジャスト。四投目は、ほぼ完全な手応えがあったものの、いずれも距離は去年よりも出ていない。リリースのタイミングは修正できたのに、何かがもう一つ足りないのだ。秋野がいたら、その「何か」を見抜いてくれたかもしれないが、今は自分一人。いや、秋野に頼っているようではいけない。誰にも頼らず自由でいたいと決めたのは、自分ではないか。

焦って力が入り過ぎたのか、五投目はケージの右側にぶつけてファウルにしてしまった。八人全員が五投目を終えた時点で、神崎の六十三メートルはまだ今日のベスト記録として残っている。他に六十メートル超えを出した選手はいないから、優勝はまず間違いないだろうが、神崎の狙いはそんなことではない。

飛ばしたい――誰よりも遠くへ。

その願いだけを胸に、最終第六投に入る。サークルの中で後ろを向いたまま目をつぶり、投げるイメージをしばらく頭の中で組み立てた。よし……思い切り低くスタートして高く……しかし投げ上げ過ぎないように気をつけろ。爪先を真っ直ぐ正面に向けることで、円盤をゾーンの真ん中へ飛ばす。サークルの中央よりも少し左側に野球のベースが置いてあるんだから、そこに足をぶつけないように気をつけて、ぎりぎりで回転を止めろ——。

いった。

第一投の時と同じ手応えがある。しかし今回は、もう少し長く指先に円盤が残った感じがあった。しかも、リリースした後の体の回転が激しい。勢い余って倒れそうになるほどだった。これは、左へ外れてしまうかもしれないと青くなったが、円盤は仰角三十二度——秋野が言っていた理想の角度だ——で飛ぶ。声は出さない。出す必要もない。ベストのフォームから放たれた、現時点ではベストの一投だ。神崎はリリース後に一回転した後、何とか体を安定させ、円盤が芝を抉るように着地するのを確認した。芝と土がパッと舞い上がったところへ、計測担当の係員が走り寄る。彼らは明らかに興奮していた——目の前で大記録が出た時には、計測員や審判も興奮するものだ。

神崎は、傍の掲示板に目をやった。

六十三メートル九五。

よし。

去年の記録を超える自己ベスト、日本記録更新だ。神崎は小さく拳を固めたが、万感の喜びが押し寄せてくるわけではなかった。やはり距離が足りない。神崎としては、少なくとも今回、六十四メートルまでは飛ばしておきたかった。東京オリンピックまであと一年のこの時点で、もっと参加標準記録まで近づけておかないと、とてもオリンピック出場は叶わない。

まだまだ。まだ満足できない。

三度目の日本記録更新も、神崎にとっては単なる通過点に過ぎなかった。


いきなり祭りになった。

試合終了後の記者たちの取材から始まり、その日の夜には福岡市内のテレビ局を回ってスポーツニュースに生出演する。無駄な仕事でうんざりしていたが、思わぬ援軍が登場した。

「神崎君」

ロッカールームでシャワーを浴び、ようやく一息ついたところで、声をかけられた。ＪＥＴジャパンの広報部長、泉田。ラグビーと円盤投の両立について、彼とは何度か話したことがあった。毎回ぎくしゃくした会話になるのだが、今日の彼は明らかに様子が違う——妙にテンション高めで、いきなり神崎に握手を求めてきたのだ。何なんだ……見ると、胸元に大会関係者用のＩＤカードをぶら下げている。それはそうだ、ＩＤカードがなければ、ここまで入ってこられない。

「いやあ、やったな。見事な新記録だ。おめでとう、おめでとう」泉田はなかなか神崎の手を離さなかった。

「ありがとうございます」

「こんなこともあろうかと、福岡入りしていてよかったよ」

「こんなこと？」

「これから、君の身辺は今まで以上に騒がしくなるぞ。ＪＥＴとしても、今まで以上にサポートしなくちゃいけない。これから、取材は全て広報部が仕切ることにしたから」

「今までもお願いしてましたけど……」

「もっとちゃんと、だ。レベルアップだ。これからは、専属で広報の人間をつける。マネージャーだと考えてもらっていい」

「いや、そんな……」

「今日からだ」泉田は強引だった。「うちの南花香《みなみはなか》、知ってるか？」

「いえ……」

「一番優秀な広報部員だから、君は安心して競技に専念してくれ」

「はあ」何とも返事し辛く、神崎はのろのろと立ち上がった。濡れた髪から垂れる水が、ロッカールームの床に小さな円を作る。「急なお話で、何と言っていいか」

「安心しろ」泉田が、神崎の裸の肩を抱くようにした。神崎の方が二十センチ近く背が高いので、泉田はかなり大変だっただろうが。「いいか、君は今や、ＪＥＴの大事な財産になったんだ。君が活躍すればするほど、うちの会社の評判が上がる。君は最高の広報部員なんだよ」

「所属は違いますが」

「今後、正式な異動も考えている。広報にいてもらった方が、会社としても何かとやりやすいんだ。もちろんラグビーや円盤投優先で、通常業務の方は気にしなくてもいい。これはもう、役員会でも決まったことだから」

勝手なことを……神崎はうんざりしていた。まさか、所属している会社が、自分を広告塔として利用しようとするとは。これまでは「黙認」という感じで、神崎がラグビー部と陸上部を行ったり来たりするのを軽くサポートしていただけなのに、急にこんなことになってしまって戸惑うばかりだった。確かに、二年連続で日本記録は更新した。しかし七人制の代表はコアチームから脱落し、円盤投ではまだ参加標準記録も突破していない。

こんなことで騒いで欲しくなかった。

とはいえ、これから身辺がさらに騒がしくなるのは間違いない。厄介ごとを先送りにしたくて、神崎はわざとゆっくり着替えたが、それで時間稼ぎをするにも限界はある……ロッカールームから出ると、外で南花香らしき女性が待ち構えていた。会社の同僚とはいえ名前は聞いたことがなかったし、顔にも見覚えがない。小柄でショートカット、立っているだけでキビキビした印象が好ましいが……。

「南です」自己紹介する口調も歯切れがいい。広報部員というより敏腕マネージャータイプに見える。

「初対面ですよね？」

「間接的にはお会いしてます」

「間接的？」

「私、ソフトボール部にいたんですよ」

「ああ……じゃあ、新年の総会とかで？」

花香が無言でうなずく。JETジャパンは会社を挙げてスポーツ活動に力を入れており、毎年正月には、各部の選手は本社に一堂に会し、社長から直接激励を受けるのが習わしだった。とはいえ、神崎は彼女の顔には覚えがない……数百人が集まる会合だし、その後懇親会などがあるわけではないので、選手同士は顔見知りでもない限り、一々挨拶もしないのだ。

ソフトボール部は、十年ほど前には国内リーグを三連覇した強豪で、日本代表選手を何人も輩出していた。日本代表に選ばれるぐらいの選手だったら、さすがに神崎も名前と顔を覚えているのだが……そんな気持ちを読んだように、花香が「控えのショートでした」と打ち明けた。

「いつから広報部に？」

「二十三歳から……もう四年になります」

「じゃあ、同期かな？」

「いえ、私、高卒ですから。五年で膝を痛めて引退して、それから広報部所属になりました。ところで、食事は？」

いきなり質問が変わり、神崎は面食らった。何を言い出す？　先ほどまで試合をしていたのだから、当然食べている暇などなかった。

「まだだけど……」

「先に済ませておきましょう。今日は、夜のスポーツニュースのオファーが二件、来てます。順番に出演できるように調整しましたけど、最初は九時半に局入りしないといけないので、その前に食事にした方がいいですね」

神崎は廊下の壁にある時計を見上げた。午後六時半。試合終了からだいぶ時間が経っていたが、記者たちに摑まってかなり長い間取材を受けていたから、これは仕方がない。食事はできるだけ規則正しく摂りたいので――夕飯は七時だ――もうあまり時間がない。食事の前には、ホテルに荷物を降ろしたいし。

「じゃあ、すぐ出ましょうか。ホテルは電車で三十分ぐらいかかるし」

「タクシーを用意してあります」

「いや、この時間だと地下鉄を使った方が早いから」福岡市内の夕方のラッシュが凄まじいことは、神崎もよく知っている。

「しばらく、公共交通機関での移動はやめにしましょう」花香は譲らなかった。

「どうして」

「見つかると、面倒なことになりますよ」

「まさか」否定したものの、神崎はその面倒臭さを既に十分味わっていた。だからこそ、東京近郊での移動では、自分で車を運転するようにしたのだ。

「号外が出るそうです」

「え？」

「そんな、驚かないで下さい。二年連続で日本記録更新は、号外に値することなんですよ。それが間もなく、ばら撒かれるはずです。そうなったら、どこを歩いていてもすぐに見つかりますよ。タクシーを手配しましたから、移動はそれで」

参ったな……神崎は頭を掻いた。これでテレビに出れば、また話題が沸騰してしまう。静かな環境で練習と試合に専念したいのだが、そうもいかないだろう。ここは彼女の言う通りにしておく方がよさそうだ。

それにしても、いきなり花香にペースを握られてしまった。完全に委ねてしまえば楽なことはわかっているが、それはどうにも気が進まない。他人《ひと》任せにせず、何でもマイペースでやりたいのだ。

岩谷や遥子は何とか振り切ったと思っていた。しかし、所属する会社が自分をきちんとマネージメントしようとするとは……いっそ会社も辞めて、完全にフリーになるべきかもしれない。それでどんなに大変になろうが、自由には代えられない気がした。

しかし、花香が心配するのも当然だ、とすぐにわかった。メーンスタンドへの出入り口から外へ出ると、いきなり出待ちの人たちに囲まれてしまったのだ。花香が「急ぎますので、申し訳ありません」と声を張り上げ、人の波をかき分けるように前へ進む。神崎は微かな違和感を覚えた。去年、実業団対抗で日本新記録を出した時も、出待ちの人たちがいた。その時はサインや写真撮影に応じたのだが、今日ははるかに人数が多く、とても対応できそうにない……花香が時間を心配するのも当然だが、会社の広告塔として俺を使いたいなら、ファンサービスぐらいさせるべきではないか？　神崎は、わざわざ競技を観に来てくれる人に対して、無愛想にするつもりはなかった。

それにアマチュアスポーツのファンというのは節度ある存在で、選手が「急ぎますから」と言えば、無理にサインをねだったりはしない。例外は高校野球ぐらいだろうか……今回も、花香が魔法でも使ったかのように人の輪が割れ、二人はさっさと目の前に来ていたタクシーに乗りこんだ。先に入って運転席の後ろに落ち着くと、神崎はほっと安堵の息を漏らした。

「今のは第一波ですよ」花香が警告する。

「去年の実業団対抗よりも人が多かった」

「当然です。日本選手権なんですから」

「参ったな」神崎は両手で顔を擦った。時間をかけてシャワーを浴びたのに、また汗をかいている。

「これからは、こんなものじゃ済みませんよ。練習グラウンドまで追いかけてくる人がいますから」

「本当に？」

「チームが強くなると、人が集まってくるんです。うちのソフトボール部が強かった時なんか、練習でも毎日結構な見物人がいましたからね。残念ながら今は無人ですけど」

花香がスマートフォンを見ながら、淡々と今後の予定を話し始めた。

「明日、朝一番で東京へ帰りましょう。東京のテレビ局からも出演のオファーがきています」

「いや、でも、陸上部の仲間が大会に出てるんですよ？　応援したいんだ」

JETジャパン陸上部の選手は、秋野を筆頭に気のいい人間ばかりだ。七人制ラグビーとの二刀流に賭ける神崎の心意気と行動を理解して応援してくれている。陸上部のグラウンドに顔を出した時には優先的に練習させてくれるし、何よりよく声をかけてくれるのが嬉しかった。陸上ならではのトレーニングについてもアドバイスをくれる。円盤投は個人種目とはいえ、「仲間」の存在はやはり大きい。まったく違う種目なのでライバルというわけではなく、励ましあって切磋琢磨する「同志」の意識が強いのだ。普段一方的に世話になっている分、こういう時ぐらいはしっかり応援していきたい。

「山口コーチにも許可を取ってあります。とにかく取材は、集中的に受けておかないと、後が面倒ですよ。五月雨《さみだれ》式に取材に来られても困るでしょう」

「これからしばらくは、ラグビーの練習中心なんだけど」

「その前に、円盤投の取材をまとめて済ませてしまいましょう。とにかくこういうことは、集中的に済ませた方がいいんです。そういう風に、各社に期限を切りましたから」

切りましたって、何の相談もなく決められても……面倒を見てくれるのはありがたいが、せめて事前に言って欲しかった。誰かに決められたメニューに従って生きるのは、性に合わない。

ふと、ずっと頭の片隅にあったことを口に出してみた。

「そういえば、秋野さんを見ませんでしたか？」

「いえ」花香はタブレット端末に視線を落としたまま、あっさり否定した。

さっさと先に帰ってしまったのだろうか。秋野に関しては、そういうことはあり得ないはずだが……秋野は、JETジャパン陸上部のキャプテンではないが、最年長選手として、他の選手の面倒を見るのが自分の義務と考えているようなのだ。大きな大会があると、最後の選手が競技を終えるまで待ち、「お疲れさん」と声をかけて一緒に帰る。そして勝てば喜びを、負ければ悔しさを分かち合うのだ。

その彼が一人で引き上げてしまったとしたら、やはり異常事態だ。まさか、本当にこの大会を最後に引退するつもりなのだろうか？　今日の成績が怪我のせいでないとすると、アスリートが引退を意識する「年齢の壁」にぶつかったのか？

スマートフォンを取り出し、手の中で弄《もてあそ》ぶ。秋野に電話をかけるのは簡単だが、もしもいきなり切られてしまったり、厳しい言葉を投げかけられたりしたらどうしよう。秋野は細かいことは気にしない鷹揚な人間だが、今回は特別だ。

後でヘッドコーチの山口に確かめてみよう。つき合いの長い山口にならば、何か打ち明けているかもしれない。

「特にメモする必要はないですけど、一応頭に入れておいてもらえますか」

花香の言葉で我に返った。はっと顔を上げ、横を見て彼女の横顔を確認する。

「とりあえず、明後日まで予定が相当詰まっています。明日、朝一番の飛行機で東京へ戻って、午後に帯番組へ出演してもらいます。夜はスポーツ番組――その合間に、専門誌の取材が二件入っています」

「そんなに？」

「それと明後日ですけど――」

「あなたがスケジュール管理をしてくれるんですよね？」

「ええ」

「だったら、朝の集合時間だけ指示して下さい。落ち合った後は、あなたの指示に従います」

「練習と休みのスケジュールは全部教えて下さい。取材なんかはそれに合わせます」

「分かりました」

「面倒でしょうが……」花香がちらりと神崎の顔を見る。

「マネージャー的にやってくれるというなら、全面的にあなたに任せます」

それもまた面倒なことになりそうなのだが、あれこれ自分で考えるよりはましかもしれない。とにかく、練習や試合に集中するのが一番なのだ。

「ちなみに、練習時間は確保できますか？」

「この週末までは無理です」花香があっさり言った。「週明けからは普通に練習できるように調整しますから、念のため、神崎さんが予定している練習スケジュールを出してもらえますか」

「了解」

今後、調整が厄介になるのは間違いない。来月——七月からは、「オリンピックまであと一年」ということで、七人制ラグビーの集中的な合宿や遠征が始まる。去年の惨敗でコアチームからは脱落してしまったので、セブンズシリーズへの継続参戦は叶わず、世界トップレベルのチームとの試合で腕を磨くチャンスは少なくなってしまった。代わりにアジア遠征の予定などが組まれているが、正直これは「格下」相手の試合で、強化という点ではあまり効果はない。自分たちの不甲斐なさこそが原因なのだが、オリンピックへ向けて不安でしかなかった。実戦でスキルを磨けない以上、練習の強度を今まで以上に高めていくしかない。

そのためにも、取材などに煩わされるわけにはいかない。

何でも自分一人でやるつもりだったのだが、状況が変わればそういう訳にはいかないかもしれない。花香の存在は少しだけ邪魔に感じられるが、ゴールドゾーンと契約して縛られるよりはましだろう。あそこと契約すれば、おそらく様々なイベントなどに引っ張り出されて、もっと面倒なことになる。ＪＥＴジャパンは半導体メーカーだから、一般消費者に縁があるわけではない——つまり、会社のＰＲに利用するにしても、限度があるはずだ。

強い意志で、あくまで自分一人でオリンピックに臨みたい。

しかしそんな意志は、オリンピックという大きなイベントを前にしては、吹き飛んでしまうかもしれない。

疲れた……夜十時、十一時台のスポーツニュースに続けて出演し、ようやく解放されたのは日付が変わってからだった。午前一時前にホテルに戻った時には、試合の疲れよりも精神的な疲れでげっそりしていた。

「お疲れ様でした」ロビーに入ると、花香がひょこりと頭を下げる。こちらはまったく疲れていない様子だった。

「ああ、いや……」神崎は右手で顔を擦った。「明日は何時集合で？」

「ホテルを七時に出ます。八時半の羽田《はねだ》行きのチケットが取れましたから」

目を見開き、反射的に腕時計を見る。出発まであと六時間しかない。普段、きつい移動が続く時以外は、最低でも七時間は寝るようにしているので、もう調子が狂ってしまったように感じた。

「あなたも大変ですね」神崎は思わず言ってしまった。「これから宿に引き上げてだと、寝てる時間もないでしょう」

「大丈夫です。私もここに泊まってます」

「……手回しのいいことで」

「急遽でしたけど、トップダウンで指示がありましたから」

「トップダウンというのは……役員会？」

「社長です。社長が何とかしろと言ったら、何とかなるものです」花香が笑みを浮かべた。おそらく、本当に急に自分の担当を任されたに違いない。こんな仕事は今まで経験していないはずだし、ろくに準備もできていなかったのではないか。それでも何とか、マネージャー業務を軌道に乗せようとしているのだから、元々能力は高い人なのだろう。

とりあえず、少しでも寝ておこう。部屋に引き上げて、久しぶりにスマートフォンを確認する。バッテリーが十パーセントを切っていたのですぐに充電を始めたが、電話とメールの着信が大量にあったことに気づく。さすがに全部には返信できない……急いで返信しなければならない相手もいなかった。

注目を浴びるというのは、こういうことなのかもしれない。急に知り合いが増えたような気がする。

電話してきた中には、中学校と高校のラグビー部の仲間もいた。卒業後はなかなか会えず、電話がかかってくることも滅多になかったが……他にも非通知設定の番号からかかってきたものが何件か……留守番電話も入っていたので確認しようと思ったが、それすら面倒臭い。

結局、シャワーも浴びずにベッドに潜りこんだ。様々な思いが胸に去来し、頭が冴えてしまって眠れない。今日の結果、そして秋野と積み重ねてきた練習──やはりどうしても気になるのは秋野のことだ。眠れないまま、一度ベッドから抜け出し、充電途中のスマートフォンを手に取る。遅い時間だが、秋野に電話しておくべきだろうか。

実際、秋野と話がしたかった。彼らしからぬ恨み言を聞かされるかもしれないと想像すると辛かったが、このモヤモヤした気分を抱えたまま朝を待つのは辛い。しかし、彼が何を考えているかわからないと考えると、電話で話すのが急に怖くなった。面と向かっていたら、少しは話しやすいのだろうが……仕方ない。スマートフォンをデスクに残したまま、神崎はまたベッドに潜りこんだ。

朝まであまり時間がない。しかしこの夜は、初めて経験するほど長かった。

眠れないかもしれないと思ったが、寝てしまった。相当疲れていたのは間違いなく、体が睡眠を欲していたのだろう。神崎を眠りから現実に引き戻したのは、電話の呼び出し音だった。

誰だ……サイドテーブルに置かれた時計を見ると、まだ午前六時だった。誰かが祝福の電話をかけてきたのかもしれないが、それなら早過ぎる――非常識だ。しかし、スマートフォンを取り上げて、慌ててベッドを抜け出した。予想もしていなかった相手――山口だった。

「コーチ……」

「もう起きてたか？」

「いや……ええ、はい」

「はっきりしねえな」山口が笑う。「今日、早いんだろう？　そろそろ準備しないと、南に怒られるぞ」

「コーチ、彼女がマネージャー……マネージャーみたいな仕事につくことは知ってたんですか？」

「今回の大会の結果如何《いかん》によっては、ということは聞かされていた。しかし、広報部はさすがだな。ちゃんと準備していて、動きも早かった」山口が呆れたようにまくしたてる。「まあ、今後のスケジュール管理や取材対応は、彼女に任せておけばいいよ。それでお前は練習に専念できるだろう？」

「はあ……」

「お前、ゴールドゾーンから声をかけられてただろう？　下手に契約しなくてよかったんじゃないか？　最初から、ＪＥＴがしっかりお前を守るようにすればよかったんだよ。何しろうちも、東京オリンピックのオフィシャルサポーターなんだからさ。お前を抱えていることでいろいろメリットもある」

「ああ……」確かに。しかし神崎は、そんなことは考えてもいなかった。スポンサーがどうのこうのと……競技には何の関係もないのだから。「あの、それより秋野さんはどうですか？」

「ああ……」途端に山口の声が暗くなる。

「まさか、引退するつもりじゃないでしょうね」

「今のところはわからない」

「話したんですか？」神崎はスマートフォンをきつく握り締めた。

「試合が終わってから、すぐにな。ちょうどお前が、記者連中に囲まれてる頃だ」

「それで、秋野さんは何と？」

「やめるとは一言も言っていない。ただな……あれは、もう覚悟を決めた男の顔だ。口にしなくても、顔を見ればわかる」

「そんなものですか？」

「お前、俺が今までに何人の選手を見送ってきたと思ってるんだ」山口の声は尖《とが》っていた。そう、彼は確かに多くの選手を育て、多くの選手の引退を見てきたはずだ。その中で、やはり秋野の存在は特別なものだったのだろう。神崎の前の日本記録保持者。そして最年長のチームリーダーとして、JETジャパン陸上部をまとめ上げてきた。特にこの数年は、山口もだいぶ助けられたはずだ。

「秋野さん、やめるんですか」神崎は言葉を変えて同じことを訊ねた。

「やめるとは言ってない。ただ、目を見ればわかる……力がないんだ」

「怪我じゃないですよね？」

「あいつぐらいの年齢まで頑張ってくれれば、いろいろあるよ」山口が曖昧に言ったが、すぐに説明し直す。「実は、怪我はあった。去年、お前がいない時だったけどな。実業団対抗の直前だよ」

それで合点がいった。あの試合で彼は結果を出せず、それ以降は徐々に記録が落ちている。やはり怪我だったのか……常に一緒に練習しているわけではない神崎には言う必要がないと思ったのか、あるいは山口以外の誰も知らなかったのか。

「場所はどこなんですか？」

「左足首」

それはきつい……円盤投は全身運動ではあるが、最も重要な回転を支える足首の故障は、直ちに大きな影響を与える。回転スピードが落ち、フォームが狂い、結果的に飛距離が落ちてしまう。

「治ったんですよね？」

「怪我は治っても、その影響が長く残ることがある。特に足首は複雑でデリケートな部位だからな」

「ええ……」

「あいつがどうするつもりか、今のところはっきりしたことはわからない。俺も、積極的に聞くつもりはない。秋野が言い出すのを待つよ」

「そうですか……」

「だからお前も、余計なことは言うなよ。しばらく会わないだろうが、電話もするな。お前はすぐに、余計なことを言うからな」

「余計なことなんか言ってません。無駄な話をする暇なんかありませんよ」

「それが一言多いって言うんだ。自分でわからないのか？」

一言多いというか、フランクに、はっきり喋ってしまう。それが子どもの頃オーストラリアに住んでいた影響なのかどうかは自分でもわからなかった。

「とにかく、積極的にあいつと接触しないようにしろ。もちろん秋野のことだから、やめる時はきちんと筋を通すだろう。俺たちはそれを受け止めるだけだ」

「……わかりました」

「お前は今、自分のことだけを考えろ。他人の心配をしているような余裕はないはずだぞ」

「そうします」

もしも本当に引退するなら、こちらも礼を尽くしたい。自分をここまで引っ張り上げてくれたのは秋野なのだ。

思えばこの大会の前のつきっきりの練習は、彼から自分への「遺言」だったのかもしれない。あるいは王位継承の儀式。

3

「神崎フィーバー」は速やかに収束した。周りの環境が神崎に味方した。

陸上日本選手権終了後、神崎はすぐに七人制ラグビー代表のスケジュールに従って動き始めた。そちらに専念しているうちに、九月には十五人制のワールドカップが始まり、世間の注目はそちらに向いてしまい、神崎は忘れられた存在になったのだ。

「盛り上がらないのでは」と予想されていたのだが、いざ始まると急に乗っかって応援を始めるのが、日本人気質というものである。日本全体がラグビーブームで盛り上がり、七人制のことなど話題にも上らなくなった。

神崎たち七人制の日本代表は、翌年のオリンピックを見据えた地道な準備に集中していた。八月からは東南アジア各地を転戦するシリーズが始まっており、その合間にも合宿が組まれている。海外で行われる七人制の試合となると、日本から来る報道陣もファンも少ない。煩わしい取材攻勢に悩まされることも、ファンに取り囲まれることもなく、神崎は自分のペースを取り戻していた。

合宿と遠征の合間には陸上部のグラウンドに顔を出し、円盤投の練習に精を出す。こちらも、グラウンドに見学に来る人はほとんどおらず、練習に集中できた。

しかし……千葉のグラウンドに秋野の姿がないことが気になっていた。山口に確認すると「左足首のリハビリ中」。後でわかったのだが、実は日本選手権の第一投で、同じ箇所をまた痛めてしまったのだという。それならそれで、はっきり言ってくれればいいのに……意外に重傷で、試合から一ヵ月はまともに練習もできず、治療に専念していたようだ。医師のゴーサインが出てからも、ほとんどグラウンドに出ることはなく、ウェイトトレーニングなどの基礎練習を行っているだけ。

依然として「引退する」と明言してはいないが、山口は「もうやる気はないだろう」と判断していた。はっきり宣言するかどうか、本人も悩んでいるのではないか、というのがつき合いの長いコーチの読みだった。

しかし、山口が少し困ったような表情を浮かべているのが気になる。このベテラン監督にして、秋野の扱いには困っているのではないだろうか。

二〇一九年冬。

ラグビー選手にとって、昔はこの季節が本番だった。日本ではずっと、ラグビーの大きな大会は秋から冬にかけて行われてきたのである。高校ラグビーしかり、一年の総決算である日本選手権しかり。しかし最近は、年間を通して試合が組まれており、昔のように「オン・オフ」の感覚は薄れてきた。そもそも十五人制のワールドカップ自体、まだ残暑が厳しい九月から始まっていたのだし。オリンピックの七人制も、真夏の戦いになる。

神崎たち日本代表は、しっかり暑さ対策をしてきた。真夏の厳しい合宿、気温も湿度も高い東南アジアでの試合——ただしそういう環境に体を順応させても、一冬を越すうちには、感覚は失われてしまうかもしれない。

不安はあるが、本番を前に、やるべきことをしっかりこなさないと。

十二月。ちょうどぽっかり予定が空いた月曜日に、神崎は久しぶりに休みを取った。ただ自宅で体を休めるだけではなく、気分転換で外に出る。花香に連絡を入れて街に出た。途端に失敗を悟った。渋谷《しぶや》で映画でも観ようかと思って出かけてきたのだが、スクランブル交差点を渡ろうと信号待ちをしていたところで、周りの人に気づかれてしまったのだ。世間はもう自分に注目していないと思ったのに……。

何人もの人に囲まれ、サインや写真撮影をせがまれる。花香から「サインや握手を拒否してはいけないけど、なるべく人の多いところには行かないで下さい」と忠告されていた。馬鹿馬鹿しいと思っていたのだが、それに従っておくべきだったとつくづく悔いる。今自分が巻きこまれた騒動は、いつまで経っても収束せずに広まるばかりではないだろうか。日本人は、行列ができていると、理由もわからず並ぶものだし。

ようやく解放され、思わず天を仰いで溜息を漏らしてしまう。気が抜けて溜息をついたところで、「ヘイ」と声をかけられた。

ヘイ？　日本人ではない。外国人にまで気づかれてしまうのか？　自分の知名度を過小評価してはいけないと、神崎は肝に銘じた。

振り向くと、小柄――自分に比べてだが――な白人男性が立っていた。金髪を、八〇年代のロックスターのような長髪にし、サングラスをかけている。着ているのは、いかにも高そうな、凝ったデザインのコート。人の多いスクランブル交差点の近くで、彼が立っているところだけ発光しているような感じさえした。まさか、本当に海外の有名ミュージシャン？　だとしても、そんな人がどうして声をかけてくるのだろう。

「君は誰だ」

男が、訛りの強い英語で訊ねた。しかし南半球——オーストラリアやニュージーランドの英語ではない。ヨーロッパの、他の言語ネイティブの人のようだ。

「誰って……」

「日本の有名人じゃないのか？　大勢に囲まれていた。そういう人だったら、ぜひお知り合いになりたいね」

「有名かどうかは……」答えにくい質問だ。

「アスリートだね？　体を見ればわかる」

「ああ、まあ」

「よし、仲間だな。僕をどこか面白いところへ連れていってくれ」

「はい？」

男がサングラスを外した。涼しげな青い瞳が、神崎の顔を真っ直ぐ見据える。どこかで見たことのある顔だが……。

「日本は初めてなんだ。せっかく色々楽しもうと思ったのに、仕事ばかりでね。馬鹿馬鹿しいから抜け出してきた。渋谷は面白いと聞いて、何とかここまで自力で来たんだけど、何があるかさっぱりわからなくてね」

「渋谷は、そんなに面白い訳じゃないですよ」

実際には、ここここそが外国人観光客好みの絶好の撮影ポイントなのだ。スクランブル交差点の人波に入りこみ、渋谷の光景を撮影する人たちは多い。「今やニューヨークのタイムズスクエア並み、日本を代表するインスタ映えポイント」という声もあるぐらいだった。

「同じアスリートとして、ちょっと渋谷の街を案内してくれないか？」

「あなたもそうなんですか？」

「おやおや」男が肩をすくめた。「僕も、日本ではそれほど有名じゃないんだね。これじゃあ、商品価値も低そうだな」

「あ」そこまで言われて、神崎ははたと気づいた。「もしかしたら、ミスタ・アンリ・コティ？」

「それを言うならムッシュで」コティが笑みを浮かべる。大抵の女の子なら、一発で恋に落ちるような笑顔だ。「フランス人だからね……それで、君は？」

神崎も名乗った。まさか自分のことは認識していないだろうと思ったが、名前を聞くと、意外なことにコティは納得したようにうなずいた。フランスではラグビーは人気競技だからかもしれない。

「ラグビーと円盤投。両方に取り組んでいる欲張りな選手がいることは知っているけど、君だったのか……でかくて、ここで一番目立ってたから声をかけただけなんだけどね」コティがニヤリと笑った。

そう言えば岩谷は、プロモーションのためにコティを来日させると言っていた。自分に会わせたいとも……コティは、本当に岩谷から逃げ出してきたのだろうか？　それとも、ただはぐれたのを照れて誤魔化しているのか？　いずれにせよ、岩谷が蒼い顔でコティを探していると考えると、つい表情が緩んでしまう。同時に、急にコティに興味が湧いてきた。以前岩谷から聞いた通り、彼も「二刀流」の人なのだ。話を聞けば、自分の競技生活の参考になるかもしれない。風俗店に連れて行けとでも言われたら困るが……。

「何か、美味い物を食べたいな」コティが言った。かなり図々しい……というか、堂々とし過ぎていて、思わず「はい」と言ってしまいそうになる。ヨーロッパの貴族というのは、こういう感じなのだろうか。

「じゃあ、日本らしいものをご馳走しますよ」

「日本らしいもの、ね。メイド喫茶というのは？」コティが真顔で訊ねる。

「それは……この辺にはありませんよ」神崎は苦笑した。あるかもしれないが、神崎の知る限り、あれはあくまで秋葉原《あきはばら》名物だ。それにそもそも、もうそんなに流行っていないのではないか？　フランス人にまで知られているとは驚きだが。

「そうか。だったらまず、食事だ。案内してくれたまえ」

「はい」と言いかけて、神崎は思わず口をつぐんだ。貴族の末裔を案内する？　日本らしいもの……いったいどこへ連れて行ったらいいんだ？


居酒屋。

こういう大衆的な店で大丈夫だろうかと心配だったが、コティは店に入るなり物珍しそうに周囲を見回し、すぐに満足したようだった。まだ五時半。客がそれほど多くなかったので、神崎は個室に入れてもらった。ここなら、客が立てこんできても騒がれることはないだろう。

「料理は君に任せよう」

コティが言った。態度も言葉遣いも偉そうなのに、何故か嫌な気分にならない。上から目線で喋っても人を嫌な気分にさせないのが、貴族というものなのだろうか。

神崎は料理の選択に悩んだ。いかにも日本らしいもの――刺身や天ぷらで揃えてもいいのだが、ここは少し驚かせてやろうと、メーンはアンコウ鍋にした。神崎も一、二度しか食べたことがないが、こってりした味わいはいかにも冬に合っている。フランス人がアンコウを食べるかどうかはわからなかったが、彼らはあまり食材に偏見は持たないのではないだろうか。アンコウが吊るし切りされている場面を見たら、拒絶するかもしれないが。

果たして貴族の末裔は、どんな酒を呑むのだろう。それこそ何十年も前のヴィンテージワインとか……ワインのことなどさっぱりわからないし、そもそも酒をあまり呑まないので、神崎はそこで弱り果てた。しかし、コティが興味を示したのは日本酒だった。これなら助かる。神崎は店員にお勧めの日本酒を訊ね、それを冷やで出してもらうようにした。コティは興味津々といった感じで、メニューを眺め回している。訪日客が増えたせいか、メニューは日本語英語併記だった。

「なるほど……ここは、フランスのビストロみたいなものかな」

「気安く酒と料理が楽しめるという意味では、似ているかもしれない」

「楽しみだね。こういう店じゃないと、日本の本当の味はわからないのでは？」

「日本らしいものが何でも食べられますよ」

本当に「日本らしい」食べ物を味わってもらうなら、立ち食い蕎麦《そば》や牛丼、カレーのチェーン店に連れていくべきだったかもしれない。先進国の中で、日本ほど安く簡単に腹を満たせる国はないのではないか——神崎は海外遠征の度に、食事の面倒臭さにうんざりしていた。美味いものを食べようとすると、基本的には高い店に行かなければならないのだが、七人制代表にはそういう贅沢は許されない。懐に多少余裕のある神崎でさえそうだった。しかし日本ならどこでも、安全で安く美味い物が食べられる。もちろん高級路線に走ったら、とんでもない値段になるのだが。

コティは日本酒をぐいぐい呑み、あん肝を「日本のフォアグラだね」と褒《ほ》め讃《たた》え、アンコウ鍋も心底美味そうに食べた。食に対しては冒険的というか、あまり抵抗がないタイプらしい。

「あなたは、フランス貴族の末裔だと聞いていますが」神崎は遠慮がちに訊ねた。

「何百年も前の話だよ」コティが声を上げて笑う。「フランスの貴族なんて、フランス革命でとっくに消滅してる」

「でも、そういう風に紹介されている」

「先祖が貴族だったのは間違いない……それに私は金持ちだから、今でも貴族だと思っている人もいるようだ。特に海外では。フランス史の簡単な勉強をし直した方がいいと思うけど、特に否定する必要もないだろう。貴族だと思いたい人には、思わせておけばいいんだ。特に困ったこともないしね」

「自分でも貴族だと思ってるんですか」浮世離れしたこの人物を、神崎は少しからかいたくなってきた。

「フランス革命前の貴族よりも、よほど豊かかもしれない。今は、税金さえ払っていれば、誰からも文句は言われないんだから、楽なものだよ。昔は、戦争になるとまず貴族が前線に立たないといけなかったから。そんな、命を賭けるようなことをしなくちゃいけないんだったら、貴族なんてお断りだね」

「あなたは金持ちと……自分でそう言ったでしょう」

「私の先祖は、貴族制度が廃止された後も、金儲けの才能で生き延びた。田舎だったから、巨大な農園を持っていてね。そこから始まって、様々な商売に手を出し、今は一族の傘下に百を超える企業を抱えている」

配当で暮らしている自分も優雅なものだと思うが、そういうレベルではない。

「あなたも、そういう会社を所有している？」

「いや、私はそういう下賤《げせん》なことはしない」

「会社を経営するのは、別に下賤ではないと思いますが」神崎は思わず反論した。メイリョー製菓を、日本を代表する菓子メーカーに育て上げた祖父を馬鹿にされたような気分になった。

「そういうことは、金儲けの才能がある人に任せておけばいい。私は、特にそういう教育――経営者としての教育を受けたこともない」

「だったら、子ども時代は？」

「夏は田舎の農園で乗馬を、冬はサンモリッツでスキーをやっていた」

いかにもヨーロッパの金持ちらしい話だ。彼の収入は、一族が支配する会社からの株の配当、あるいは簡単な仕事をするだけでもらえる「顧問料」のようなものが主かもしれない。それなら自分と同じようなものか……そういう事情を打ち明けようかとも思ったが、自分のことを話すのは気が進まなかった。彼の悠然とした態度を見ていると、自分がいかにも「小物」に思えてくる。

「いや、日本の味を堪能したよ。一度、こういう店に入ってみたかったんだ。ところで、ここではコーヒーは飲めるかな？」

「それはないですね。酒専門の店だから」

「だったら出ようか。美味いコーヒーを飲まないと、食事は終わらない」コティが足を組み替えた。畳部屋だったのに、足が痺れることもなかったようだ。ジャケットのポケットからスマートフォンを取り出し、確認する。「まったく、そう何度も電話してこなくてもいいのに。子どもじゃないんだから……ちょっと待ってくれ」

コティがメールを打ち始める。画面がちらりと見えてしまったのだが、宛先は間違いなく「Ｉｗａｔａｎｉ」だった。食事まで一緒にしてもなお、本当にあのコティだろうかと疑っていたのだが、どうやら間違いなさそうだった。

「あなたを捜しているのは、ゴールドゾーンの岩谷？」

「彼を知ってるのか？」コティが画面から顔を上げた。

「僕とも契約したいと」

「ああ、二刀流はビジネス的にも価値があるんだろう」メールを打ちながら、コティがさらりと答えた。

「断りましたけど」

「どうして」コティがすっと顔を上げた。

「あなたはどうして契約を受けたんですか？　金に困っているわけじゃないでしょう」

「金……そうだね、金は関係ない」

「だったらどうして？」

「そんなこと、簡単には説明できないな……これでよし、と」コティが画面をタップした。

「あの人はしつこいですよ。あなたを日本に招いたからには、自分が全行程を責任持って面倒をみなければいけないと思っている」

「お節介過ぎるんだなあ」コティが長い髪をさっとかき上げた。「行きたい所へ行って、会いたい人に会う。逆に言えば、行きたくない所へは行かないし、会いたくない人には会わない」

普通の人はそうもいかないのだ、と神崎は呆れた。嫌々ながら人と会い、呑みたくもない酒を酌み交わし、聞きたくもない話を聞く。とはいえ神崎も、そういう面倒なことからは身を引いているが。立場はまったく別だが、自分はコティと似ているのかもしれない。

「行こうか。ああ、ここは君が払っておいてくれたまえ」

「は？」

「君の紹介で入った店だ。それにここは自分の『庭』なんだから、君が払うべきだろう」

「はあ……」誘った方が払う――それが日本人の感覚だが、それをコティに押しつけるのは不可能だろう。どうもこの男は、神崎の理解が及ばないところで生きているようだ。


映画を観ようと思っていたシネコンの二階にある喫茶店に入る。コーヒーは馬鹿高い――カップにたっぷり二杯分入ってくるのでむしろ割安かもしれないが、先ほどの居酒屋と同じように、ここも自分が払うことになりそうだ。財布から千円札があっという間に消えていく。もしかしたらコティは、自分で財布を取り出すことなどないのかもしれない。

窓際の席に座れたので、コティは興味深げに眼下の道玄坂《どうげんざか》を見下ろしていた。足を組み、顎に拳を当ててじっと下界を見渡す姿が妙に様になっている。まるで庶民の生活を見守る領主のような……いや、もう貴族なんかいないんだと神崎は自分に言い聞かせた。見た目のせいもあるが、一度根づいた印象を覆すのは難しい。

「この街は、ずいぶん賑やかなんだね」

「今、日本で一番賑やかな繁華街だから」

「それにしても、子どもばかりじゃないか。渋谷は、大人が歩いたらいけない街なのか？」

それも否定できない。渋谷は昔から若者の街だったそうだが、今、この街の主役は中学生と高校生ではないだろうか。神崎でも、街を歩いていて肩身の狭い思いをすることがあるぐらいだ。

「そういうわけじゃないけど、若い人が好きな店が多い街なんですよ」

「なるほど。活気があって結構だ」したり顔でコティがうなずく。コーヒーを一口飲むと、満足げにまたうなずいた。「日本はコーヒーも美味いね」

「フランスだとエスプレッソじゃないんですか？」

「エスプレッソが多いけど、他にもいろいろなコーヒーを飲むよ」

王様、ご満悦というところか……神崎は苦笑しながら、コティに訊ねた。

「スキーと乗馬……両方でトップレベルというのはどんな気分ですか」

「二刀流の話かい？」コティが身を乗り出してきた。

「ええ」

「僕はまだ、本格的な二刀流に取り組んでいるわけじゃない。今はあくまでスキーが中心だ」

「馬術でもオリンピッククラスでしょう？」

「馬術をオリンピックでやる意味はあるのかなあ」コティが首を傾げた。「競技人口の多いスポーツをやる——それが本当だと思うんだ。世界中の人が参加できるチャンスがあるからね。馬術なんて、そんなに競技人口が多いわけじゃないし、練習場所も限られている」

「……貴族のスポーツですか」

「それは否定できない。まあ、そもそも馬術では、もっと歳を取ってからでもオリンピックは狙えるんじゃないかな。馬に乗るのに、年齢はあまり関係ないからね」

「じゃあ、本格的に馬術でオリンピックを目指すのは、スキーを引退してからですか」

「そのつもりだけど、予定は未定だよ。所詮スポーツだから、そんなに一生懸命予定を決めても仕方がない」

「所詮……」その言葉が引っかかった。神崎は、ラグビーにも円盤投にも全力で取り組んでいる。本気で競技できる年齢には上限があるから、燃え尽きるまでやり続けるつもりだった。そういう気持ちを「所詮」と言われると、戸惑うというより頭にきてしまう。

「僕にとってスポーツは、子どもの頃から自然に身の回りにあるものだった。スキーや乗馬をやる環境が整っていたから、やっただけだよ。いわば、呼吸したり水を飲んだりするのと同じだね。ただ、楽しむのは暇な時間に限られていたけど。何というか……スポーツはそういうものだと教わってきた」

「よくわかりませんが」

「暇潰しだよ」コティがにっこり笑った。

「いや、それは……」神崎の反論の言葉は宙に消えた。軽い怒り——命を賭けているものを「暇潰し」と言われたら、自分の人生そのものを否定されているようなものだ。

「君はどうして、わざわざ二つのスポーツをやってるんだ?」

「どっちも面白いからですよ」

「面白い……そうだろうね」コティが納得したようにうなずく。「つまり、趣味だろう?」

「いや、趣味じゃない。もっと大事なもの——命を賭けてる」

コティが首を傾げ、次の瞬間には笑みを漏らした。「困ったな」と言いたげな笑みだった。

「スポーツなんて、命を賭けてまでやるものじゃない」

「でも、試合中は命を賭けているんじゃないですか」

「まさか。楽しく滑って、勝ったら喜ぶ、負けたら悔しい。それだけじゃないか」

「いや、しかし――」

「まあまあ」コティが首を横に振った。「そうやってむきになるのは、君がそれだけ真剣な証拠だろう。それにラグビーなら、命の危機を感じることもある。それは僕にだってわかるよ。でも、それで何が手に入る？　金か？」

「いや、僕はそういうのを拒否した」

「ふうん……プロ選手なら、まず金だよね。ヨーロッパでも、サッカーや自転車の選手の巨額の契約は大きな話題になる。彼らは自身のプレーを金で評価されるんだ。それこそ生活がかかっているし、ある意味わかりやすい」

「あなたもある意味プロではないですか。ゴールドゾーンと契約して、契約金をもらっているわけだから」

「くれるものはもらう、それだけだよ」コティが腕組みをした。「僕はプロじゃない。あくまでアマチュアなんだ。僕だけじゃなくて、スポーツマンのほとんどはアマチュアだ。僕はただ、記録の面でトップレベルに入るようになった――それだけの話だと思っている。君がどうして契約を嫌がるのかは理解できないけど……」

「干渉されたくないんです」

「そんなに気にならないよ」コティが首を捻る。「できないこと、やりたくないことははっきり言えばいいんだ。それで契約が切れても、君は困らないんだろう？　もっと軽く考えればいいんだ。僕たちは、祭り上げられていればいいんだから」

気にならないって……今のスポーツビジネスは、極めて複雑になってしまう。特にトップレベルになると多くの人と金が絡み、選手の意向など通らなくなっている。自分はそれを嫌って誘いを拒否したのだが、コティはとにかく何も気にしていないように見える。

「まあ、とにかく僕は好きにやるつもりだよ」

「でも、契約したからには、いろいろ縛られるのでは？　今回も、ゴールドゾーンのイベントがあるから来日したんでしょう？」

「日本へは来たことがなかったしね。こういうのも面白いだろう」

理解不能だ……少なくとも自分は、彼のように気楽には考えられない。契約した以上、「仕事」としてこなさなければならないことがあると考えただけで責任感を抱え、気が重くなってしまう。

「ゴールドゾーンとの契約は気に入っているんですか？」

「彼らのスキー板は、僕にとってはベストだね。それにツアーでは、一流のスタッフがサポートしてくれる。特に、ワックスマンは最高なんだ。オリンピックでメダルを取れたのも、彼らのおかげだと思う」

スキーでは、プレーヤーの能力を最大に発揮するために、スキーのワックスをどう調整するかが最も大事だと言われていることぐらい、神崎も知っていた。雪の状況によって細かくワックスを調整するのは、職人技の世界だと聞いている。

「じゃあ、この契約はあなたにとってもいいことなんですね」

「そう。何か問題が起きたり、気に食わないことがあったら、契約を破棄すればいいだけの話だから」

「それじゃ、違約金を取られるでしょう」

「金を払って自由になれるなら、特に問題はないじゃないか」

何なんだ、この浮世離れした感覚は？　恐らく彼が自由に使える金は、神崎とは桁違いなのだろう。そもそも金に困っていないとしたら、どうしてゴールドゾーンと契約したのだろうか。

「僕はね、アマチュアなんだよ」コティが繰り返す。

「契約しているんだから、プロじゃないですか」神崎もまた言い返した。

「気持ちがアマチュアなんだ」コティが穏やかに微笑んだ。「プロとアマの違いが、金を稼いでいるかどうかだとすれば――確かにゴールドゾーンと契約しているという意味ではプロかもしれないけど、金を稼いでいる感覚は僕にはない」

「それ以外で手に入る金の方が、ずっと多いからですか」

「そう」コティがあっさり認めてうなずいた。「ゴールドゾーンが僕を縛ろうとしたら、契約は破棄するだろうね。それで自分の好きなようにやる。スポーツって、本来そういうものじゃないのかな」

「意味がわからない」

「金と時間に余裕がある人間が、自らの肉体だけに頼って勝負する——そういうのが本当の意味でのスポーツだと思うんだ」

「スポーツそのものが貴族の趣味ですか」

「そういう風に考えてもらってもいい」

何が何だかわからなくなってきた。はっきりしていることは一つ、自分が貴族ではないということ。他人《ひと》より多少懐に余裕があるだけで、あくまで一般人なのは間違いない。

目の前の男とは立場も考えも違う。コティが「自分はアマチュアだ」と言うのは理解できないでもないが、真剣にスポーツに取り組む世界のトッププレーヤーは、自分のプレーが評価され、金につながることを夢見ているはずだ。

神崎は違う。考えてみれば、そんなことにはまったく興味がなかった。ということは、自分もアマチュアなのか？

「楽しめばいいんじゃないか」コティがさらりと言った。

「楽しんでますよ」

「心から？」

神崎は一瞬固まった。楽しくないはずはない。子どもの頃から馴染んできたラグビー。自分に新しい地平を見せてくれた円盤投。二つの競技で日本のトップレベルにはたどり着いたが、まだ世界で通用しているとは言い難い。たとえオリンピックに出れても、恥をかいて終わるかもしれない——そういう薄い恐怖が、常に心のどこかに巣くっていた。そして周りの環境の変化……静かに、自分のプレーにだけ専念したいのに、何かと邪魔が入る。余裕のある人間なら、ファンやマスコミが寄ってきても、それをむしろ楽しめるのだろうが、自分は周りが騒がしくなる度に、嫌な感じで心を揺さぶられるのだ。

「全てにおいて楽しめるのがアマチュアじゃないかな。子どもの頃から楽しんできた末に、世界のトップレベルになる——それこそが、スポーツ選手の理想の姿じゃないだろうか。金に煩わされなければ、もっといい」

「金は煩わしいものですか……」

「君もそう思ってるんだろう？　金で自分の時間を縛られるのが嫌だから、ゴールドゾーンと契約しないんだろう？　でも、君は考え過ぎだけどね」

第三者——しかも初対面のコティに指摘されたのに、神崎は妙に納得してしまった。そうか、自分はアマチュアの極北を行きたいのか。今時、アマチュアとプロの境目は曖昧になってきている——コティ自身がそうだ——が、気持ちだけでもアマチュアのままでいることはできるのではないだろうか。

「そういうこと——金とスポーツの問題をすっきりさせるために、考えていることがあるんだ」

「それは?」

コティの計画を聞いて、神崎は仰天した。こんなことを考えているとは……やはりコティは、自分とはまったく別の世界にいる人だ。しかし彼の計画は、神崎の心を激しく揺さぶったのだった。

コティの「お遊び」は、二時間半でお開きになった。「さすがにいつまでも岩谷を待たせておくのはまずいね」と苦笑しながら電話をかける。

岩谷が迎えに来るなら、神崎はさっさと引き上げてもよかったのだが、コティを渋谷で一人きりにするのは気が進まなかった。今のところ周囲には気づかれていないが、いつばれてもおかしくない。去年の平昌オリンピックで世界の注目を浴びたのは、神崎の記憶にも新しい。それに彼は、ハリウッド映画への出演が決まっていた

──もう撮影は終わったかもしれない。この件もオリンピック後に大きな話題になったし、目ざとい映画ファンなら気づくのではないだろうか。

喫茶店に姿を現した岩谷は、神崎を見て、かすかに笑った。コティは一人でトイレに向かった。

「どうだった？」

「どうだったって、何がですか？」神崎は嫌な予感を覚えた。

「彼といろいろ話をしただろう？　二刀流のこととか」

「ええ」

「参考になったんじゃないか？」

「岩谷さん……もしかして、仕組んだんですか？」

「そうだよ」岩谷があっさり認めた。「人の多い渋谷でばったり会うなんて、あり得ないだろう？」

「もしかして、南さんに聞いたんですか？」

「まあ……そんなところだ」

確かに、花香はスケジュールを全て把握している。怒ってもよかったが、神崎はあえて何も言わなかった。怒ったら岩谷にペースを握られそうな気がする。ゆっくりと息を吐いて、静かに話し出した。

「あんな人がこの世にいるんですね」

「まあ……浮世離れしてるよな」岩谷も苦笑しながら同調した。

「でも、勉強になりました」

「そうか？」

「はい。でも、怒ってます」

「何に対して？」

「岩谷さんに対して」神崎ははっきり言い切った。「こんな騙し討ちみたいなことをしなくてもいいじゃないですか」

「ちょっとした根回しだよ」

「日本的な感覚ではそうかもしれませんけど、僕には騙し討ちにしか思えない」

岩谷がぐっと口を引き結んだ。顔面は蒼白。完全な失敗を悟ったのだろう。

「まあ、でも、いいです」神崎は首を横に振った。「コティと知り合いになれたのはよかったですから」

「そうか――近々また、ちゃんと話をしよう」

「お断りします」

「俺はまだ諦めていない」

「さすがですね。そういうのをプロって言うんでしょうね。僕はアマチュアですけど」

一瞬、岩谷が何とも言えない表情を浮かべた。からかわれている、とでも思ったのかもしれない。神崎は真顔でうなずきかけた。ずっと心に抱いていた違和感——その正体が、コティと話したことでようやく明らかになった気がする。

アマチュア。

現代にその言葉が持つ意味を、真剣に考えてみよう。

4

年が明けても、神崎の忙しさは変わらなかった。いよいよオリンピックイヤーになり、七人制の合宿は強度が一気に高まった。怪我などでメンバーの入れ替えもあり、オリンピック本番を一緒に戦う顔ぶれはまだ定まっていない。

神崎自身は怪我もなく、好調を保っている。元々体が頑丈な上に、怪我を避ける「技術」もあると自負していた。どんなに激しい接触プレーでも、人間同士のぶつかり合いだから、事前にわかっていれば何とか耐えられるものだ。怖いのは、死角からいきなり襲ってくるタックルである。それを避けるための周囲を広く見る技術は、長くプレーを続けているうちに自然に身についた。背後から忍び寄ってくるタックラーの気配を察して走るコースを微妙に変えたり、横から入るタックルの衝撃を弱めるために、当たられる直前に少し体の位置をずらしたり……実際神崎は、これまで一度も大きな怪我をしたことがなかった。

心配なのは、池畑が膝を負傷して離脱していることだ。致命的ではないが、恐らく二月ぐらいまでは練習を再開できない。チームに戻っても、試合勘を取り戻すにはさらに時間が必要だろう。これはまずい……彼のキックはチームの大事な得点源であり、代わりになる選手は簡単には見つからない。神崎はキャプテンとしてチームを預かる立場だが、選手を選定する権限はないから、この件に関してはどうしようもない。

年末年始は七人制代表の練習は休みだったので、二〇二〇年年明けの一月二日、神崎は千葉のＪＥＴジャパン陸上部のグラウンドに赴いた。この日を「投げ初め」と決めたのだ。

陸上部としての全体練習は休みになっているが、自分と同じように「走り初め」「跳び初め」のためにここへ来る選手は多い。完全に休んでいるのは、元日にニューイヤー駅伝を走った長距離の選手たちぐらいだ。

今日は最低気温が一度まで下がり、神崎がグラウンドに出た午前十時でも、まだ五度までしか上がっていなかった。全力で投げると怪我しかねない寒さだったので、今日はあくまで「儀式」にすることにした。トラックをゆっくりと五周して体を解し、普段よりも入念にストレッチを行う。しかし筋肉が完全に解れた感じがしない。今日はあくまで「儀式」だと自分に言い聞かせ、練習に入る。

右足の矯正用には、とうとう専用ツールが完成していた。分厚いゴムのブロックを棒状に切り取ったもので、しかもペグできちんと固定できるようになっている。秋野が手先の器用さを発揮して作ってくれたのだが……その彼は、今日もグラウンドにいない。

神崎はいつも、入念に準備をした。まず、回転しないスタンディングスロー。これは「肩慣らし」のようなものだ。重さ二キロある円盤をいきなりフル回転で投げると、肩や肘を壊してしまう。距離を気にせず二十回繰り返し、続いてハーフターンで投げる。後ろを向いた状態から半回転して投げるもので、スタンディングよりは距離が出るが、まだ「慣らし」の感じが強い。これも二十回投げて、ようやく準備完了だ。

野球のウォーミングアップと似たようなものだが、ピッチャーの場合は何球ぐらい投げると準備が整うのだろうか。練習始めのキャッチボールを見ると、最初から結構全力で投げている感じがするが。

今日は、フルターンでの投擲を十回に抑えよう。あくまで「投げ初め」だし、ここで無理をする必要はない。感覚を取り戻すため、そして右足の位置を確認するためだ。

円盤を投げるのは久しぶりだったが、フォームが崩れていないことが嬉しかった。右足は一度もゴムブロックにぶつからず、円盤はほぼ正面に飛んでいる。去年からの大きな成長だが、さらに記録を伸ばすためには、まだ改良の余地がある。秋野は、「投擲角度をもう少し高く」と言っていた。神崎の場合、理想の「三十二度」よりもまだ少しだけ低い。しかし一度か二度だけ高く投げるというのは非常に微妙で、簡単にコントロールできるものではない。思い切って、スタートの時に体をぐっと低く構えるようにしてみたが、そうすると今度は上がり過ぎてしまう。腕を振り出す角度の問題だが、腕の振りを意識するだけでは調整できない。円盤は腕だけでなく、全身で投げるものなのだ。

軽く十回投げ終える。飛距離は四十メートルほどだが、それでも十分だった。余力たっぷりというか、肩慣らしの延長のようなものである。

円盤を回収し、サークルに向かって一礼して練習を終わりにする。他の種目の選手はまだ練習中だったが、ここで無理に合わせる必要はない。

サークルの外、タオルの上に置いておいたスマートフォンを取り上げると、ちょうど十二時だった。昼食の時間だが、神崎は少し迷った。この近くにも食事ができる店は何軒かあり、練習後の陸上部員や野球部員の溜まり場になっているのだが、今日は正月二日だから、さすがにどこも休みだろう。駅まで出れば何か食べられるが、チェーン店ばかりである。一月二日からラーメンとチャーハン、あるいは牛丼の大盛りというのも情けない話だが、これはしょうがない。

タオルで汗を拭い、メールと電話の着信を確認する。さすがに、正月に連絡してくる人はいない……放っておいてもらえるのはありがたいが、これはこれで寂しいものだ。ラグビーと円盤投の二刀流に本格的に取り組み始めて以来、古い友だちと会う機会が一気に減った。大きな大会や試合の後にはメールをもらったりするのだが、関係者以外と食事をした最後はいつだっただろう。

自分で選んだ環境とはいえ、少しだけ侘しい。

ふいに、人の気配に気づいた。そちらに目を向けると、秋野がグラウンドに向かって一礼しているところだった。その後、ゆっくりとトラックを横切ってフィールドに向かってくる。絶対にラインを踏まないようにするのは、彼の癖だ。

秋野の方でも神崎に気づき、軽く右手を上げる。神崎は深く頭を下げ、彼の到着を待った。脛《すね》の辺りまでカバーする長いダウンコート姿。ダボっとした服を着ていても、久しぶりに会う彼は、ずいぶん痩せた感じがした。ウェイトトレーニングを中心にやっていたと聞いていたが……。

「ご無沙汰してます」彼が二メートルの距離まで近づいたところで、神崎はもう一度頭を下げた。

「もう上がりか？」

「はい」

「体、冷やすなよ」

今のところは大丈夫……汗はまだ引いておらず、体の芯からいい感じに熱が吹き出ている。

「秋野さん、初投げですか」

「いや……まあ、初投げなんだけど、いつもとは違う」

「そうなんですか？」

「いつもは元旦に来るんだけど、年末からちょっと風邪をひいててね。娘にうつされた」

「ああ……そうなんですね」意外だった。以前彼は「もう何年も風邪をひいたことがない」と自慢していたのだ。それだけ緊張感をもって体を鍛えてきた、と言いたかったのだろう。

「調子はどうだ」

「まあまあです」

「今年は忙しくなるな」

「覚悟してます」神崎はうなずいた。

「そうか……じゃあ、俺は少し練習していくから」

「あの、秋野さん」神崎は思い切って訊ねることにした。

「何だ」質問の内容を察したのか、秋野の視線が厳しくなる。

「やめるんですか」言葉を選ぶこともできたが、神崎はダイレクトに疑問をぶつけた。

「わからない」秋野の声が急に低くなる。

「左足首の故障が、不調の原因ですよね」失礼なことを言っている……頭ではわかっているが、言葉をオブラートに包むことができない。

「正直言って、怪我でこれだけ調子を落としたことはない。要するに、歳ということなんだろう。若い頃だったら、怪我を治しながらでも練習はできた。だから――」

「やめないで下さい」神崎は慌てて彼の言葉を遮った。「一緒にオリンピックに行きましょう」

「神崎、それは非現実的だ」秋野が寂しそうに笑う。「俺がこれから、自己ベストから三メートルも伸ばせると思うか？」

「諦めるんですか？」

「自分のことは自分でわかるよ。今の俺の状態で強気なことを言ってたら、単なる馬鹿だ」

「秋野さん……」

「どんな人間にも限界は来るんだよ。俺はもう、二十年も円盤を投げてる。十分やった実感はあるんだ」

「オリンピックに出なくてもいいんですか？」

「それぞれの競技で、限界はあるだろう。日本がサッカーのワールドカップで優勝するなんて言っても、現実味が薄いじゃないか。できる目標を定めて、それを達成するために頑張る——俺の場合、日本記録は出せた。一時的とはいえ名前が残ったんだから、十分だよ」

「そんなものですか？」神崎は思わず挑発した。

「ああ？」

「秋野さんの望みは、そんなに小さなものなんですか？　記録が伸びなくなったのは、目標が低過ぎたからじゃないんですか」

秋野の頬が、一瞬ぴくりと動いた。しかしすぐに、穏やかな笑顔が戻ってくる。それで神崎は、全てが終わったと悟った。

秋野の中には、もう燃えるものがない。ひたすら記録を追い求めてきたアスリートが、自分の中で「これ以上伸びない」と判断した時点で、現役生活は終わりだ。今彼は、正式に「やめる」と宣言するタイミングを見極めようとしているだけではないだろうか。

「神崎」秋野が静かに声を発した。

「はい」その声にはっきりした決意を感じ取って、神崎も静かに答えた。

「俺は往生際が悪いんだ」

「いや、そんな……」

「左足首を怪我した時に、これはまずいと思った。怪我の重さは、アスリートなら誰でもわかるだろう？　本当にやばいのか、ちゃんと治って復帰できるのか……」

「ええ」

「治らないと思った。治るかもしれないけど、元には戻らない。だからせめて、怪我から復帰した大会で負けた時に、引退しておくべきだった」

「そんな……」

「でも、決められなかった」秋野が寂しそうな笑みを浮かべる。「我ながら、決められない男なんだよな。辞めるにしても、最後にみっともなくない成績を残して、余力を持って笑ってやめるべきだ、なんて考えてしまう」

「それはわかります」アスリートの身の引き方は様々だ。大きな怪我で、誰が見ても

「もう無理だ」とわかることもあるだろうし、徐々に成績が落ちて、最後は予選を勝ち抜けなくなって静かに消えていくこともある。全てのアスリートにとっての理想は、最後の試合で自己ベストを更新し、あるいは勝って有終の美を飾ることだろうが、そんなことを実現できる選手はほとんどいない。たいていはゆるゆると成績が落ちて、世間的に忘れられた存在になり、いつの間にか消えていく。

「余力があることを証明しましょうよ」神崎は食い下がった。「日本選手権、一緒に出ましょう。僕は必ず参加標準記録を突破して、日本記録を更新します。オリンピックに出ます。秋野さんも一緒にオリンピックに行きましょう」

「無茶言うな」秋野がまた寂しそうに笑った。「とにかく俺は今、タイミングを見ているだけだ。派手派手しく引退会見するつもりはないけど、どこかで区切りをつけなくちゃいけないだろうな」

「僕は引退には大反対ですけど、そういう舞台が必要なら、日本選手権にしましょうよ。僕は……秋野さんがいなかったらここまで記録は伸びなかった。恩返しに、参加標準記録の突破を目指します。秋野さんの目の前で達成したいんです」

「そういう強い気持ちがあれば、俺がいてもいなくても記録は出せるさ。お前の一番の持ち味は、その気持ちの強さなんだから」

「秋野さん……」

「さ、もう行け」秋野がうなずく。「体を冷やすな。風邪なんかひいたら馬鹿らしいぞ。お前は人の二倍頑張らないといけないんだから、体調だけは万全に整えておかないと」

言葉は柔らかいが、芯は強い。絶対に逆らえない、と神崎は諦めた。所詮、アスリートは最後は一人。行く末をどうするか決めるのは、本人なのだ。

第五章　契約解除

神崎真守にとって、勝負の季節がきた。

これまで、七人制ラグビーと円盤投の二刀流で注目を集めてきた神崎だが、オリンピックへの出場が決まっているのは七人制ラグビーだけである。リオオリンピックでの四位という成績からメダルも期待されている日本期待の競技で、神崎は押しも押されもせぬ中心選手だ。

問題は、円盤投だ。神崎は現在の日本記録保持者だが、オリンピック出場のために必要な参加標準記録をいまだに突破していない。

大リーグの大谷翔平、それに神崎の活躍もあって、スポーツの世界における「二刀流」がにわかに注目されているが、実現は非常に厳しい。日本では、子どもの頃から一つのスポーツに集中させる傾向が強く、可能性を閉ざしてしまうのではないか、という議論は昔からあった。両競技での神崎の活躍は、この議論に新たな一石を投じるものである。「人間には多くの可能性がある」という見本としてだけでも、神崎の挑戦には意味がある。しかしそれは、二つの競技でオリンピックに出場しない限り、完璧なものにはならない。

神崎の二刀流挑戦に反対するわけではないが、今はより現実的な形で実現できることを考えるべきである。すなわち、まだオリンピック出場が決まっていない円盤投で、参加標準記録を出すことに集中すべきではないか。

神崎を取り巻く環境が厳しいことは明らかだ。しかしその厳しい環境の中で、これまで結果を出し続けてきた神崎が円盤投に集中したら、オリンピック出場の可能性はぐっと高まるだろう。神崎本人だけでなく、関係者の理解と協力も必要だ。

（東日新聞社説「二刀流実現のために」）

1

岩谷は、東日の社説を二度読んでしまった。日本の新聞は、様々な出来事に対するスタンスをはっきりさせないものだが、社説だけは違う。ここは「新聞社としての意見」を明確に提示するスペースなのだ。大抵は、政治・経済など硬い話題が中心だが、スポーツが取り上げられることもある。しかし岩谷が知る限り、神崎の挑戦が社説に書かれるのは初めてだった。

　新聞を読み終え、コーヒーを一啜り……そこで、ちょうど電話を終えた国内営業部長の杉山が声をかけてきた。

「岩谷、ちょっといいか」

「はい」岩谷は立ち上がった。

「上木さんがお呼びだ」

「何ですか？」

「さあ……詳しくは直接話すと言っている」

「そうですか」

　嫌な予感がする。上木とは基本的な考え方——特に神崎に対する考え方は合っているが、意見が食い違うことも少なくない。そもそも、役員が部長と一般社員を一緒に呼びつけるなど異例のことだ。何かヘマしたのだろうか、と心配になってくる。一番可能性があるのは、神崎の件に関する叱責だ。上木はまだ、神崎との契約を諦めていない。むしろ、オリンピックイヤーの今年、一気に押して契約を成立させたいと何度も言っていた。オリンピックの後には、神崎の商品価値は今よりはるかに大きくなる。年齢からいって、次のパリオリンピックでの活躍も期待できるから、これから四年間、ゴールドゾーンの広告塔として重要な役割を果たしてくれるはずだ、との主張を変えなかった。

岩谷も、ずいぶん長いこと——リオオリンピックの後、三年も神崎を追いかけている。何度も会ってその度に断られていたが、自分の中では「試合終了」のホイッスルはまだ鳴っていない。何か上手い手を思いつけば、こちらの提案を真面目に検討してもらえるのではないか？　しかしその「上手い手」がどうしても思い浮かばない。国内営業部にいながら、特別にコティを担当させられたことも原因の一つだ。去年の秋から、何度渡欧したことか。コティは無茶苦茶な要求をするわけではないが、時々突拍子もない行動で岩谷を戸惑わせる。神崎とは別の意味で「宇宙人」だ。自分とは住む世界がまったく違う。

役員室に入ると、上木がソファを勧めてきた。表情を見た限り、特に怒っている様子はない。議題はわからないが、何とか乗り切れるのではないか、と岩谷は自分を安心させようとした。しかし、万が一の時に備えて、ソファには浅く腰かけておく。いきなり立ち上がって逃げ出すような事態にならないといいが……。

「昨日、役員会だったんだ」上木が唐突に切り出した。

「そうですね」杉山が愛想よく言ってうなずく。役員会は、毎週月曜日の午後に開催される。

「今年はいよいよオリンピックだ。うちとしても、社運を賭けた一年になるのは間違いない。営業には今まで以上に金と時間を使ってもらうし、以前にも話した通り、四月からは人も増やす。ただしそのためには、絞るべきところは絞らないといけない。メリハリということだな」

上木は基本的に極めて率直な人間だが、時々回りくどくなる。たいていは、嫌なことを言う時だ。まさか、営業部員を増やすと言いながら、俺を閑職に異動させるつもりじゃないだろうな？

「それでだ……うちの契約選手の中で、何人かが『問題あり』と指摘されたんだ。国内営業部としても契約の精査、見直しだけはする、と言わざるを得なくなった」

「つまり、契約している選手の何人かを切る、ということですね」杉山がずばりと聞いた。

「そういうことになる」上木がうなずく。「その中で真っ先に名前が挙がったのが、JETジャパンの秋野だ」

岩谷は、いきなり頬を張られたような衝撃を受けた。確かに秋野は、一昨年の実業団対抗から、急激に衰え、まともな成績を残していない。左足首の怪我の影響だと岩谷は聞いていたが、ずっと記録が出ない状態が続いているので、心配にはなっていた。去年の日本選手権では八位に入賞すらできなかった。実業団対抗では入賞したものの、その中では最下位の八位である。しかもこの時は神崎は出場せず、全体に記録が低調だったにもかかわらず、だ。

「岩谷はどう思う？　彼はこの一年以上、結果を出していない」

「それは事実です」自分の失敗のように胸が痛んだ。

「残念だが、どうなんだ？　限界なのか？」

残念だが、と言っている時点で、もう「契約解除しろ」と命じているも同然だ。粘るべきか……粘るべきだ。秋野は、岩谷がゴールドゾーンに転職してから初めて契約した選手である。つき合いも長いし、その人間性に惚れこんでもいた。彼が引退してからも友人づき合いができるのでは、と期待してもいた。とはいえ、それはもっと先のことになるはずだったのに……。

「一昨年の夏に怪我をしました」

「その影響か？」

「本人に直接確認はしていませんが、怪我は事実です」

「そうか……彼は何歳だ？」

「今年で三十五歳になります」

「陸上のフィールド選手としてはそろそろだな」上木がうなずく。「どんなに体が若い選手でも、三十歳を超えると肉体的な変調も生じる。彼の場合、そういう時期と怪我が重なってしまったんじゃないか？」

「おそらく、そういうことかと」

「秋野の件は、昨日の役員会でも真っ先に俎上に上った」上木が残念そうに言った。「やはり年齢の問題が大きい。東京オリンピックは、ゴールドゾーンにとってだけではなく、日本のスポーツ界にとっても大きな岐路になるだろう。それはわかるな？」

「ええ」岩谷はうなずいた。

「日本では、これからも確実に少子高齢化が進む。スポーツをやる人が少なくなるんだから、あらゆる競技で有望な選手の取り合いになるし、我々メーカーの生存競争も厳しくなるだろう。とにかく、次の時代にスポーツに取り組む子どもたちを増やさないといけない。そのためには、子どもたちが目標にしやすい、より若い選手との契約を進めていきたい」

「契約選手全体の若返り、ですか」

「率直に言って、そういうことだ」

「後藤《ごとう》専務のアイディアですね？」

杉山が指摘すると、上木が渋い表情でうなずいた。ゴールドゾーンは、様々な業界出身の人が在籍する「ハイブリッド企業」でもある。広告代理店出身の後藤も、創業当時からのメンバーだった。その人脈とアイディアは、ゴールドゾーンを先発他社と勝負できるまでの会社に育て上げたが、本人は学校の体育の授業以外にはスポーツ経験がまったくない。がちがちのアメフト選手だった上木に言わせれば「アスリートの気持ちがまったくわかっていない」。

「冗談じゃないです」岩谷は憤然と言った。「俺が後藤専務と直接話します。撤回してもらわないと」

「よせ。この件に関しては、俺も反対はできない。俺は少数派なんだ」苦々しげな表情を浮かべて、上木が言った。「秋野とは、一年ごとの契約だったな？」

「はい」

「実は去年の段階で、もう契約しないという話は出ていたんだ。その時は俺が潰したけどな」

「そうだったんですか？」岩谷ははっと顔を上げた。

「一度や二度、調子が悪い大会だってあるだろう」

「そうなんです」岩谷は力をこめてうなずいた。「ですから、これから挽回して、いい記録を出せる可能性もあるんです」

「彼には、ウェアやシューズの提供の他に、年間五十万円、出していたな。その他に、イベントなどに呼ぶ時は実費を支給していた」

「はい」最近はイベントに呼ぶこともなかったのだが……確かに上木の言う通り、ゴールドゾーンは若くてイキのいい有望選手との契約を次々と進めている。年一回、契約アスリートを集めて新製品の発表会を行うのだが、秋野はこの二年、そのメンバーから外れていた。喋りが上手く、記者団を前にしても臆することがないので、発表会では人気の選手だったのだが、今は若くてルックスのいい選手を優先して使うようになっていた。

「俺は、昨日の役員会では明言を避けた。国内営業部に判断を投げる、ということにしている。だから、まず秋野を切るかどうか、営業部で検討して欲しい」

「年間五十万ですよ？」岩谷は反論した。「うちの予算からしたら、微々たるものじゃないですか。それぐらいは何とか……」

「他にも槍玉に上がっている選手はいる。まず、つき合いの長い秋野をどうするか決めないと、他の選手の契約見直しも進められない」

「上木さん……効率重視はわかりますけど、秋野はうちに大きく貢献してくれました。それをあっさり切るなんて、冗談じゃないです」岩谷は必死に食い下がった。

「正直、コティ関連の予算で圧迫されている部分もあるんだ」上木が渋い表情を浮かべる。「全体のバランスの問題だからな……お前が、秋野に対して特別な気持ちを持っていることは理解しているが、ここは私情を捨てて考えてくれ」

「再検討を――」

「わかりました。営業部に持ち帰ります」杉山が岩谷の言葉を遮り、あっさり言った。

この男は……と岩谷は一気に頭に血が昇るのを感じた。結局は、上の顔色を窺うことしか考えていない、サラリーマンによくいるタイプ——外で成績を上げるよりも、上司の機嫌を取ることこそ出世の早道と思っている。

「それと、神崎のことはまだ諦めていないからな」上木が釘を刺した。「今日の東日の社説でも取り上げられていただろう。世間の注目はまだまだ高い——これからさらに高くなるだろう。オリンピック本番ぎりぎりまで、何とか頑張るんだ。アルファパワーの方はどうだ？」

「その後は、接触しているという話は聞いていません」

「そうか……しかし、裏で目立たないように動いている可能性はあるから、気をつけろよ。とにかく今後は、一段強く神崎に集中してくれ」

「わかりました。それと、コティがまた来日予定です」

「あれはうちとは関係ないだろう」呆れたように上木が言った。「今回は、映画の話だよな？」

コティは映画のプロモーションのために、去年に続いて来日することになっていた。当然、今回の主体はゴールドゾーンではないのだが、配給会社からの要請があり、五日間の滞在中、岩谷もずっとつき添うことになっていた。

「アスリートが俳優になるケースは昔からあったけど、いきなり主演とはね」上木が苦笑する。

「あのルックスですから、わからないでもないですが……」杉山が言った。「結局今シーズンは、まったく大会に出場していません。うちが契約した意味があったかどうか、微妙ですね」

「岩谷、その辺はどうなんだ？　このままスキーから引退ということはないだろうな？」

「来シーズンはレースに復帰すると明言しています。ただ本人は、競技にそれほど執着がないんですよね。いずれ馬術の方に専念するとも言ってますが、それもどうなるかわからない」あの男に関してはわからないことだらけだ。

「貴族というのは、我々には理解不能な存在だな……まあ、うちとしては今後の契約をどうするか考える必要があるから、来日した時にじっくり話を聞いてくれ」

「承知しました」あの浮世離れした男と膝を突き合わせて話をしていると、頭痛がしてくるのだが……「貴族」ではなく「貴族の末裔」とはいっても、一般的な日本人である自分とは考え方がまったく違う。会話はうまく転がるのだが、結果的にはまったく嚙み合わず、答えが出ない場合がほとんどだ。まさに浮世離れしたキャラクターである。

「いろいろ忙しくなるとは思うが、体には気をつけてくれよ」

「ありがとうございます」

上木はいつも、こうやって部下のことを気遣ってくれる。それはありがたいのだが、今回ばかりは素直に指示に従えない。

俺に秋野を切れというのか？　切れるのか？

2

秋野は午後六時に練習を切り上げると言っていたので、七時に新習志野駅前の居酒屋で会うことにした。呑みながらするような話ではないが、グラウンドで立ったまま告げるわけにもいかない。

思えば秋野とは、幾度となく一緒に酒を酌み交わしてきた。彼の酒は、気持ちのいい酒だ。賑やかに酔っ払い、しかも周りに迷惑をかけることはない――二人で呑むこともなくなるかもしれないと思い、酒の席に誘ったのだった。

居酒屋には個室を用意しておいた。ここにも何度か一緒に入ったことがある。いつも賑やかな店なのだが、今日は個室なので、ざわめきからは何とか逃れられる。

約束の時間の五分前に店に入り、個室の中で一人、どうやって話を切り出すかを考えた。こういう時、回りくどい言い方をすると、かえって相手を不快にさせてしまうだろう。だいたい秋野は、はっきりした会話を好む。

「来年度は契約を結ばないことにした」……いや、これはストレートで強過ぎるし、あまりにも一方的だ。「来年度の契約は見送らせて欲しい」……少し柔らかくなるものの、ビジネスライク過ぎる。自分の語彙の貧弱さを呪う。そもそも口八丁手八丁の営業マンには向いていないのではないかとさえ思えてきた。

結局、適切な言葉を考えつかないうちに秋野が来てしまった。何となく、今までと様子が違う。服が違うのだとすぐに気づいた。これまで秋野は、基本的に練習や試合の延長線上のような格好で現れた。真冬なら、ベンチコートで寒風から身を守るような……それが今日は、丈の短い紺色のコートに薄茶色のツイードのジャケット、グレーのパンツという格好である。ネクタイこそしていないが、これで出社してもおかしくはない。

「お待たせしまして」一月、最低気温が氷点下だった日なのに、秋野の額には汗が浮かんでいる。陸上部のグラウンドから駅まではかなり遠いので、早足で歩いて来たのだろう。

「いや、私もちょうど来たところで」

「先にやってくれててもよかったのに」

「いやいや、営業マンはそんなことしちゃいけないんですよ。飲み物、どうしますか」

「生にしましょうか」

「そうですね」

岩谷は、秋野のおしぼりを持ってきた店員に生ビールを二つ注文した。料理はコースを頼んでいるので、あとはメニューも見ない。すぐにビールが運ばれてきて、二人は乾杯した。手が震えてしまって焦る。こちらの不安が秋野に乗り移ったらどうしよう……すると秋野の方で、いきなり切り出してきた。

「契約打ち切りですか」

「いや、それは……」

「はっきり言ってもらった方がありがたいです。これだけ成績が低迷していれば、覚悟もしますよ」

「申し訳ない」岩谷は深く頭を下げた。顔を上げたくない……秋野の顔を正面から見るのが辛かった。涙が滲んでくる。このまま下を向いていたら本当に涙が溢れてしまいそうで、慌てて顔を上げた。

秋野の顔は――目が澄んでいた。まるで何かを諦めたような表情。いや、諦めたわけではなく、やり尽くした人間だけが持つ清々しさが感じられた。

「秋野さん、引退するつもりですか？」

「まだ決められないから困っているんです」秋野が寂しそうな笑みを浮かべる。「驚きましたよ。自分でも、こんなに優柔不断な人間だとは思わなかった。愚図と言うべきですかね」

「愚図……そんなことはないでしょう」

「いや、やめるならやめる、続けるなら続けるではっきりしないようじゃ、アスリート失格ですよ。昔から、やめるときはスパッと——やり尽くして、笑ってやめるんだろうと思ってました。でも実際には、そんなに簡単にはやめられない——決められないものですね」

「怪我——左足首の具合はどうなんですか？」

「怪我そのものは治ってます。でも、投げられなかった時期が長かったから、すっかり感覚が狂ってしまった。これが歳を取るということなんでしょうね。若い時なら、簡単に取り戻せたと思うけど」

「そんなことを言う歳じゃないでしょう」

「アスリートとしては、もう完全に晩年ですよ。円盤投は、四十になっても続けられるような競技じゃない」

「そうですか……」

岩谷はビールのジョッキを摑んだが、急に吞む気がなくなってしまった。秋野も、最初の一口をぐっと吞んだだけで、あとは手をつけていない。年齢のことを持ち出されると厳しい。自分が現役を引退した後は、秋野の頑張りに励まされてきたのだが……自分より年下の選手が引退するのが、これほど衝撃だとは思わなかった。

「ただね、このまま消えるみたいにやめるのはどうしても悔しい。たぶん私は、死に場所を探しているんですよ」

「やめて下さいよ、縁起でもない」岩谷は、声に少しだけ怒気をこめた。

「言葉が悪いですね」秋野が笑った。「とにかく、最後の試合ということです。ちゃんと調整して、大舞台で納得のいく投擲をして終わらせたい。それだけです」

「その大舞台というのは……今年の日本選手権ですね？」

秋野が無言でうなずく。岩谷はようやく、二口目のビールを吞んだ。苦味だけが強く、まったく美味くない。美味さを感じないのは、真冬にビールがいけないのではなく、無意識が命じた「罰」なのかもしれない。

「日本選手権には出るつもりなんですね？」岩谷は念押しして訊ねた。

「ええ」

「勝ちに行くんですか？」

「それは……」秋野が困ったような表情を浮かべた。「岩谷さんと同じようなことを言う人がいましたよ。オリンピックを狙おうって」

「誰ですか？」

「それはまあ……いいじゃないですか」秋野が言葉を濁《にご》した。「あまりにも現実味がない話だけど、アスリートには何か目標がないとやっていけない」

「それがオリンピックなら最高じゃないですか。狙うんですか？」

「今の私がそんなことを言っても、笑い物になるだけでしょう」

「私は笑いませんよ」岩谷は真顔で言った。真面目な表情を浮かべるのに、何の苦労もいらなかった。こと競技に関しては、秋野との間にジョークはない。

確かに秋野の記録は、ピーク時からはずっと落ちている。岩谷は専門家ではないが、とにかく急速に衰えたとしか言いようがない。これから記録が盛り返す予兆もまったくなかった。

「今年の日本選手権を花道にして、引退するつもりなんですか」

確認すると、秋野が押し黙る。ビールを一口呑んだが、それでも気が緩むことはないようだった。つき合いの長い岩谷にも、本音を明かすつもりはないのだろう。そう考えると少しだけがっかりした。何でも言い合える仲だと思っていたのに。

「とにかく……ゴールドゾーンの方針はよくわかります。岩谷さんからは言いにくいですよね」

「申し訳ない」岩谷は頭を下げた。

「会社へ持ち帰って下さい。契約解除の申し出を了解した、と伝えてくれればいいですよ。それで、この件は一件落着でしょう？　岩谷さんもきつい思いをすることはない」

「今までも、他の選手と契約解除の話をしたことは何度もあるんですよ」岩谷は打ち明けた。「それこそ、成績が落ちてしまった選手もいたし、素行不良の選手もいた。仕方ない——あくまで仕事としてやってきたんですけど、今回は違うんです」

「これも、あなたにとっては仕事でしょう」

「私は、秋野さんを友だちだと思ってます」

秋野が無言でうなずいた。話の流れの中でそうしているわけでないことは、真剣な表情を見れば明らかだった。

「あなたは、私がゴールドゾーンに入って初めて契約した人だ。私はラグビーを辞めたばかりで、思い切って転職したんですけど、新しい仕事に自信はなかったんですよ。そもそもあの頃——七年前は、自分の中にまだアスリートとしての感覚が残っていた。だから、現役の選手をサポートするような仕事を選んだのが正解だったかどうか、わからなかった。正直、プレーしている選手を見ると、羨ましくてしょうがなかったんですよ」

秋野がまた、何も言わずにうなずいた。秋野は決して雄弁なタイプではないが、うなずくだけで「自分は真剣だ」と相手に思わせる説得力を持っている。

「それが、ラグビーだけじゃなかったんですよ。マラソンでも競泳でもサッカーでも、あなたを見ていても羨ましかった。そもそもあなたと私は、そんなに年齢も変わらない。そういう人が、今まさにアスリートとして頂点に達しようとしていたんだから」

「だったら、無理に今のような仕事をする必要はなかったんじゃないですか？」

「生きるためには……仕事を続けるためには、自分の気持ちを押し殺す必要もあった。でもあなたが、そういう重苦しい気持ちを払拭してくれたんです」

「私が？」秋野が自分の鼻を指差した。「何かしましたか？」

「私の愚痴を聞いてくれたでしょう」

「ああ」秋野がうなずく。「人の話を聞くのは趣味みたいなもので……私が相手だと話しやすい、という人もいます」

「秋野さんは、私の現役時代の手柄や失敗を、面白そうに聞いてくれた。あまりよく知らないスポーツの話なんか、本当は面白くないですよね？」

「いや、面白いから聞いていたんですよ。私はそんなに我慢強い人間じゃない」秋野が軽く笑った。

「とにかく、自分のやってきたことは無駄じゃなかったんだって、その時初めて確信できたんです。自分の満足のためだけにプレーしてきたつもりだけど、もしかしたら試合を観ていた人には感動を与えられたかもしれない……だったらもう十分だな、と思ったんです。あれで振っ切れた。その後も、あなたの試合にいつも励まされていたんです。三十歳を超えて記録を伸ばし始めたあなたを見ていると、人間には限界はないんだと思った。だから自分も頑張る気になったんですよ」

「そして今や、ゴールドゾーンのエース営業マンだ」

「エースかどうかはわかりませんけど」岩谷は苦笑した。「結局、神崎君との契約は取れていない」

「はっきり言えば、ますます難しくなっていくでしょう」秋野が指摘する。「神崎には今、JETの広報部がついている。一人、専属マネージャーのような形で、スケジュールや取材を取り仕切っています」

「南花香さん」

「ご存じですか」

「JETジャパンのソフトボール部の元選手ですね――今や神崎君は、JETジャパンにとっても最高の広告塔でしょう。協会も、会社の方でしっかりマネージメントを担当してくれるなら万々歳じゃないかな。余計な手間がかからないんだから」

本当なら、その役目はゴールドゾーンが引き受けていたはずだった。岩谷は、自分が神崎専属のマネージャー役を担当することまで想定していた。ところが、JETジャパンが広報の人間をマネージャー役につけてから、神崎のガードはさらに固くなってしまった。去年の日本選手権の後、電話をかけると、「今後は広報を通すことになりました」とあっさりと告げられた。そうまで言われると、もう神崎に直接電話はできない。

その後、つき合いのあるJETの広報部員に確認すると、会社として神崎をガードする方針を決めたということで、神崎個人への接触は遠慮して欲しい、話があるならマネージャーの南花香を通してくれと、はっきり通告された。

やられた、と地団駄を踏んだが、どうしようもない。神崎にすれば、余計なことを考えずに済む最高のコンディションを手に入れたわけだ。結局、あれだけ才能のある選手なら、誰かが必ず面倒を見ようとするものだろう。そう、豊かな才能さえあれば、幸運は向こうからやってくる。

持つ者と持たざる者。

岩谷にすれば、ライバル社であるアルファパワーも神崎に近づきにくくなったことだけが救いだった。そもそもアルファパワーが神崎に対してどれだけ本気だったかもわからない。七人制ラグビーも円盤投も、アメリカではそれほど人気のスポーツではないのだ。基本的に本社の言いなりで動く日本支社が、独自の判断で神崎に接触してフラれただけではないか、と岩谷は想像している。

しかし……ゴールドゾーンは諦めていない。神崎との契約獲得は、今でも岩谷の肩に重くのしかかる指令なのだ。最初は自分で言い出したことなのだが、会社のプレッシャーを感じると憂鬱になってしまう。

「岩谷さん、神崎に関しては無理しない方がいい」秋野が忠告した。

「いや、私はまだ諦めませんよ」

「神崎を、自由に泳がせてやってくれませんか？」秋野が頭を下げた。「あいつには、そういう環境もある」

「――金の問題ですか」

「そう。大昔のアマチュアのようなものだけど、彼はスポーツで金を稼ぐ必要はない。二つの競技を続けるのも、純粋に自分の喜びのためだけです。そういう選手がいてもいいんじゃないかな」

「今の私には、理解不能なことですね」

「理解しましょう」秋野がうなずく。「スポーツにはいろいろな形がある。そういうことなんですよ」

3

何て騒ぎだよ……岩谷は唖然とした。羽田空港の到着ロビーは、午後七時過ぎのパリ発エールフランス便の到着——いや、コティが姿を現すのを待つ人たちでごった返している。「オリンピックのメダリストがハリウッド映画に出演する」というシチュエーションは、映画ファンの注目も確実に集めた。その映画『ファンクション』がいよいよ公開され、プロモーションのために本人が来日するとなれば、ある程度の騒ぎになるのは予想できていたが……これほどになるとは。集まっているのは百人や二百人では済むまい。

岩谷は今回、配給会社の営業担当者、霧島亜弓《きりしまあゆみ》という女性と一緒に動いていた。このプロモーションツアーでは、彼女が全面的にコティの面倒を見る。岩谷はバックアップ要員のようなもので、コティが急にトレーニングをしたくなった時——これが結構頻繁にある——などのために、五日間の全日程に同行する予定だった。今回も面倒なことにはならないだろう、と岩谷は自分を安心させていた。プロモーションのための来日なので、取材やテレビ出演、それに試写会でのファンへの挨拶などで、予定はびっしり詰まっている。一つでもサボったら、亜弓が入念に組み上げたスケジュールは全て狂ってしまうし、コティもその辺はよくわかっているはずだ。

「そろそろですか」

「そうですね」亜弓がちらりと腕時計を見た。いかにも高価そうな、一部に金の入ったカルティエ。何というか……四十歳にしては若い容貌だが、態度はこちらが引いてしまうほど堂々としている。配給会社の他のスタッフに聞いた限り、海外スターからの信頼も厚いそうだ。

「飛行機は……」

「定刻通りです」亜弓がぴしりと言った。彼女が言うなら間違いないだろうと思わせる強い口調だった。

岩谷も自分の腕時計を見た。定刻通りということは、ちょうど今着陸したばかりか。これからエプロンに向かい、入国審査などを終えてここに姿を現すまで、十分ほどはあるだろう。

「映画の評判、どうなんですか」

「これが、意外にいいんですよ」亜弓がふっと微笑んだ。

「意外？」

「あら、ごめんなさい」亜弓が今度は声を上げて笑った。「オリンピックのメダリストを映画に主演させるなんて、単なる話題作りかと思ってたんですけど、違うんですね」

「彼にはベースがあるんですよね。子役出身でもありますからね」

「あれはなかなかいい作品でした」

もう二十年近く前のフランスのアクション映画で、岩谷も観たことがあった。コティは、主役の刑事の一人息子で、捜査を妨害する悪漢に誘拐されて危機に陥るが、持ち前の——子どもらしい知恵で脱出し、事件解決にも一役買うという内容だった。ほとんど主役のような扱いで、子役スターとして世界的な人気者になった。しかし映画出演はその一本だけで、その後はアスリートとして名を成したのだった。平昌オリンピックのフランス代表に選ばれた時に、過去のキャリアが紹介されると、「あの時のあの子が」と一気に話題が広まった。

今回は、二十年前の映画を手がけたのと同じ脚本家による作品で、彼はずっと「もう一度コティで映画を作りたい」という企画を温めていたようだ。それにしても、子役としてヒット作品を出した後、二十年も経ってから今度はいきなりの主演……映画関係者の目から見ると、コティにはアスリートとして以外にも魅力があるのだろう。

ハリウッド制作の『ファンクション』の舞台は、アメリカだった。二十年ぶりに、今度は自分が刑事役として映画に戻ってきたコティが、夫を殺された若い未亡人との密かな愛を育みながら事件解決に奔走するという内容で、ハリウッド映画らしくアクションシーンあり、恋愛要素あり……問題はコティの人物造形で、本人の経歴そのままにフランス貴族の末裔で、ブルゴーニュにぶどう園を持っていてやたらとワインに詳しく、クラシックな高級車を乗り回す設定になっていた。これだけ聞くと、何だかふざけた話に思えるのだが、コティはこの役を完璧に演じきった。

岩谷は既に試写を観ていたのだが、コティの思わぬ演技力に驚かされた。コティであってコティでない——貴族の末裔のパロディを演じながら、間違いなく彼にしか出せないであろう高貴な雰囲気を醸し出している。結果、恋愛映画としてもなかなか上等な仕上がりになっていた。これがアカデミー賞を取ることはないだろうが——亜弓の説だ——コティは俳優としての再出発にも成功したと言っていい。今は、新作のオファーが殺到しているという。

今後どうするつもりか、それを確認することだけが、今回の岩谷の正式任務と言えた。コティが本格的に俳優に転身するかどうか、真意を確認しておかないと。ゴールドゾーンは、あくまでスキーヤーとしてのコティと契約したのであり、このまま俳優業を中心に活動を続けていくつもりなら、契約内容を見直す必要も出てくるだろう。「来季はレースに復帰する」とは言っていたが、彼を取り巻く状況は変化し続けている。

「本人、どういうつもりですかね」何度目だろうか、亜弓に同じ質問をしてしまった。

「私は、今後も彼がどちらか一本に絞るとは思えないんですよね」亜弓が冷静に言った。「スキーと馬術の二刀流でしょう？　だったら、スポーツと映画の二刀流もありじゃないですか？」

「スポーツの二刀流なら何とかなるかもしれないけど、俳優としてはどうなんでしょう？　映画の撮影は、時間を拘束されるじゃないですか」

「それはそうですけどね」

「そうすると、スキーだろうが馬術だろうが、満足にトレーニングはできない」

「トレーニングのことは私にはわかりませんけど、彼、一つのことだけに集中できないタイプかもしれませんね。気が多いというか、やれることは何でもやってみよう、みたいな。でも、普通に仕事しながら本格的にスポーツをやっている人も珍しくないでしょう？　これもそういうことじゃないんですか？」

「しかし、手を出したこと全部で成功するんだから、とんでもない才能ですけどね」

「マルチ人間ですね。世の中には、そういう人もいる、ということでしょう」亜弓が肩をすくめ、また腕時計に視線を落とした。「そろそろですね」

「警備は大丈夫なんですか？」

「空港の方にもお願いしました。こういうことには慣れているから、問題ないですよ。それに日本のファンは、基本的に礼儀正しいですから。今まで、空港でファンが殺到して怪我人が出た、なんて話は聞いたことがないでしょう？」

「確かに。警備が手薄なら、手伝おうかと思ったんですが」

「元ラグビー選手として？」

「そうですね。人を吹っ飛ばすのは、なかなかいいストレス解消法なんですよ」岩谷はニヤリと笑った。

「さあ、そろそろお出ましですね」亜弓が一歩前に進み出た。岩谷の冗談につき合うつもりはないようだった。

岩谷は一つ咳払いをして、コティが出て来る辺りを凝視した。真っ先にコティに気づいた女性ファンが上げた黄色い歓声が、さざなみのように広がっていく。コティは、そこまで見送ってきた女性の地上勤務員たちに笑顔で手を振ると、最も手前にいた女性ファンに手を差し出した。その手を握った二十歳ぐらいの女性が、足にばねじかけでも入っているかのように、ぴょんぴょんと飛び跳ね始める。それを見たコティの顔に笑顔が広がった。ファンサービスではなく、本人も心底喜んでいるようだ。

コティはその後もファンと握手し、写真撮影にも気さくに応じた。トラブルはないが、とにかく時間がかかる。岩谷は思わず「いつ救出に行きますか？」と亜弓に訊ねた。

「まだ大丈夫です。これぐらいゆっくりやるのも計算のうちですから。彼の場合、どこでも同じようなものなんですよ」

本当に、と言いかけて、岩谷は言葉を呑んだ。亜弓の表情に、面倒臭そうな本音を読み取ったからだ。とにかく、映画業界の作法は、スポーツの世界とはまったく違うということだろう。

結局コティは、たっぷり十分ほどもファンサービスしてから、密集を抜け出した。配給会社の若い男性社員数人が取り囲むようにして、空港の外へ向かう。広いワンボックスカーに落ち着くと、コティは「ワオ」と短く言って両手を広げた。嬉しそう――自分の人気ぶりを心から楽しんでいる様子だった。

「アンリ」岩谷は横のシートに座って声をかけた。

「おお、ダイゴ」コティが心底驚いたような表情を見せ、手を差し出した。「気がつかなかった。あんなに人がいたんでは……」

「疲れているのでは？」握手に応じながら、岩谷は訊ねた。

「全然、機内でよく寝たよ。それより、お願いしていたことは大丈夫かな？」

「心配ない。手配しておいた」

コティからは、二点、岩谷に希望が届いていた。一つが、いつでも行けるジムを確保しておくこと。もう一つが、神崎のラグビーの試合を観に行くことだった。コティがどこで情報を入手したのかわからないが、明後日、秩父宮ラグビー場で「セブンズフェスティバル」が開催されることになっている。「ワールドカップの次はオリンピック」とばかりに、協会が宣伝攻勢に出て開催されるイベントだ。大学や社会人のチームが集まって試合をする他、神崎たち日本代表は、ニュージーランド代表のオールブラックス・セブンズとの試合が組まれている。試合時間が短いので、多くのチームが試合を行い、七人制の多彩な魅力をアピールしようという狙いだろう。神崎の試合をどうしても生で観たい、というのがコティの強い希望だった。

どうやら、去年渋谷で会って以来、この二人は連絡を取り合っているらしい。まったく違う競技、違う国の選手同士だが、現役のアスリートならではの通じ合う感覚があるのかもしれない。

「チケットは確保してある。スケジュールは、配給会社の方と最終的に打ち合わせる必要があるけど、何とかプロモーションの隙間に押しこめることができる」

「会場は？」

「東京の真ん中だ」岩谷も何度もプレーしている。「交通の便もいいから、移動には時間がかからない。それとジムの方も、早朝でも深夜でも使えるところに話をつけてある」

「ああ、助かる」

俳優専門でいくつもりはないのだろう、と岩谷は読んでいた。前回の来日の際も、スキー場にこそ行かなかったが、ジムで相当追いこんで筋トレをやっていた。あれは俳優業のために体型を整えているのではなく、明らかにアスリートの鍛え方だった。

「では、その際はよろしく」

それだけ言って、コティは目を閉じてしまった。よく寝たと言っていた割には、疲れが見える。「その際はよろしく」か……普通に喋っているだけで何となく上から目線に感じられるのは、出自から言ってもしょうがないかもしれない。貴族——というのは看板だけかもしれないが、フランスでいくつもの企業を経営する一家の御曹司として生まれ、スイスの私立学校を卒業し……と、ヨーロッパのハイクラスの典型のようなキャリアを積み重ねてきて、なおかつ今もそのキャリアは上を目指しつつある。いや、広がりつつあると言った方がいいのだろうか。スキーから映画、おそらく将来は馬術。さらにその先には何を見ているのだろう。

こういう人間がいることは、頭ではわかっていた。しかし実際に自分がつき合うことになるとは——岩谷はひどく混乱していた。

その日の夕方から、岩谷はこれまで経験したことのない世界に身を置くことになった。契約している選手の取材などにつき合うことはあるが、そういうのとはまったく違う。汗と泥の世界とは完全に真逆の、華やかな光の中へ——。

　夕方から夜にかけて、まず雑誌や新聞の取材が始まった。原則、一社十分。短い時間で使えるコメントを引き出し、写真も撮影する——プロのノウハウに感心させられると同時に、軽い興奮も覚えた。

　今回は「俳優」としての来日ということで、人気女優と対談させる企画もあった。その場合は、特別に取材時間は三十分。テレビでしか見たことのない女優を目の当たりにすると、自分が普段どれだけ泥臭い世界にいるかを実感させられる。亜弓が平然としているのが何だか悔しかった。今度は彼女を、むくつけきアスリートたちの会見へ招待して、戸惑わせてやろうか。

　翌日は朝からテレビ関係の取材だった。こちらはもう少し余裕がある時間割だったが、岩谷はまたも新鮮な体験を味わった。配給会社の所有するスタジオが取材場所に設定されたのだが、カメラが四ヵ所にセッティングされ、コティはそこを順番に回って取材を受ける。終わると、空いたスペースには別の社のスタッフが入って、すぐに用意を始める。大量の機材を音もなくセットするのを見て、岩谷はここにもプロの技を感じた——どこの世界にもプロはいるものだ。

　取材は、昼食休憩を挟んで午後三時まで続いた。コティは疲れた様子も見せず、ずっと笑顔で応対していたが、二時を過ぎると頻繁に腕時計に視線を落とすようになっ

た。日本代表対オールブラックス・セブンズのキックオフは四時の予定なのだ。まだ
焦る時間ではないのだが……コティにとって、この試合はそんなに大事なのだろう
か。
予定通り三時に取材が終わると、コティが岩谷のところへ早足でやって来た。
「すぐに出かけよう。もう時間がない」右手の人差し指で、腕時計の文字盤を何度も
叩く。
「車を待たせてあるから大丈夫だよ」
「東京の渋滞は、パリよりひどいそうじゃないか」
それはそうかもしれないが……配給会社から亜弓、そしてコティがフランスから連
れてきた個人マネージャーと合わせて四人で、ミニヴァンタイプのハイヤーに乗りこ
んだ。車が動き出した途端、コティがまた腕時計に視線を落とす。意外に地味な——
というかいかにもアンティークの時計だった。コティほどの資産があれば、どんなに
高い時計でも買えそうなものだが……思い切って聞いてみると、「祖父からもらっ
た」とのことだった。ということは、この時計は数十年にわたってコティ家の男たち
の腕で時を刻んでいたことになる。高級時計本来の「父から子、孫へ」という使われ
方というわけだ。
岩谷の読みより十分ほど遅く、午後三時四十分に秩父宮に着いた。スタジアム通り

で車を降りると、コティが先に立ってさっさと歩き出す。ここへ来るのは初めてのはずだが、何度も来たことがあるような態度だった。しかしチケットは岩谷が持っている……メーンスタンドに上がる正面階段のところで追いつき、チケットを渡した。そのまま席まで案内する。第三ゲートから入った、メーンスタンドのやや左側の良席である。収容人員二万五千人弱。日本を代表するラグビー場としてはこぢんまりとしているが、観戦する方としてはそれがいい。ラグビー専用競技場なので陸上のトラックなどがなく、選手をすぐ近くで観られるのだ。実際、観客席の前方に座っていると、選手たちの怒号だけではなく、ぶつかり合う音さえ聞こえてくる。それはさながら軽い交通事故のようなもので、まさにラグビー特有の音だ。

スタンドがほぼ埋まっていたので、岩谷はほっとした。去年のワールドカップに続き、オリンピックに向けて七人制も何とか盛り上がってくれそうな気がする。

観客席に腰を下ろすと、すぐに両チームの選手たちが出てきた。日本代表チームのユニフォームは、上から下へ赤が濃くなるグラデーションで、昔から日本代表のシンボルである桜の花がちりばめられている。オールブラックス・セブンズは、十五人制代表に準じた漆黒のユニフォーム。黒い軍団に比べれば、日本代表のユニフォームは軽く見えてしまうのが残念だった。ましてや、オールブラックス・セブンズの方が、一回り体格が大きい。手元のデータによると、ウィングの選手でさえ、神崎より大きい百九十三センチもあるのだ。

しかし、岩谷はそれほど悲観していなかった。最初にグラウンドに出て行く時の様子で、だいたいその日のコンディションがわかる。今日は特に選手の動きがいい。キャプテンの神崎は、他の選手を率いて弾かれたように飛び出して行く。やる気とコンディションが最高潮に達している証拠である。ここでトップに持っていって、オリンピック本番では大丈夫だろうかと心配になるほどだった。

「ラグビーはよく観るのか？」岩谷はコティに訊ねた。

「ああ。フランスではサッカーか自転車かラグビーだから。子どもの頃はプレーしていたこともある」

「本当に？」コティは身長こそ百八十センチあるものの、細身の筋肉質である。分厚い筋肉の鎧を身につけたラグビー選手とは、体の造りがまったく違う。

「あれはやるものじゃないね」コティが笑った。「僕には合わない。観るのは大好きだけどね」

「今日は？　神崎と約束したのか？」

「いや」

「何も言ってない？」

「ああ」

よくわからない……単なる興味とも思えなかった。それだったら、あんなに時間を気にする必要はないではないか。

「さあ、試合に集中しよう」コティが揉み手をした。「七人制の試合時間は短い。あっという間に終わってしまう」

「試合後、神崎に会うかい？」

「会えるのか？」コティが目を見開いた。

「それぐらいは、何とか」試合後には記者会見があるだろうが、それが終われば……マネージャー役の花香に頼めば、会うぐらいはできるかもしれない。

「では、よろしく」

言うなり、コティが前屈みになった。選手たちはボールをパスしながらグラウンドを走り回り、あるいは互いに肩をぶつけあって体を解している。いや、もちろん体は既に解れているはずだが、試合前に体に少し痛みを与えるのは、一種の儀式のようなものだ。

神崎は他の選手に声をかけ、試合前の雰囲気を盛り上げようとしている。ゲームキャプテンは、怪我から復帰してきたフライハーフの池畑なのだが、チームの精神的支柱はやはり神崎である。

岩谷の腕時計で午後四時一分、オールブラックスのキックオフで試合開始のホイッスルが鳴った。

十メートルラインの少し内側に飛ぶ、最高のキックになった。やや後ろに控えていた神崎がダッシュして飛び上がり、空中で体を半分回転させてボールをキャッチする。着地直後に強烈なタックルを受けたが、必死で踏ん張って暴れ、相手の腕のホールドを外して自ら走り始める。そのまま相手陣内十メートルライン近くまで前進、オールブラックスのスクラムハーフにきつく当たって弾き飛ばした。おお、というどよめきがスタンドを走る。体格が違うから、さほど驚くべきことではないのだが……バックアップしてきた選手に摑まり、倒される直前でふわりと柔らかいパスを浮かした。タッチライン際を駆け上がってきた日本代表のウィング、村井《むらい》が、トップスピードに乗ってボールをキャッチする。

どよめきが歓声に変わり、それに後押しされるように村井が巧みなステップを切って一気にゲインする。敵陣二十二メートルラインの内側に入ったところで、カバーに回って来たウィングのタックルを受けたが、地面に置いたボールを日本が確保し、素早い展開で回していく。

七人制だと、こういう時にずいぶん広くスペースが空いているように見える。ディフェンスが少ないから当然なのだが、一気にゲインできるかというとそうもいかない。十五人制なら、バックスの間隔を狭くして素早くパスをつないでいくのが定番のやり方だ。相手のディフェンスラインが整わないうちに、何とかスピードで振り切ろうという狙い――しかし七人制の場合、バックスが広く間隔を空けて並ぶので、パス回しも少しゆっくりした感じになり、そう簡単には抜けない。

神崎がフライハーフからセンターへのパスをカットし、そのまま真っ直ぐ突進する。フォワードがバックスラインに参加するのはよくあるプレーだが、今のはサインプレーだったのか、阿吽《あうん》の呼吸だったのか……神崎はバックス二人がかりのタックルで止められたが、倒されずに踏ん張り、前を向いたまま股の間からボールを出した。アメフトで、オフェンスチームのセンターがクオーターバックにボールを出すのと似た感じ。最近は、タックルを受けたら倒れて、確実に攻撃ポイントを作るのが定番のやり方だが、それにも弱点はある。どうしても、そこである程度プレーの流れが途切れ、ディフェンス側に立て直しの余裕を与えてしまうのだ。だからこれが今の日本代表のスタイル――プレーを切らずにひたすらつないでいく試合展開だ。

スクラムハーフの所《ところ》がサイドを突き、するするとディフェンスの間を抜けるように一気にゲインする。タックルに入られる直前で、左にロングパスを出し、ウィングの村井が倒れそうになりながら地面すれすれでボールをキャッチすると、そのまま頭からインゴールに飛びこんだ。

観客席で、歓声と拍手が爆発する。見ると、コティも立ち上がって満面の笑みを浮かべ、日本代表に拍手を送っていた。

オールブラックス相手に、ノーホイッスルトライ。七人制ではさほど珍しくないが、相手が相手である。十五人制だけでなく、七人制でも世界トップレベルのチームを相手に、この先制は大きい。

攻撃の重要なポイントを作ったのは神崎だ。献身的に走り、当たり、攻撃の流れを途切らせないようなプレーを心がけている。全体の状況を見る判断力は研ぎ澄まされ、しかもコンディションもいいようだ。

「自由だな」コティが嬉しそうに言った。

「自由？」

「自由自在に動き回っている。想像力溢れるプレーで素晴らしい」

果たして、今の一連のつなぎが「想像力」によるものかどうか、岩谷には判断できない。ラグビーでは、動きの中で様々な局面を想定し、アタックの方法を何種類も作って練習する。自由奔放に動いているように見えて、実は全て計算ずく、ということもある。

日本の見せ場は最初の一分だけだった。ノーホイッスルトライで先制されて目が覚めたのか、オールブラックスが怒濤の攻撃を仕かける。全てにおいてレベルが違う——体格、スピード、パスの精度や当たりの強さでは日本をはるかに上回り、ほとんどの時間でボールを支配したまま敵陣で試合を進める。しかし日本は粘っこいディフェンスで、ぎりぎりのところでオールブラックスの攻撃を断ち切り続けた。

岩谷はかねがね、ラグビーはあまり点が入らない方が面白いと思っている。現代ラグビーは、得点が増えるように、攻撃側に有利なルール改正が度々行われてきたが、逆にラグビーの「華」であるタックルを中心にしたディフェンスの見せ場が少なくなっている気がする。観ていて本当に面白いのは、ゴールライン間際まで迫られた攻撃を、全員防御で必死にカットし、粘りに粘ってボールを奪い返して逆襲に転じる――そういう一連のプロセスだと思っている。

日本代表はよく粘った。しかし地力の差は如何ともしがたく、オールブラックスは二トライ、二ゴールを挙げ、前半を十四対五で折り返した。絶望的な点差ではないが、何しろ前半後半七分ずつしかない。オールブラックスが、後半で「逃げ」に入ったら、この点差をひっくり返すのは不可能に近いだろう。

ハーフタイムで引き上げてくる日本代表に、大きな拍手が送られた。コティもうなずきながら盛大に拍手を送っている。この後は二分のハーフタイムを挟み、後半の七分がすぐに始まる。

「相手が悪いね」コティがぼそりと言った。

「オールブラックスは、七人制でも強敵だ」岩谷は同調した。

「後半、どこまで食い下がるか、楽しみだよ」

「神崎はどうだ？」

「素晴らしい。彼のプレーには……そう、品格がある」

品格？　岩谷は首を捻った。ラグビーは、球技の中では最も激しい接触プレーが特徴の競技である。選手はどれだけハードに当たり、猛烈にタックルできるかで評価される。

「わからない？」

「いや……」

「あなたもラグビー選手だった。日本代表に選ばれていたかもしれない」

「昔の話だ」あくまで「候補」止まりだったし。

「ラグビー経験者なら、神崎の品格がわかるのでは？」

岩谷は無言で首を横に振った。コティよりは見る目を持っていると自負しているが、彼はまた別の見方をしているのかもしれない。それが貴族の目、ということか。

二分のハーフタイムはあっという間で、選手にとっては息を整え、後半の試合運びを確認する時間しかない。サイドが替わり、グラウンドに飛び出してきた日本代表に、前半終了時よりも大きな声援が送られる。九点差がついているが、逆転を信じて必死の応援というところだろう。

しかし、七分は短い。

その七分を有効に使ったのは、オールブラックスだった。前半のノーホイッスルトライの意趣返しのように、キックオフからキャッチしたボールを、フォワードの三人が最短距離で——縦に猛ダッシュしてパスをつなぐ。日本の選手は簡単に弾き飛ばされ、大きくゲインを許してしまった。ゴールライン手前五メートルでようやく突進を止めたものの、そこから簡単にバックスに展開される——いや、展開するまでもなく、フライハーフがディフェンスの隙間を突いてあっさりゴールラインに飛びこんだ。手ぬるい……岩谷は両手をきつく握り締めた。甘いんだ。前半後半のスタート時には、細心の注意が必要なのだ。ボールをキープした攻撃側は徹底して攻めに入るわけで、ディフェンス側は何としてもそれを食い止めなければならない。しかし今の日本には、そういう執念が見えなかった。

岩谷は、ずっと拳を握り締めていたことに気づき、そっと手を開いた。掌に汗をかいていたので、ズボンの腿に擦りつける。しかし汗は、次から次へと滲み出てくるようだった。

「駄目だね」コティが鼻を鳴らす。「最後の最後まで粘らないと」

「まったく」

「このまま負けたら、オリンピックが悲惨な結果に終わるのは目に見えている。とにかく反撃しないと」

しかしその後、試合は二十一対五のまま膠着状態に入った。ニュージーランドは守りに入らず、ずっと攻め続けて日本の陣内でプレーを続けている。日本はボールを奪取できず、ひたすら耐えるのみ……ファンにすればストレスが溜まる展開だ。そして時間だけが刻々と過ぎていく。

「まずいな」

コティが渋い声で言った。岩谷は電光掲示板の時計を見た。既に残り一分。逆転は不可能だし、オールブラックスはずっとボールをコントロールし続けている。

そしてオールブラックスは、とどめを刺しに来た。

ハーフウェイラインから少し日本陣内に入ったところで、回さずキックに出る。そもそも七人制では、長いキックを使うプレーはあまり好まれず、自陣ゴールライン付近からでもパスを回していくのが普通だ。それ故突然のロングキックは、相手のディフェンスを一気に崩す可能性を秘めている。

今回のキックは、二十二メートルラインのさらに奥まで達した。タッチに出るか出ないか、絶妙の位置——日本ボールでのラインアウトになっても、そこからボールを奪って攻撃につなげる自信があるのだろう。

しかしボールはタッチに出ず、深く守っていたウィングのさらに背後に落ちた。どんな状況でも、後ろに戻ってボールを処理するのは体力的にも精神的にも厳しい。しかもオールブラックスのウィングが、一気に駆け上がってボールに追いつこうとしていた。

まずい——しかしそこに神崎がいた。神崎？　岩谷は思わず腰を浮かしかけた。神崎は先ほど、オールブラックスのフライハーフが蹴った地点近くで、密集でのボールの奪い合いに参加していたはずである。その男が、キックに合わせて一気に何十メートルも戻っていた——あり得ない。十五人制と違って、試合終了一分前でも体力には余裕があるはずだが、無駄になるかもしれないバックアップに走るのは精神的にきつい。

「神崎！」

観客席から一斉に声援が飛ぶ。それに後押しされるように、神崎は上手くバウンドに合わせてボールをキャッチした。彼と日本のウィングの間に、ちょうどオールブラックスのウィングが挟まる格好になる。神崎は右——グラウンドの中央へ向かって走り出し、三歩でトップスピードに乗った。迫り来るオールブラックスのウィングを、絶妙のタイミングで突き出した右手で押し返す。しつこくもう一度タックルにきたところを、今度は完璧なハンドオフで地面に転がした。観客席の歓声がさらに高まり、耳に痛いぐらいになる。

神崎は最短距離で前進した。二人がかりでタックルが入ったが、詰めが甘い。間を強引にすり抜けるように前進し、少しぐらついたものの、すぐに姿勢を立て直してさらに前へ突き進む。

ハーフウェイラインを越え、なおも前へ、前へ……前にはセンターとスクラムハーフがいるだけだ。しかしオールブラックスのフォワードも必死にフォローに走っており、このままゴールラインまで走りきれるとは思えない。

どうする？

一瞬、秩父宮を静寂が覆う。

神崎は走りながら器用に体を捻り、右手を大きく振って、超ロングパスを繰り出した。綺麗にスピンがかかったパスは、グラウンドと平行に飛んでいく。これは……以前、サンフランシスコでもこのロングパスを出して失敗している。しかし今回は、フライハーフの池畑がパスに合わせて上手く飛びこんだ。

前が完全に空いている。しかもパスを出した後で神崎もしっかりフォローに回っていた。ここまでの連続プレーで既に百メートル近く走っているはずだが、まったくスピードは衰えない。

池畑が快足を飛ばし、一気にインゴールに迫る。あれは最高に気持ちがいい——岩谷もよく知っていた。目の前を遮るものが何もなく、緑の大海原を低空で滑走しているような感じ。

オールブラックスは体格とパワー、さらにスピードでも日本代表を上回っているし、決して油断するようなチームではない。基本に忠実に、相手がインゴールでボールをグラウンディングするまで、執拗に追いかけ回す。今回も、二人が諦めずに池畑を追い詰めた。途中で追っ手の気配に気づいた池畑が、左側に流れるようにコースを変え、逃げる。神崎が右手を上げ、何か指示した。それで池畑の走りに、さらにパワーが加わったようだった。

ぎりぎりまで追い詰められ、最後はタックルを受け、ゴールライン間際でタッチに押し出されたように見えたものの、池畑は何とか踏ん張った。本当にギリギリ、フラッグをなぎ倒す勢いでボールを押さえつけ、直後、トライを認定するホイッスルが鳴る。

スタンドでは、先制点の時と同じように歓声と拍手が沸き上がった。ここから追いつくことはまず不可能だが、天下のオールブラックス・セブンズ相手にそこそこいい戦いをしているのは間違いない。もちろん、オリンピックに向けては「いい戦い」だけでは済まないのだが。「勝てる戦い」「勝てる作戦」をこれから探っていかねばならない。しかし今日の対戦は、日本代表にいい手応えを与えたはずだ。

コンバージョンキックは決まらず、最終スコアは二十一対十。ダブルスコアだが、観客の満足度は高かったようだ。グラウンドを引き上げる選手たちに、大きな拍手が送られる。しかし……神崎は厳しい表情だった。まだやれる、「善戦」で満足してはいけないと自らに言い聞かせているようだった。

「やはり、彼には品格があるな」コティがまた同じことを言った。

「品格、ねえ」

「君にはわからないか？　彼は何かを手に入れなかったかもしれないけど、代わりに品格を手に入れたんだ。僕と同じなんだよ」

4

試合終了後、岩谷はすぐ花香に電話を入れた。岩谷には苦手な相手だが、向こうは特に何とも思っていないようで、普通に話ができる。しかし神崎は、試合終了後の会見にも出なければならないので、時間がいつになるかは読めない、会うならロッカールームの近くで待機していてもらうしかないということだった。

コティにも時間の余裕はない。夜には、映画館での顔見世が待っているのだ。午後七時までには現場に到着していなくてはならない。まだ午後五時前だが、ここで何時まで待たされるかわからないのが心配だ。それに、コティをただ待機させておくのも申し訳ない。

その旨説明すると、コティは渋い表情を浮かべた。

「何とかしてくれないか」

「会見の時間まではコントロールできない」

「今日はあくまで親善試合じゃないか。会見なんて、そんなに長くはかからないだろう」

「神崎は注目の選手なんだ。合宿や海外遠征も多いから、普段はなかなか取材に応じない。こういう機会を、記者連中が逃すわけがないよ」

「記者たちのしつこさは僕もよく知っているけどね」コティが辟易とした表情を浮かべる。平昌オリンピックで一気にスターダムにのし上がり、俳優としてもいつも人に囲まれているから、記者の相手もお手の物だろう。しかし専門分野で取材する記者が、必ずしも優秀とは限らない。ポイントを外した質問、答えにくい質問で相手をうんざりさせてしまう記者は、必ず一定の割合でいる。そしてそういう記者に限ってしつこく、取材が無駄に長引くことも少なくない。

二人は、関係者出入り口で花香と落ち合った。チームでの会見だから、神崎の個人マネージャーが出ていく必要もないのだろう。花香は、中へ入って待つようにと岩谷に言った。

「IDなしで大丈夫なんですか?」

「ここは緩いので」花香が肩をすくめてから、さっと後ろを振り向いた。「アンリ・コティですよね?」

「ええ」

「この前の渋谷の件――前に約束した通り、サイン、もらっておいて下さい」

ごく真面目な口調で花香が言った。コティのファンだったらもっと興奮しそうなものだが、まるで上司に「判子を下さい」と頼むような口調だった。

二十分ほど待たされた。その間、通路にいる関係者が、コティを見て一様に驚きの表情を浮かべる。何でこんな人がここにいるのだ、とでも言いたげな……しかしコティは、まったく平然としていた。

「コティ!」

驚いたような神崎の声。まだスパイクから履き替えていないので、アルミのポイントが床をカツカツと打つ。

「やあ」

コティが廊下の壁から背中を引き剝がし、神崎に歩み寄った。クソ高い――おそらくだが――コート姿のコティは、試合の汗と泥をまとったままの神崎と平然と握手を交わし、肩を叩き合った。旧知の仲のような感じ……連絡を取り合っているのは知っていたが、こんなに仲がよくなっていたのは意外だった。何とも微妙な感じである。神崎を説得してもらおうとコテイに頼みこみ、渋谷で偶然を装って接触してもらったのだが、二人の間でどんな会話が交わされたかは分からない。こちらの意図とは正反対に「契約なんか必要ない」とコテイが知恵をつけていた可能性もある。

神崎は、どうしてコテイがここにいるか、理解できずに驚いている様子だったが、それでもすぐに笑顔になって会話を交わし始めた。コテイは今日の神崎のプレーを褒め、神崎が遠慮がちにうなずく。相手をしっかり褒めるのは、海外のスポーツマンの基本なのだろうか。日本の選手の場合、なかなかこういう風に、面と向かって相手を褒めることはできない。

二人は最後に握手を交わした。時間にしてわずか一分か二分。旧交を温めるというより、とりあえずの挨拶という感じだったが、それでもコテイは満足げな表情を浮かべていた。

「さ、行こうか」

コテイがあっさり踵《きびす》を返し、出入り口に向かう。あれほど会いたいと言っていた割にはあっさりとした態度――この辺も岩谷には理解できないところだった。

「神崎と何の話をしてたんだ？」つい気になって訊ねてしまう。

「ああ……君は僕と同じだ、という話を」

「同じ？　立場も競技も全然違うじゃないか」

「いや、彼はすぐにわかってくれたけどね」コティが肩をすくめる。「何も気にせず、自分の信じるようにやればいい、と言っておいたよ」

「おいおい――それじゃ、私の仕事を邪魔することにもなりかねないよ」結局、神崎とコティを引き合わせたのは失敗だった、と悟る。自分にとっては「宇宙人」のような二人の組み合わせなのだ。どんなことになるか、ごく当たり前の人間である自分に予想できるはずもなかった。

「どうするか決めるのは、彼自身だ。僕は、ちょっとアドバイスをしただけだから――彼が最高の状態でオリンピックを迎えられるように。それと、秘密のプロジェクトについてもね」

「秘密のプロジェクト？」

「話してしまったら秘密にならないよ」コティがニヤリと笑った。「プロジェクトというより、夢だけど」

　試写会でのコティの出番は、三十分ほどだった。ファンへの挨拶も、日本の女性映画評論家とのトークショーも盛り上がり、岩谷は場の雰囲気を読むコティの能力の高さに驚いていた。アスリートも大勢の観客の前でプレーするものだが、人前で話す機会は多くない。しかし彼は、とにかく堂々としていた。

終わると食事になる。これが難題……岩谷は、コティの食事にだけはほとほと困っていた。特に夕食――彼は常にスタッフ全員で夕食を摂ることにこだわり、しかも毎回三時間をかけるのだった。この日も、八時過ぎからイタリア料理店で始まった夕食が終わったのは十一時半だった。ホテルへ引き上げて、十二時前……神崎は彼を部屋まで送っていったのだが、「ジムは使えるか？」と聞かれて驚いた。遅い食事の後でまだ体を動かしたいとは……。

「このホテルのジムは、二十四時間利用できる」

「いいね。じゃあ、少し体を解してくる」

「こんな遅くに？」岩谷は腕時計を見た。

「必要だから……案内してもらえるかな」

無言でうなずいた。ジムとなると、配給会社の人間ではなく自分がつき合わねばならないだろう。もっとも、岩谷は運動用のウェアを持っていないから、ただ見守るだけだ。

コティは着替えてすぐに部屋から出て来た。そう言えば食事の時も、ほとんど酒は呑んでいなかった――トレーニングのためだと今はわかる。こんな真夜中でなくてもいいのにとは思うが、彼には彼のルールがあるのだろう。

無人のジムで、コティは軽くストレッチをしてから、ウェイトトレーニングを始めた。まず、チェストプレスから。軽め――五十キロにウェイトを設定し、二十回を三セット。それで早くも、彼の額には汗が浮かび始めた。マシンで順番にトレーニングを終えた時には、四十分が経過していた。既に午前一時。しかし彼は一向にやめる気配を見せない。ファンに囲まれた時に見せる顔とはまったく別の、極めて真剣な表情。いや、オリンピックのレース本番でもこんな表情は見せなかった。スタート直前の、一番緊張した時でも笑顔を浮かべているのがコティという選手なのだ。その笑顔は、裏でのこういうハードなトレーニングに支えられているのだと岩谷も納得した。

「これから一時間ぐらいは……マシンで走るけど」タオルで汗を拭いながら、コティは言った。

あと一時間――二時まで続けるつもりか。明日は午前中に東京を発ち、大阪に向かわねばならないのだが……そのスケジュールを告げると、彼は把握していた。そして「何も問題ない」と一言。

「君は寝ればいい」

「いや……誰か来たら面倒なことになるかもしれない」

「こんな時間に？」コティが壁の時計を見上げた。「午前一時にトレーニングをやりたがるような変態は、このホテルに僕一人しかいないと思うけど」

「一応、私はガード役だから」

「そうしないと君が給料を貰えないというなら……もちろん、いてもらってもいいけど」コティが肩をすくめる。彼は一度も給料の名目で金をもらったことがないのでは、と岩谷は想像した。

「一つ、確認させてくれないか？」

「どうぞ」コティが鷹揚な笑みを浮かべてうなずいた。

「夕方、神崎と話した時に、彼と君は同じだと言っていた。あれはどういう意味なんだ？」

「彼は絶対に、契約を受けないよ」

突然告げられ、岩谷は言葉を失った。やはりコティは、契約を拒否するように神崎にアドバイスしていたのだろうか。

「こういう言い方をすると嫌がる人もいるけど、僕は金持ちだ」

「いや……」岩谷は苦笑してしまった。「それは事実だから」

「神崎も金には困っていない。僕ほどではないだろうけど、彼も幸運な星の下に生まれた一人なんだよ。金の問題で悩まずに、競技に集中できる。金に困らないということは、余計なものに縛られずに済む、ということだろう？」

「私たちは、アスリートを縛っているつもりはない。ただ協力して、サポートしているだけだ」

「でも僕は、契約に従ってイベントにも出ないといけないからね」コティがニヤリと笑った。「僕は日本が好きだから、呼んでもらう分にはまったく問題ないけど……でも、神崎の場合は背負っているものが違う。日本で開かれるオリンピック、そして二つの競技で代表を目指している。プレッシャーは、僕なんかよりよほど大きいと思うよ」

「君は……平昌でプレッシャーは感じなかったのか？」

「特になかったね」コティが肩をすくめる。「だってアルペンスキーは、相手と殴り合うわけじゃないから。一人ずつ滑ってタイムを競い合う——自分の滑りを完璧にすればいいだけの話だ。神崎の円盤投も、記録との戦いだ。でもラグビーでは、相手がいる。直接肉体をぶつけ合う。試合の中で何度も心をへし折られたり、逆に相手に対して優越感を覚えたりする。そういうものじゃないかな」

確かに。最近はあまり見ないが、昔はフォワードの連中が「相手の心を折る」プレーに出ることはよくあった。スクラムや密集を強引に押しこんで、力業でトライを狙う——泥臭い戦法だが、こういうやり方で彼我の力の差が鮮明に出ると、やられた方は意気消沈してしまう。

「ただし神崎は、心底ラグビーを楽しんでいる。殺し合いをやっているわけじゃないし、国を背負って頑張るプレッシャーも感じていない」コティが皮肉っぽくニヤリと笑った。「余計な心配――金の心配をしないで、自分の信じる道を突き進んでいる。本来、スポーツはそういうものじゃないかな。金と時間に余裕のある人間だけが楽しめばいいんだ。少なくとも二十世紀の半ばぐらいまではそうだったはずだよ。アマチュア規定が緩くなってきて、君たちのようなスポーツ用品メーカーが、スポーツは金になるコンテンツだと気づいてから、金儲けのためにスポーツに取り組む人も増えてきた。昔は大リーガーでさえオフにアルバイトしないと生活できないことも珍しくなかった。最近は、年俸一千万ドルの選手がいくらでもいるだろう?」

「それ以外に、私たちのようなスポーツ用品メーカーとの契約や、広告の契約がある。普通の人が一生かかっても――人生を何回生きても稼げないような額を、たった一年で稼ぐ選手もいる」

「その結果、僕たちは何かを失ってしまったのかもしれない――自由な時間や、自分でいろいろ考える能力を。本当のスポーツは、ただ楽しいものだよ。誰かに言われたり、金のためにやったりするものじゃない」

岩谷は静かにうなずいた。自分たちの仕事が「スポーツ産業」ともてはやされ、「スポーツは二十一世紀における最強コンテンツ」などと言われるようになって、スポーツ選手も業界も「金」を中心に動くようになってしまった。その反動なのか、「スポーツは、生活に余裕のある人間がやればいい」という声も、極めて少数派ながら聞かれるようになった。「貴族のスポーツの復活」などと言われることもある。概ね、否定的なニュアンスで使われることが多いが……スポーツは万人に平等に開かれたものであるべきで、一部の特権階級だけのものではない、と。

「君にとって、スポーツは何なんだ？」岩谷は改めて訊ねた。

「遊びだよ、もちろん」

「しかし君は、うちと契約しているんだから、プロではある」

「そこは意識の問題なんだ」コティがまたタオルで顔を拭った。「アルペンスキーなんて、元々は実用的な目的で始まったんじゃないかな。冬の山道や雪道を効率的に移動するための手段を、競技化したものに過ぎないんだから。まあ、とにかく僕にとって、金は問題じゃない。貴族のお遊びと思われても構わない。でも僕は、結果を出した。こういう話になったから言っておくけど、次の北京《ペキン》オリンピックにも絶対に出るつもりだから。今度は金メダルを狙うよ。結果如何にかかわらず、大きな大会からはそれで引退するつもりだけど」

「その後は馬術に……」

「しばらくは俳優に専念しようかな」コティが頭を掻いた。「馬術は、六十歳になってもオリンピックに出られる可能性がある。そういうのも面白いんじゃないかな。僕が六十歳になった頃のオリンピックがどんな風になっているか、考えると怖いけど」

「例えばどんな風に？」

「今はまだ存在していない新しいスポーツが、人気競技になっているかもしれない。あるいは、今行われている競技がオリンピックから外されている可能性だってある。それこそ、馬術がなくなっていても不思議じゃない。そういうのが、誰のどういう思惑で決まるのかと考えると、ちょっと苛つくけどね」コティが薄い笑みを浮かべた。

「オリンピックも、いろいろな人のいろいろな思惑が絡み過ぎて、何だかよくわからない大会になってしまった。今のオリンピックは金塗《かねまみ》れだしね。君たちも、いろいろなところに散々金を使ってるんだろう？」

「それは……」実際、世間的には「裏金」と取られてもおかしくないような金の使い方もある――いや、かなり多い。

「別に、オリンピックが汚れていると批判するつもりはない。組織が大きくなれば、人目につかない隅の方で悪いことをする人間は必ずいるんだから」

「そこまで悪く言わなくても」

「いやいや」苦笑しながらコティが首を横に振った。「話がずれたね。とにかく神崎は、金の心配をする必要はない。人にあれこれ煩わされることなく競技に集中できる。君たちの仕事もわかるから、『邪魔するな』とは言わないけど、放っておいてあげた方がいいよ。彼は今、非常にいいコンディションで動けている。オリンピックに向けて今の状態をキープ……さらに上げていきたいはずだ。そのためには、雑音は必要ない。彼には彼のスポーツの理想がある」

「それが貴族のスポーツ?」

「どう表現していいかわからないけど、金を稼ぐ必要がない環境で競技に専念できるという意味では、貴族のスポーツと言っていいかもしれない——そうだ、せっかくだから、秘密のプロジェクトについても教えてあげよう」コティが嬉しそうに言った。

「僕はファンドを作りたいんだ」

「ファンド?」

「アスリートを純粋に援助するためのファンドだよ。見返りは何も求めない。自由な環境で競技に専念できるように……そうやって援助を受けたアスリートが、今度は後輩のためにファンドに出資してくれれば、上手く回るんじゃないかな」

「そんな壮大なことを、神崎と話していた?」

「彼以外の選手にも声をかけているんだ。本当に実現するかどうかはわからないけどね」

「君の理想は理解できた。でも、私は神崎を諦めない」

「君もしつこいねぇ」コテイが苦笑した。「そういう仕事なんだろうけど、褒められたものじゃないよ」

「君にも神崎にも信念がある。同じように、私にも信念があるんだ」

「金を儲けること？」

「それもあるけど、私は日本でラグビーをもっとメジャーなスポーツにしたい。そのためには、神崎をスーパースターに育て上げないといけないんだ。私なら——私たちならそれができる」

「それは君たちの都合だ。もちろん、君たちに『やめろ』と言う権利は僕にはない……でも僕だったら、無駄なことはしないけどね。時間と労力を使うなら、他にもっとやることがあるだろう」

「ラグビーの試合は、無駄に見えることが多いんだ」岩谷はかねてから考えていたことを口にした。「どんなに走っても、常にボールに絡めるわけじゃない。でも走らなければ、何も始められない」

「それはなかなかきついね」

「試合中、あまりボールに触らない選手もいる。でも、そういう選手にもしっかり役目がある——つまり、一見無駄そうに見えても、世の中に百パーセント無駄なことなんかないんだよ」

「君の考えはよくわかった」コテイがうなずく。「とにかく、無意味な議論はやめよう。日本のことわざで『金持ち喧嘩せず』というのがあるそうじゃないか。そして僕は金持ちだ。当然、必要のない喧嘩はしない。必要なら、相手を必ず叩き潰すまでやるけど」

「必要あろうがなかろうが、君が暴力的な手段に訴えるとは思えないけど」

「相手を叩き潰すのに、物理的な暴力を使う必要はないよ……だいたい汚い仕事なら、召使いがやってくれるし」

このセリフが冗談とは思えない。コテイは本物の貴族なのだ。そして貴族は、趣味以外で手を汚すことはない。

5

貴族は手を汚さない。自分の好きな運動以外で汗を流すこともないだろう。

しかし俺たちサラリーマンは違う。

神崎のことはまだ諦めていなかった。それに上木からのプレッシャーもきつかった。秋野の契約を切ったこともあり、上木は以前にも増して強く、神崎との契約を求めてきた。依然、上手い攻め手が見つからなかったのだが、上司の燃える姿を見ると怯んでいてはいけないと思う。

コティは予定通り、五日間のプロモーションツアーを終え、中国に旅立っていった。向こうでは一週間の予定で映画の宣伝活動を続けるというのだが、あの広い国を一週間で回り切れるものではあるまい。離日する時、コティは「北京オリンピックの会場を視察してくるよ」と言ってウィンクしてみせたが、果たして二年後の冬季オリンピックの準備は、どこまで進んでいるのだろう。

土日が潰れたので、岩谷は翌月、火と連休を取った。何となく、体の芯に疲れがある――二日間、ぼうっとしていてもよかったのだが、火曜日の昼、意を決した。自宅でそそくさと食事を終え、岩谷はスマートフォンで予定を確認した。あれだけはっきりと断られたにもかかわらず、神崎に対してはまだ未練がある。上木も「諦めるな」とまだ強く言っている。そのため、神崎の予定だけはしっかり調べてあったのだ。

七人制日本代表は、オールブラックス・セブンズとの試合を終えた後も、精力的に動いている。試合後に二日間休みを取っただけで、府中《ふちゆう》市での一週間の集中合宿に入っていた。このグラウンドは、西武多摩川《せいぶたまがわ》線の多磨《たま》、京王《けいおう》線の飛田給《とびたきゆう》、どちらからでも歩いていくのはきついので、岩谷はマイカーを出した。

二月。風は冷たく、岩谷はダウンジャケットを着用していた。それでもグラウンドに出ると、寒さに首をすくめてしまう。マフラーを忘れたのは大失敗だ……。

オリンピックまで五ヵ月強というこの時期には、どんな練習をしているのだろう。ほぼ一年間を代表としての練習に費やすことで、「チーム」としての一体感をどこまで高められるか。

バックスは、二手に分かれてアタック・アンド・ディフェンスの練習中だった。プレーが止まる度に一々ホイッスルが鳴り、コーチが問題点を指摘する。どうやら、タックルを受けて動きが止まった時に、バックスだけでどう繋いでいくかが課題になっているようだ。

一方、フォワードはラインアウトに取り組んでいた。七人制は、できるだけゲームの流れを切らないように進めるので、タッチキックに逃れて試合をストップさせることはあまりないのだが、それでもボールが出てしまうことはある。数少ないセットプレーの機会を有利に展開できるようにと、ひたすら練習を繰り返しているようだ。

残念ながら、日本代表は体格で海外勢に劣る。チームで最長身が、百九十一センチの神崎。七人制のフォワードは、走力を重視して、十五人制のバックロー三人――二人のフランカーとナンバーエイトを揃えてくることが多いが、海外では百九十センチ台半ばのバックローも珍しくない。純粋に高さと重さの勝負になったら厳しい……そのため、日本代表は一見トリッキーに見えるプレーでボールを確保するサインプレーを何種類も用意している。

何度失敗しても、衵崎はへこたれない。大声で指示を飛ばし、失敗点を指摘し、足が止まった選手を励ます。その姿はまさに、グラウンド上の監督だった。

午後四時、風がひときわ冷たくなってくる頃、練習は打ち上げになった。ミーティングなどもあるはずで、選手たちがクラブハウスから出てくるのは五時ぐらいになるだろう。その後は、宿舎にしている調布のホテルに移動するはず……接触のチャンスは一回だ、と思った。

グラウンドに隣接する駐車場に、バスが一台停まっている。移動用の車だろう。七人制の代表は、このバスで宿舎とグラウンドの往復を毎日繰り返しているはずだ。ホテルに入ってしまうと呼び出すのは難しいので、クラブハウスからバスへ移動するまでの短い時間が勝負だ。

選手たちがグラウンドから引き上げた後、岩谷は駐車場へ移動した。自分の車に戻っていてもよかったが、何か動きがあったらまずい。ミーティングに三十分、風呂と着替えに三十分と読む。あと一時間は、この寒風の中に立ち尽くして待っていなければならないわけだ……しかし、待つのにも慣れた。

選手時代なら、練習のスケジュールは分刻みで決まっており、勝手に休む間もなかった——休みの時間まできっちり決められていたのだが、サラリーマンになると、ただ待つことも仕事になる。アポが取れればいいが、それができなければ、ひたすら待つしかないこともある。

今日の「待ち」は、四十五分で、それほど長くなかった。下はジャージ、上に分厚いベンチコートという格好の神崎が、右肩に大きなジムバッグをかけて、真っ先にクラブハウスから出て来る。少しだけ右足を引きずっている。練習中には、特に足を気にしている様子はなかったのだが……。

「神崎君」

声をかけると、神崎がはっと顔を上げて立ち止まる。岩谷を確認すると、表情を消してひょこりと頭を下げた。岩谷は小走りに彼のもとに駆け寄り、「足はどうかしたのか？」とまず訊ねた。

「足？　ああ。さっき、ちょっときついタックルをもらったんですよ」

「大丈夫なのか？」

「これぐらいは……昔は、開放骨折までいかないと怪我って言わなかったんでしょう？」

岩谷は苦笑した。そう、昔——大昔のルールでは、ラグビーでは一切の選手交代が許されなかった。たとえ怪我をしてもこの原則に変わりはなく、怪我してもそのままプレーし続けるというのが昔のラグビー選手の常識であり矜持《きょうじ》だった。そうでなければ、一人少ない状態で戦う。今は、十五人制では一試合で八人までは交代が許されているので、どこで誰を代えるかが、試合中の監督の腕の見せ所になっている。

「ちょっと話、できるかな」

「これから宿舎に戻るんですけど」

「長くはかからない」

「はあ……まあ」いかにも不満そうだったが、神崎は一応うなずいた。

「もう一度、うちとの契約のことを考えてくれないか。ゴールドゾーンとしては、まったく諦めていないから」

「そうなんですか」神崎が意外そうに言った。「最近お会いしていないから、もう諦めてくれたのかと思いました」

「大人は、そう簡単には諦めないんだよ」苦笑しながら岩谷は言った。

「アルファパワーは、もう諦めたみたいですよ。その後は全然接触してきません」

「そうか……」ライバルが減ったか、と少しだけほっとする。

「コティの世話で忙しいのかと思いました」

「彼はもう離日した」

「それで、ターゲットを僕に変えたわけですか」神崎が苦笑する。

「いや、最初からターゲット……全然諦めていない。俺は五日間、コティと一緒にいて色々話をした。彼は、自分と君には共通点があると言っていたよ。君たちは貴族のスポーツをやっている――違うか？」

「コテイはそうかもしれませんけど、僕には特にそういう意識はないなあ」神崎が、まだ濡れている髪を撫でつけた。

「意識はともかく、金に縛られない――金の心配をしなくていい人間が、自分の好きなスポーツをやるという意味では、まさしく貴族のスポーツじゃないか」

「コテイがそう言うのはわかりますけど……」神崎が首を傾げる。「僕は貴族じゃない。ちょっとした不労所得があるだけの人間です。家柄とかそういうのは、コテイとは比べ物になりませんからね」

「でも、とにかく金には捉われない……」

「ええ」神崎がうなずく。「ですから岩谷さん、これ以上は無駄です。僕なんかよりも、もっと金を使うべき相手がいるんじゃないですか」

解釈によっては失礼な話――ゴールドゾーンの方針に対する批判でもある――だが、神崎は特にそう意識して言っているわけではないようだった。

「すみません」神崎が頭を下げる。「でも、何度お話ししても気持ちは変わりませんから……いえ、前よりも気持ちははっきりしました」

「コテイと話して？」

「自分の考えはおかしいかもしれない、と思ったこともあります。でも、コテイはもっと極端だった。ああいう人間もいる——あまりにも極端ですけど、彼のやり方が、アスリートの最高の、理想の形かもしれない」

「貴族のスポーツか……」神崎を見ながら、岩谷は敗北を改めて噛み締めた。岩谷自身、現役時代は必死に頑張ってきたつもりだった。しかしそれは、誰のためだったのだろう？　仲間のため？　それとも応援してくれる人のため？

コティや神崎にもそういう気持ちはあるだろう。しかし、おそらく二人の基本は「自分のため」だ。「自分」を満足させるためのプレー。一人の人間は小さな存在でも、そのエゴは何よりも大きいはずだ。神崎もコティも自分とはまったく違う種類の人間——いや、岩谷にもエゴはあった。だがそのエゴは、コティや神崎に比べればずっと小さかったのだろう。だから選手として大成できなかったのかもしれない。

そして今は、何のためにこの仕事をしているのか。

「わかった、とは言わない。最後のぎりぎりまで俺は諦めない」無理だとわかっていてそう言ったのは、岩谷の最後の意地だった。

「僕は僕のやり方でいきます。わがままかもしれませんけど、今は自分のやりたいようにやります。次はないかもしれないいんだから」

「君はまだ若い——」

「年齢の問題じゃないと思います。アスリートなんて、明日どうなるかもわからないでしょう」神崎が自分を納得させるようにうなずいた。「怪我して駄目になるかもしれないし。そうなっても、やってきたことを後悔したくありません。後悔しないためにどうすればいいか、やっとわかりました」

「自分の好きなようにやる、か」

「僕のキャプテンは僕自身です」神崎が掌を胸に当てた。「僕に命令できるのは僕だけなんです」

「別に、命令しているわけじゃない――アスリートのためのファンドの話を、コティとしたそうだな」

「あれは理想ですよね」神崎がうなずく。「実現できるかどうかはわからないけど、将来はそこを目指して頑張ってもいいかな、と思います」

「理想は理解できるけど……」

「これで失礼します」神崎がクラブハウスをちらりと見た。選手たちが続々と出てくるところだった。「一緒に帰らないといけないので。キャプテンが乗り遅れたらまずいでしょう」

「ああ……」

「秋野さんをよろしくお願いします」

「何を――」急に秋野の名前を持ち出され、岩谷は戸惑った。

「秋野さんは僕の師匠です。そして僕と違って、秋野さんには今でもサポートが必要なんだ。岩谷さんなら、それができるんじゃないですか？」

秋野との契約は終わった——岩谷は、それが言えなかった。仲間たちと合流してバスに乗りこむ神崎の姿を見送ることしかできなかった。

俺と君は、まったく別のスポーツを戦っているのか？

第六章　最後のライバル

——日本選手権を前に、現在の調子をお聞かせ下さい。

調子はいいです。今のところ怪我もありませんし、練習も順調にこなしてきました。

——参加標準記録を突破できる自信はありますか?

円盤投では、一気に記録を伸ばすのは難しいです。それに僕は、円盤投専門で練習や試合を重ねてきたわけではありません。でも、自分の伸びしろはまだあると信じています。

——二刀流に関しては、未だに議論があります。ご自分では、結局どう考えていたんですか?

やりたいから両方やった、ただそれだけです。もちろん、七人制ラグビーも円盤投も、専門にやっている人から見たら、不真面目だ、中途半端だ、ということになるかもしれません。でも僕は、両方に真剣に取り組んでよかったと思います。

――仮に円盤投でオリンピックに出場が叶った場合、日程が非常に厳しくなります。ラグビーが七月二十九日までであり、一日おいただけで三十一日には円盤投の予選です。コンディション調整についてはどうお考えですか。

これも本番になってみないとわからないですけど、怪我をしないように気をつけます。痛みを抱えたまま、円盤投に挑むようなことがないように……。

――別のスポーツをやることで、双方に良い影響はあったんでしょうか。

それは何とも言えません。やはり基本的には、まったく別の競技で、要求される肉体も技術も違いますから。でも、精神的には大変な贅沢をしたと思います。

――その「贅沢」の内容を詳しく教えて下さい。

ラグビーは、究極のチームスポーツだと思います。一人一人の献身がないと、絶対に勝てません。一方で、円盤投は完全な個人競技です。短距離と違って、一斉に走ってタイムを競うのではなく、まず自分の記録に挑み続ける――そういう意味で、とにかく自分との戦いなんです。精神的にまったく違う二つのスポーツを経験することで、一つだけに打ちこんでいたら絶対に味わえなかったバランス感覚を経験できたと思います。これで結果が出れば最高なんですけど、それは当日のコンディションにもよりますから……。

――二刀流に対して批判的な人に対して、一言お願いできますか？

いろいろなことを言う人がいるのはわかります。でも、僕は楽しかったです。ずっと楽しんでいます。これこそがスポーツの基本だと思いますので。

（二〇二〇年六月、日本選手権前日記者会見）

1

四月。神崎は香港《ホンコン》スタジアムにいた。今回はセブンズシリーズの公式戦のほかに、来季からの昇格チームを決める決定大会が行われることになっていて、神崎たちはそちらに出場予定だった。是非ともここでコアチームへの昇格を決め、オリンピックへ向けて勢いをつけたいところだ。

香港は昨年からのデモでまだざわついていたが、七人制ラグビーの人気が高いこともあって、会場の香港スタジアムはほぼ満員、そして平和な雰囲気だった。神崎も、四万人が入れるというこのスタジアムで何度か試合をしたことがあるが、気に入っていた。芝の具合が自分に合っていて、非常に走りやすい。ただ、屋根が異様に大きくせり出していて――ドーム球場の屋根部分中央をすっぱり切り取ったような形だ――空が分断されているように見えるのが気になる。高いパントを追って走ると、ボールを見失ってしまうことがあるのだ。まあ、プラスマイナスで考えると、プラスの方が多いスタジアムだが。

初日、日本代表は三戦全勝で準々決勝への勝ち名乗りを上げた。しかし、チームの中に沸き上がるような高揚感はない。それを、神崎は吉兆と受け取った。これぐらいで調子に乗るわけにはいかないと、全員が気を引き締めているのだ。昨シーズンのひどい成績でどん底を味わっていたせいもあるだろう。

だが、ピリピリした緊張感は、翌日にまで持ち越された。これはまずい……緊張するのは悪いことではないが、往々にして動きが硬くなってしまう。そして今日は、明らかに緊張感が悪い方向にチームを引きずっていた。メンバーの目は血走り、動きがぎこちない。

満員の会場に入り、グラウンドに飛び出す直前、神崎はようやくチームメートに声をかけた。

「今日は死ぬぞ」

途端に、これまでの緊張感とは異質の、ピンと張り詰めた空気が漂う。ただしそれは、悪いものではない――ラグビー選手は、こういう大袈裟な表現が大好きだ。昔は、大きな試合の前には、ロッカールームで水杯を交わすことさえあったそうだ。

今日勝たなければ、コアチームへの昇格がなくなるだけでなく、オリンピックでのメダルに対する期待が萎んでしまう。日本の七人制ラグビーの「死」だ。世論も厳しくなるだろう。この一年、長い時間を共に戦ってきた仲間を、そんな批判の声に晒すわけにはいかない。それを避けるためには、自分たちが死ぬ気で頑張るしかないのだ。誰も助けてくれない。頼れるのは、これからグラウンドに飛び出していく仲間たちだけ。

「おう！」と声が揃った。涙ぐんでいる選手もいる。ラグビー選手は、何かと感じやすいというか単純で、感情の起伏も激しい。今年最初の大一番だということを改めて意識し、高ぶりは最高潮に達している。

ただし不動のフライハーフ・池畑は、そういう感情の波には襲われていないようだった。

「あんな言い方、久しぶりに聞いたぜ」

「そうか？」

「七人制は、もっと楽しく、明るくじゃないのか」

別に議論をふっかけているわけではなく、グラウンドに飛び出す直前のぽっかり空いた時間を潰したいだけなのだと神崎にはわかっている。この「気安さ」がこの男の魅力だ。気合いを入れて普段以上のパフォーマンスを発揮しようとするわけではなく、常に同じ――逆にどんな逆境でも、自分のパフォーマンスを披露できる。

「七人制だってラグビーだ。最後は殺し合いだ」

「お前は怖いねえ」池畑が肩をすくめる。

「俺は、ラグビーはそういうものだと思っている」

「円盤投とは違うか……どっちが好きなんだ？」

「どっちも、だ」

「贅沢な奴だな」池畑が声を上げて笑う。そこで審判がグラウンドに出て、神崎たちも飛び出す時間になった。

わあっという歓声が全身を包みこむ。スタンドはほぼ満員。カラフルな服装——というか、明らかにコスプレをしている人の姿も目立つ。何のコスプレかはわからないが、その格好で街を歩いていると警察に通報されかねない人もいる。香港ならではの光景だった。

日本にとって不運なことに、初戦は地元・香港との対戦になった。完全アウェーの雰囲気での戦い……これまでの戦績は日本が圧倒しているが、スタジアム全体が醸し出すうねりのような空気は、プレーに影響を与えるかもしれない。

この嫌な空気を吹き払ったのは、試合では常に冷静な池畑だった。キックオフのボールを神崎たちフォワードが確保すると、鋭いステップを踏んで香港のディフェンスラインをやすやすと切り裂いていく。大きく前進してポイントを作ると、素早くラインに戻って再度攻撃に参加する。バックスが摑まったところで、香港にオフサイドの反則。ゴールを狙える位置だったが、池畑は即座に展開を選択し、香港のディフェンスが態勢を立て直そうとする間隙を縫って、ウィングの杉田《すぎた》の先制トライを演出した。

日本はその後もトライを重ね、香港の反撃を一トライに抑えて、二十六対五で準決勝進出を決めた。

試合が終わっても、日本代表に喜びはなかった。殺気のようなものが漲り、神崎本人も神経がピリピリしているのを意識する。

あと二勝。勝たねば全てが終わる。

準決勝の相手はドイツだった。対戦成績的には分のいい相手だったが、油断はできない。選手がグラウンドに散ってキックオフを待つ間、神崎はドイツの選手たちの様子を観察した。少し、動きが鈍い。七人制では一日に何試合もこなすことになるが、一試合終えたぐらいでは疲労がピークに達するはずもない。この暑さのせいだ、と神崎は読んだ。今日は四月にしては気温が高く、蒸し暑い。日本人には馴染みの陽気だが、ドイツの選手たちはこれで体力を奪われているのかもしれない。

チャンスだ。

神崎は池畑に近づき、「絶対に先制点が欲しい」と告げた。

「わかった」池畑が額の汗を拭い、ちらりとドイツの選手たちを見た。「向こうは相当バテてるな。前半の早い時間帯で心を折っちまえば、こっちのものだ。後半はディフェンスに専念して、最終戦に向けて体力を温存すればいい」

「だったら、飛ばしていけよ」

「了解」

前半で勝負をかける、という作戦は、試合前から徹底していた。七人制の場合、ハーフタイムは二分しかない。ちょっとした休憩にはなるが、気持ちの切り替えをするほどの時間ではないし、戦術的に難しい話をしている余裕もない。勝負は前半、しかも早い時間帯――その作戦はズバリ当たった。

池畑はひたすらボールを動かし続け、間断なく攻撃をしかけた。やはり暑さと湿気のせいか、ドイツの選手の動きは鈍い。開始一分、オフサイドのペナルティからボールをつなぎ、最後はウィングの杉田がゴールポストの中央にボールを持ちこんで先制トライを決めた。

その後も三分、六分と立て続けにトライし、池畑がコンバージョンキックも全て成功させ、日本は前半だけで二十一対〇と大きくリードを広げた。

事前の作戦通り、後半は無理に攻めずにディフェンスに徹する――つもりだったが、ドイツ側のパスワークが乱れてこぼれたボールを神崎が綺麗に拾い上げ、ハーフウェイライン付近から五十メートル独走でトライを決めた。池畑がまたコンバージョンキックを成功させ、リードは二十八点に広がる。試合終了直前にドイツに押しこまれ、最後はタッチラインぎりぎりのところへ飛びこまれて五点を奪われたものの、最終スコアは二十八対五。文句のつけようがない快勝だったし、神崎は体力的に余裕も感じていた。まだまだできる。

決勝の相手はウルグアイと決まった。サッカーは強い国だが、ラグビーはそれほどでもない……いや、油断はできない。この大会で決勝まで勝ち上がってくるということは、世界でも上位に入る実力の持ち主なのだから。

決勝は順位決定戦の後に行われるので、かなり間が空く。一度スタジアムから引き上げて、宿舎のホテルで一休みするぐらいの余裕があったが、日本代表はスタジアムに留まった。試合の空気から離れることなく、コンディションを保とうという狙いだった。

とはいえ、移動用のバスの中でサンドウィッチの昼食というのはどうにも味気ない。何チームも出場する七人制の大会では、ロッカールームはごった返していて、とても食事などできる雰囲気ではないのだ。

百九十一センチの巨体をバスの狭いシートに押しこめ、神崎はサンドウィッチを頬張った。香港での大会なので、美味い中華はずいぶん食べてきたが、それもずっと続くと飽きてくる。パサついたローストビーフのサンドウィッチが、むしろ新鮮に感じられた。

「お前、何でゴールドゾーンと契約しなかったんだ？」後ろに座る池畑が身を乗り出してきて、いきなり訊ねた。

「ああ？」

「ゴールドゾーンと契約していたら、俺たちももう少しましなランチが食えたんじゃないか」

「あのな、ゴールドゾーンは、チームと契約したがってたわけじゃない。狙いは俺個人だった。仮に契約しても、何で俺がチーム全体のランチ代を出さなくちゃいけないんだ」

「お前は恵まれた立場だからさ」愚痴とも冗談とも取れる口調だった。「少しはお前の幸運を分けて欲しいよ」

「俺は別に、無限の金持ちじゃないよ」神崎は肩をすくめ、食べかけのサンドウィッチを紙袋に押しこんだ。こういう話になると、急に食欲がなくなる。

「確かに、車は結構ボロいよな」

神崎が普段の移動に使っている車は、七年落ちのスバル・レガシィである。調布や千葉のグラウンドとの行き来に使うようになってからよく走らせるようになり、走行距離は既に七万キロ近くになっている。まだエンジンは元気だが、外見はだいぶへたってきた。神崎があまり見た目を気にしないせいもあり、滅多に洗車もしないので、濃紺のボディは埃を被ってかなりみすぼらしく見える。

「車は走ればいいんだよ。うちのレガシィは、まだ軽く三年はいける」実際今では、自分の体の一部のように馴染んでいるぐらいだった。

「欲のない奴だな」

「欲はあるよ。欲だらけだ。今も、勝ちたくてしょうがない」

「そうか……だけど、俺もお前と同じぐらい欲が強いんだぜ」池畑がニヤリと笑う。「最後も頼むぜ——最後じゃないけど。これはオリンピック、そして来シーズンへの第一歩に過ぎないんだ」

「了解」

ウルグアイとの決勝戦は午後三時から。昼の暑さはピークを過ぎたようで、少しだけ過ごしやすい陽気になっていた。試合前に体を動かし、一度固まった筋肉を解してやる。しかし、散々ぶつかり合った後なので、あちこちに痛みが残り、準決勝までと同じコンディションでは戦えない。

とはいえ、まず気合いでウルグアイ代表を圧倒できた。

ウルグアイボールでのキックオフだったが、ボールをキャッチしたフォワードの選手を、神崎は一発で倒した。ボールを奪い返すためだけではなく、相手にダメージも与えるタックル。最初の段階で、圧倒的な「強さ」をウルグアイに見せつけ、恐怖を体に叩きこんでやるつもりだった。

このタックルで、ウルグアイの選手は早々と負傷交代した。骨が折れるほど強いタックルを見舞ったつもりはないが、当たりは会心——「潰せた」実感があった。

このタックルを機に、試合は荒れた展開になった。神崎のタックルを「非紳士的」とみなしたのか、ウルグアイのプレーが急にラフになる。しかし、きついタックルに入ろうとする意図が見え見えだったので、対応は可能だった。事前にわかっていれば、相手の動きを外して素早くパスをつなぎ、危険なタックルは避けられる。そういう冷静なプレーを続けているうちに、ウルグアイの選手たちはますます頭に血が昇ったのか、ミスが多くなった。せっかく展開し始めたボールをつまらないパスミスで落としてしまったり、タックルを受けて倒された後にボールを離さず、ペナルティを取られたり——国際レベルに出てくるチームならほとんど犯さないような凡ミスも目立ってくる。

一方の日本代表は、慎重なプレーに徹した。無理なランプレーに頼らず、確実にポイントを作り、相手陣地に少しずつ楔《くさび》を打ちこむようにゲインする。

しかし、いかに頭に血が昇っていても、ウルグアイは決勝まで勝ち上がってきたレベルの高いチームである。高い身体能力を生かし、個人技で日本のディフェンスラインを切り裂いてきた。前半はボールの奪い合いで、一進一退の攻防が続く。

　両チーム無得点の均衡がすっと破れたのは、前半終了直前だった。ウルグアイが自陣からパスを回し、ウィングが日本のタックルを振り切って一気にタッチライン際を駆け上がる。独走になると、止めようがない——陸上短距離の選手にスカウトしたいようなスピードだった。まさか、こいつも二刀流ってことはないだろうな……かなり離れたところで走りを見守りながら、神崎は変なことに感心していた。

　池畑が背後から必死に追いすがる。前には、いち早くディフェンスに回っていた杉田。ウルグアイのウィングが巧みなステップで杉田を振り切った。あとは、後ろから迫る池畑だけ——池畑が、捨て身で後ろから飛びかかり、ウルグアイウィングの腰の辺りにタックルに入る。しかしウィングは池畑を引きずってなおも前進を続け、最後は倒されながらも思い切り腕を伸ばしてインゴールにボールを置いた。

　鋭いホイッスル。神崎は電光掲示板の時計を確認した。この後のコンバージョンで、前半は終了するだろう。

　コンバージョンは失敗したが、前半を終わって五点のビハインドは痛い。決勝トーナメントで初めて、リードを許して前半を終えることになったので、精神的なダメージもあった。

　二分のハーフタイムで、神崎はチームに気合いを入れ直した。

「今のはたまたまだ。ディフェンスの詰めも完璧だったから、気にしなくていい。後半は、とにかく攻めていこう。まず同点狙いだ。なるべく早い時間に勝負を決める」

「よし！」「おう！」と声が上がる。

それを聞いて神崎はほっとした。気持ちは折れていない。五点のビハインドを感じさせない力強さがあった。

後半スタート。池畑のキックオフは、絶妙の位置に上がった。相手十メートルラインの少し内側。神崎は楽々追いつき、ジャンプしてボールをキャッチした。自陣の方を向いていたのだが、タックルにくる気配がない――ウルグアイディフェンスのタイミングがずれたのだ――のに気づき、すぐに体を反転させて前進した。左右からタックルが迫ってきたが、わずかに空いた隙間に低く体を潜りこませるようにして、ディフェンスを突破する。目の前には、小柄なスクラムハーフの選手。タックルに入ってきたが、神崎は思い切り当たって弾き飛ばした。スタンドの歓声に背中を押されるようになおも前進し続けた。フライハーフとセンターが、またも両側から迫って来る。神崎は、より体の小さいセンターの選手を次のターゲットに定め、内側に進路を取った。ぶち当たって相手を怯ませたところで、左手一本でボールを浮かせる。右側にいるセンターの頭上を越すパス――何も決めていなかったが、さらに外側をフォローしてくる味方の気配を感じていた。

少し遅れたが、ボールが地面に落ちる直前に、フォワードの石垣《いしがき》がキャッチする。スクラムではフッカーを務める石垣は、百キロの巨体の割に動きが俊敏で、右手一本で上手くボールをすくい上げた。しかし直後にバランスを崩してしまい、ウルグアイフォワードのタックルをまともに受けて仰向けに倒れる。しかし何とか敵から遠い位置にボールを置いた。後ろから走りこんできたスクラムハーフの所が素早くボールを拾い上げ、センターの早田《はやた》に向かってボールを浮かせる。早田はしっかりボールをキャッチすると、そのままタッチラインの方へ流れて走り始めた。迫ってくるウルグアイの選手を十分引きつけ、一瞬内側へ入りこんだところで、クロスするように外側へ走りこんだ池畑にパス。池畑はタッチライン沿いの狭いスペースを一気に駆け上がり、そのままインゴールに飛びこんだ。

同点。

コンバージョンキックは決まらず、試合はまた膠着状態に陥った。一進一退の攻防が続き、互いに決定的なチャンスがこない。時計は容赦なく進んでいく——残り一分、オフサイドでペナルティを得た時、神崎は賭けに出ることにした。タッチラインから十メートルほどの位置……アタックラインは内側に広がっている。池畑に目配せすると、神崎は彼のすぐ背後についた。

普通なら、アタックの人数が多いオープンサイドへボールを回す。しかし池畑は、一度そちらにパスを回すと見せかけて、ブラインドサイドへボールを蹴りこんだ。軽く浮かせたボールは、タッチライン際の狭い空間に転がる。神崎は池畑を一気に追い越し、ボールに迫った。

これがハイパントなら、相手チームが追いつく時間的余裕がある。しかし池畑のキックはハーフライナー——キックパスのようなもので、ウルグアイの選手は追いつけなかった。ボールはタッチラインと平行に、上手い具合に転がっている。外へ出なければ、攻撃はまだ続く。

縦回転していたボールが急に高く跳ね、神崎は顔の辺りでキャッチした。そのまま姿勢を低くし、目の前に空いた空間を前進する。ゴールラインまであと三十メートル。しかし右側から、ウルグアイの選手たちが一気に迫って来るのを察した。一番怖いのは、複数の選手のタックルを受けて、外へ押し出されてしまうことだ。自分のスピードでは、この距離を独走してゴールには入れない。だとしたら右側、ウルグアイの選手が待ち構えているところへあえて突っこむしかない。しかし、そこから素早くボールを展開できないと、揉み合いになって、時間だけが過ぎてしまう。

よし……神崎は、この一年間苦労を共にしてきた選手たちにこの後を託すことにした。屈辱のコアチーム落ち、長く辛い合宿、ハードな試合——オフには円盤投の練習や試合に取り組んだ神崎の行動をよく理解して、応援もしてくれた。「ふざけやがって」「どっちかに絞れ」と文句を言うのが普通だと思うが、今の七人制の代表メンバーは、どこか浮世離れしている。「面白いから頑張れよ」と言われて、神崎は「そうか、面白いのか」と落ち着いてしまった。何というか……七人制も、恵まれた立場ではない。こちらにはこちらの面白さがあるのに、「十五人制の落ちこぼれ」と見る人も少なくないのだ。自分たちは誇りを持って日本代表として戦っているのだが、やはり「ラグビーの本番は十五人制」という世間の見方もある。

よく見てろよ。ぽんぽんと点数が入る七人制は軽く見られがちだが、そこにこそ七人制の醍醐味があるのだ。

神崎は内に切れこんだ。目の前には二人の選手。さらにその右側に二人いる。ウルグアイはタフなチームだ。今日三試合目、そして後半という悪条件にもかかわらず、しっかりディフェンスに入ってくる。神崎は待ち構える二人のうち、右側にいる選手に狙いを定めた。ウルグアイのウィングは身長こそ高いものの、体重は神崎には劣る。止められなければ、何とかなるはずだ。

神崎は、右肩から当たっていった。そのまま押しこみ、足が止まったところで、ボールを持った左手をすっと外に出す。すぐに、手からボールの重みが消えた。

池畑……あいつはしっかり俺の動きを追ってフォローしていたのだ。神崎の手からボールを奪い取り、それで攻撃はつながった。

池畑が快足を飛ばし、左側にわずかに空いたスペースを一気に駆け上がる。神崎はすぐにフォローに回った。自分だけではない。ここが最後のチャンスとわかって、全員が力を振り絞り、分厚いフォローに回っていた。池畑は無理に突っこまず、次々にパスを回す。ウルグアイの選手はしつこくタックルに入り、何とか攻撃を分断しようとした。

ゴール前三メートルのところまで来て、再びボールを受け取った池畑がとうとう摑まった。倒されなかったものの、一対一で揉み合いになる。すぐに両チームの選手が一人ずつ加わり、ボールが浮いたまま密集になった。

「押しこめ！」少し離れた位置にいた神崎は叫び、自分も頭から密集に突っこんで全力でプッシュした。一メートルほどゴールに近づいたが、そこで止まる……しかしさらに援軍がきて、密集は少しずつ前に動き始めた。

神崎は身を翻し、自軍の様子を見た。接触プレーが続いたせいか、バックスはきちんとラインを作れていない。ボールは出せるかもしれないが、綺麗にパスを回していくのは無理だろう。

神崎は無理矢理密集から抜け出して後ろに戻り、勢いをつけて再度頭から突っこんだ。密集がぐっと押され、最後はバラバラになって、池畑が押し倒されるようにインゴールにボールをつけた。

長いホイッスル。トライ――勝ち越しだ！

神崎はすぐに池畑を助け起こした。池畑が渋い表情で、「ひでえトライだな」と文句を言った。

「贅沢言うな」

ずっとバックスの頭脳としてラインを統率していた池畑からすれば、今のトライは最低だろう。綺麗にボールを回し、華麗なパスワークで、相手にまったく触られずにボールをインゴールに持ちこむのが彼の理想のはずだ。そもそも、七人制ラグビーで、ドライビングモールでトライを成功させる場面など、まず見ない。

「あと何分ある？」池畑が訊ねる。

「三十秒だ」

「膝を少し痛めた。お前、蹴れ」

「はあ？」

「あんなみっともないトライだったんだから、責任を取れよ」

何が責任なのかわからない……だいたいコンバージョンキックを蹴るなら、バックスの選手に任せた方がいいではないか。そもそも神崎は、ドロップキックの練習などほとんどしたことがない。しかし、あれこれ相談している時間もなく、神崎は結局ボールを手にしてコンバージョンキックを狙った。

入ってしまった。

まぐれとしか言いようがない。タッチラインから五メートルほどの難しい位置で、キックの素人である自分が蹴っても、絶対に入るはずがないのに……たまたまジャストミートしただけ、としか言いようがない。

ゴールが決まった直後、長いホイッスルが鳴る。試合終了、十二対五。日本は優勝し、来季のコアチームへの復帰が決まった。

スタンドの大歓声を浴びて、メンバー全員で記念写真に収まるのは快感だった。ただしこれは、第一歩に過ぎない。本番はあくまで東京オリンピック。今日は勝利の喜びを味わってもいいが、気持ちの切り替えは大事だ。明日になっても「勝った」と喜んでいるようなら、教育的指導が必要だ。

この大会が終わると、今度は円盤投だ。神崎には、オリンピック直前の日本選手権で参加標準記録を突破し、オリンピック出場を決めるという大目標がまだ残っている。

軽い祝勝会の後、ホテルの部屋に戻り、五百ミリリットルのミネラルウォーターを一気に飲み干す。それからシャワーを使い、新しいペットボトルを開ける。その時点で、酔いはほぼ消えていた。

スマートフォンを確認すると、あちこちから連絡が入っていた。こちらが海外にいることはわかっているわけで、メールかLINEばかりだったが。

鬱陶しかったのは、花香からのスケジュール確認のメールだ。コアチームへの復帰が決まったためか、またテレビ局からの出演依頼が殺到している。受けるか受けないか、明日までに判断して欲しい――リストが添付されていた。しかし七人制に関しては、神崎にははっきりした基準があった。

一人では出演しない。あくまで他の選手と一緒。取材は全て協会を通してもらう――以前にも話し合っていたことだが、神崎は念押しして、この二原則をメールで返事した。明日は帰国予定だが、彼女のことだから、それまでにしっかり予定を決めてくれるだろう。多くの取材が全部流れてしまえば一番いい。

花香にメールを送った瞬間、また新しいメールが着信した。秋野。

しばらく連絡を取っていなかったのだが……開いてみると、祝福のメールだった。


優勝おめでとう。コアチームへの復帰は喜ばしい限りです。オリンピック終了後も七人制の人気が続くように頑張って下さい。

今日の結果を見て、自分も決めたことがあります。日本選手権で会いましょう。まだ熱いものは残っています。オリンピックを目指す気持ちは折れていません。

日本選手権で勝負しましょう。自分にとっては最後の大会になるかもしれませんが、私は負けません。負けるつもりで試合に出るような選手はクズです。

秋野さん……秋野さんが戻ってくる。

2

日本選手権で参加標準記録を突破して勝てば、オリンピックへの出場資格が得られる。もちろん最終的な決定権は陸連にあるのだが、数字は何より大きな要素だ。

神崎がそういう状況にあるが故か、ヤンマースタジアム長居を会場に開かれる今年の大会は、普段にも増して盛り上がっていた。スタンドもほぼ満員。記者の数もいつもよりずっと多かった。男子の円盤投は、午後五時半頃からスタート予定だ。同じ時間帯にはトラックでは男子の八百メートル、フィールドでは男子の三段跳も同時に行われるが、やはり注目の的は円盤投になる。

岩谷は、昼過ぎに会場入りしていた。ゴールドゾーンが契約している選手が何人も出場するので、彼らに声をかけ、激励しなければならない。

しかし気になるのは、やはり円盤投だった。優勝争いに関しては、神崎が圧倒的に有利なのは間違いない。六十メートルを投げたことのある選手は、神崎の他に秋野だけで、その秋野は調子を取り戻しているとは言えない。三月でゴールドゾーンとの契約が切れた後は、直接会うことはなくなっていたが、岩谷は彼の状態に関して情報を収集していた。練習は普段通りのペースに戻ったものの、出場した大会ではやはり結果を出せていない。全盛期にはるかに及ばない、五十メートル台前半で終わることがほとんどだった。

衰え——技術の衰えは、別の技術を習得することでカバーできるかもしれないが、体力の衰えは如何ともしがたい。年齢に抗《あらが》うという意味では、野球選手の方がよほど有利だと思う。特にピッチャーは、新しい球種を一つ覚えれば、選手寿命が三年延びると言われている。例えばゴールドゾーンで三年前から契約しているプロ野球スターズのベテランピッチャー・星野《ほしの》は、四十歳を迎えた今季も好調で、四月から五月にかけては五連勝を記録していた。実際星野は、他の競技の選手なら衰え始める三十歳を過ぎてから、本格的に活躍し始めた選手なのだ。これはかなり稀有な例だろうが、星野が今シーズン前に「あと三年はやれる」と張り切っていたのを思い出す。

秋野は、アラームが鳴る音を聞いているのだろうか。

岩谷は、グラウンドに面した屋内のアップ場に足を運んだ。ここはトラックと同じフロアで、本番に向けて選手が足を馴染ませることができる。午後最初に行われる百メートルの予選に出場するためにアップを始めた、契約選手の池本光《いけもとひかる》に声をかけた。

社会人一年目、ベストタイムは十秒〇二。日本人選手が次々と九秒台に突入しているこの時代、さほど目だった成績ではないが、ゴールドゾーンは「伸びしろがある」とみて、学生時代から目をつけ、卒業と同時に契約していた。彼の全盛期は今年の東京オリンピックではなく、次のパリオリンピックになるだろう。会社として、選手の契約見直しは厳しくなっていたが、岩谷は長い目でサポートするつもりだった。

岩谷を見つけると、池本がさっと頭を下げた。坊主頭のせいか、まだ学生のイメージが漂っている。しかも妙に緊張していた。これは、彼の学生時代に初めて言葉を交わしてから全く変わっていない。遠慮しているというか、「自分なんかが注目されるのが信じられない」と戸惑っているようなのだ。この辺が彼の弱さなのかもしれない。強いアスリートは、必ずどこか図々しい雰囲気を漂わせているものだ。

「調子はどうだい？」岩谷は軽い口調で話しかけた。

「まあまあですね」池本からは、いつも同じような答えしか返ってこなかった。彼の中では、調子に関しては「まあまあ」という基準しかないのかもしれない。

「気合いを入れて、でも無理しないで頑張ってくれよ」

「矛盾してますよ」池本が困ったような笑みを浮かべた。

「君は、東京だけじゃなくてパリのオリンピックでもやれる。まだ若いんだから……そういう風に気楽に考えた方が、いい結果がでるものさ」

「はあ」納得できないようで、池本が首を傾げる。

「あまり難しく考えるなよ」岩谷は苦笑した。「まずは、明日の決勝進出を身近な目標にして」

「そうですね……頑張ります」

この激励は失敗だったなと苦笑しながら、岩谷は次のターゲットを探した。女子百メートルに出場する、福田真由《ふくだまゆ》。二十八歳、女子短距離の選手としては既にベテランに入る年齢だが、日本記録に迫る十一秒二三の自己ベストを持っている。岩谷を見ると、パッと明るい笑顔を浮かべて小さく手を振った。何とも愛嬌のある娘《こ》なんだよな、と岩谷は嬉しくなった。アスリートの性格は実に様々だが、こういう選手は、やはり積極的に応援したくなる。一番困るのは、神崎のような選手か……どんなに話をしても、会話はずっと平行線を辿ってしまう。

平行線のまま、今日という日を迎えてしまった。

正面から向き合った瞬間——真由は身長百七十センチあり、視線の高さは岩谷とそれほど変わらない——岩谷は彼女の変化に気づいた。

「またピアスの穴、開けたのか？」

「あ、わかります？」真由が右耳を触った。彼女は異様にピアス好きというか……岩谷が初めて会った頃は、左右に穴は一つずつで、シンプルなデザインのピアスをつけているだけだったのだが、穴は年々増えている。耳だけ見れば、アスリートではなくパンク系のミュージシャンか何かのようだ。素早く数えると、ピアスは左耳に四つ、右耳には五つもついている。

「そんなにピアスをつけて重くないか？」

「重いですよ」真由が笑った。

「前から不思議に思ってたんだ。どうしてそんなに穴を開けるんだ？」

「重りです」

「重り？」

「アンクルウェイト、あるじゃないですか」

「ああ」足首に巻く重りだ。岩谷は使ったことはないが、高校時代、自転車通学していたサッカー部の友人が、いつも足首につけていた。負荷練習の一つなのだが、どうしてピアスが重りになる？　彼女は、耳にたくさん穴を開けてはいるが、つけているピアスはどれも小さくシンプルなものだ。

「あれと同じです。レース前にピアスを外すと、体が軽くなる感じがするんです」

「本当に？」

「マジです」真由が唇を尖らせた。「数グラムだけど、軽くなるのは間違いないじゃないですか」

それはちょっとどうか……しかし岩谷は、疑問を口に出さなかった。今のアスリートは、非常に科学的に練習する。理屈で納得できなければ練習を拒否する選手もいるぐらいだ。そういう点では非常に合理的なのだが、それでも迷信じみた行動に走ることもある。大事な試合の前に、パワースポットと定めた場所へ行くのも珍しくないし、「ルーティーンだ」と言いながら、他の人から見たら奇妙奇天烈な準備運動をする選手もいる。

人は、自分が信じたいものしか信じない。

「今日は？　十分軽くなりそうかな？」

「もちろんです。去年より一個増やしましたから、効果抜群ですよ」

「じゃあ……頑張って。スタンドからちゃんと見ているから」

まさか真由がこんなことを考えているとは。キュートなルックスのせいで、高校生の頃から「アイドルランナー」ともてはやされていたイメージと合わない。岩谷もつき合いは長いのだが、今までちゃんと話していなかったんだな、と反省した。まあ、ここでこんな話を長々としても、真由の集中を邪魔してしまうだけだ……岩谷はもう一度「頑張って」と言って、その場を立ち去った。

神崎が会場入りするのはもう少し後のはずだ。あまり早く入ると、記者たちに摑まって神経をすり減らしてしまう恐れもある。今や、神崎に対する注目は最高潮に達していた。昨日は有力選手による試合前の会見が行われていたのだが、質問は神崎一人に集中していた。やはり、「五十六年ぶりに円盤投でオリンピック出場なるか」が大きな関心を呼んでいる。

通路からスタンドへ向かう階段の方へ歩き始めた途端、連れ立って歩いて来る神崎と秋野に出くわした。これは何とも間が悪い……二人は岩谷に気づいてさっと頭を下げたが、岩谷と話をする気はないようだった。それでも岩谷は、神崎には声をかけた。

「やあ、調子は？」

「いいですよ」神崎が表情を変えずに言った。「いい」と言い切る選手はなかなかいないのだが……今日は記録が出るかもしれない、と岩谷は期待した。

「一つだけ」岩谷は人差し指を立てた。「俺はまだ諦めていない。君が今日勝てば、各社がまた動き出す」

「そうですか……」神崎の顔に困惑の表情が広がる。

「その中で、俺は一番しつこいから」

「知ってます」神崎が苦笑した。「でも今は、とりあえずその話はなしでいいですか？　今日は集中したいので」

「そういうことです」秋野が割って入った。「彼のことは放っておいてくれませんか」

「いや、邪魔するつもりは……」岩谷は苦笑した。

「失礼します」

神崎がさっと頭を下げ、去って行った。止める暇もない。取り残された岩谷は、仕方なしに秋野に向き合った。契約解除が決まって以来、会うのは初めてだったので、どうしても気まずい雰囲気になってしまう。

「彼のことは、ちょっと放っておいてもらえませんか」繰り返し言う秋野の口調は、エース選手のマネージャーのようだった。

「邪魔はしませんよ……それより秋野さん、出てきたんですね」

秋野は既に、試合用の格好をしていた。上下ジャージ姿で、試合用のシューズやユニフォームを詰めこんだダッフルバッグを肩に担いでいる。いつもの、見慣れた秋野だった。

「出てきましたよ」秋野が平然と言った。

「調子はどうなんですか？」

「いいですよ」先ほどの神崎と同じような、淡々とした口調だった。

「実際のところ、神崎はどうなんですか？」

「それは、自身の目で確認して下さい。それでは……岩谷さんにはずいぶんお世話になりました。こんな時に何ですけど、お礼を申し上げます」

「そんな……」

「これで失礼しますね」秋野がさっと頭を下げた。「年寄りになると、体が硬くなって、準備に時間がかかって仕方ないんですよ」

「何を言うんですか」

「最近、新しいストレッチを導入したんです。この歳になっても、まだ学ぶことがあるんですね」

思わせぶりな言い方をして、秋野がもう一度頭を下げた。年齢の自虐は、ベテランアスリートの定番ジョークだが、今の台詞は冗談とは思えなかった。不調の波——引退の危機が迫っていた秋野が、この段階になって何か摑んだというのだろうか。だとしたら……今の秋野は、ゴールドゾーンの契約選手ではない。自分はただのファンとして、彼に声援を送るだけだ。

投擲競技を間近に見られるグラウンドの南側、E3ゲート近くのスタンドに陣取ると、カジマの朝倉と一緒になった。今日も会社のロゴ入りのポロシャツにグレーのズボンという格好で、何だかそれが制服のようだった。

「どうもです」朝倉がさっと頭を下げた。それに合わせるように、彼の脇に座った若い女性も岩谷に挨拶する。

「こちらは？」

「アルファパワーの村岡です」

女性がさっと名刺を差し出す。名前は「村岡遥子」と確認できた。その名前を頭にインプットした瞬間、岩谷はある出来事を思い出した。自分の名刺を差し出しながら、「あなた、JETの神崎にアプローチしてませんでしたか？」と訊ねる。

「ええ。でも、玉砕しました」遥子が肩をすくめて認めた。「アメリカ本社の役員まで出てきて説得に当たったんですけど、駄目でしたね」

「役員が？」代理人でもある藍川が乗り出していたことは知っていたが、岩谷はあえて驚いたふりをした。こちらがどこまで事情を知っているか、手の内を明かしたくない。

「本社としても本気だったんでしょうけど、無理だと判断したらあっさり引きました。私はもう少し粘るべきだと主張したんですけど、決定は覆りませんでした。逆にゴールドゾーンさんは、食いこんでたんじゃないですか」

「うちも上手くいかなかった」岩谷は首を横に振った。「どうも彼は、我々の理解できない世界にいるみたいだ」

「確かにね」遥子が微笑して髪をかき上げた。「でも、しょうがないですね。全てのアスリートを、私たちのシステムに取りこむことはできないでしょう。一人二人ぐらい、はみ出ている選手がいた方が、面白いかもしれません」

スポーツ界の「システム」は、複雑に入り組んでいる。今や、スポーツビジネスは超巨大産業に成長し、関わる人も多い。製品の製造はアジア各国で行われ、グローバルな宣伝はニューヨークの巨大広告代理店が担当する。そしてそこから生じた金は、選手やメーカー、競技団体などに流れていく。

そのシステムは変化こそすれ、簡単に崩れることはないだろう。神崎は本能的に、「システムに呑みこまれたくない」と感じて契約を拒否したのかもしれない。実際、契約を交わせば、多少の義務や拘束は生じるわけだし。

そういう不便は承知で、金のために契約を求める選手もいる。多くの選手は、金の心配がなくなれば競技に集中できるのだし……しかし神崎やコティには、最初から金の心配はなかった。コティがゴールドゾーンと契約したのは「そういうのも面白かろう」という好奇心からに過ぎない。彼は気まぐれな「王様」なのだ。王様の真意など、岩谷のような庶民に理解できるはずもない。彼が提唱する「ファンド」もそうだ。あんなものができたら、自分たちの存在意義がなくなってしまうではないか。

「神崎を獲得できなかったのは、悔しくないですか？」岩谷は訊ねた。

「失敗したんですから、悔しいことは悔しいですけど……よくわからないです」遥子が肩をすくめる。「理解不可能な人に関しては、諦めるしかないんじゃないですかね」

「そうですね」応じながら、岩谷は、自分は十分努力しただろうかと自問した。同じラグビー選手として通じ合うものもあったはずだが、結局は「自分とは違う人間だ」と諦めていたのかもしれない。スポーツに対する考え方が違うとはいっても、同じ人間同士、何か折り合えるポイントがあったのではないか……。

「神崎は、オリンピックに行けると思いますか？」朝倉が訊ねた。

「どうかな……自己ベストよりも二メートル以上記録を伸ばして勝たないと、参加標準記録は突破できない」

「去年の日本選手権以来、神崎はラグビー中心でしたよね」

「七人制代表は、オリンピックに向けて厳しく追いこんできたからね。ほぼ一年間、ずっと合宿みたいなものだった」途中では、コアチームへの昇格を決める大事な大会もあり、神経をすり減らす一年だったのは間違いない。神崎の中ではやはり、「ラグビー中心、円盤投は脇」の感覚だったのではないか。ラグビーの試合や練習の合間を縫って円盤を投げこんできたことは知っているが、どれだけ効果的だったかはわからない。何しろ神崎にとって、これが一年ぶりの陸上の公式戦なのだ。

多くの陸上選手は、練習と試合を繰り返して、実戦感覚を身につけていく。絶対的に試合経験の少ない神崎が、このラストチャンスをものにできるかどうか。

「彼にとってはプラスもありますね」朝倉が指摘する。「ここは彼にとって、縁起のい場所です」

「確かにね」日本記録を打ち立てた一昨年の実業団対抗も、このヤンマースタジアム長居で開かれた。いい印象は、本人の記憶にも当然残っているはずだ。どんなアスリートにも、相性のいい場所はある。インタビューで神崎は「ここはサークルの摩擦具合がちょうどいい」と言っていた。

「私、神崎選手はオリンピックに行けそうな気がします」遥子が指摘した。

「そうですか?」

「勘ですけどね。でも、二つの競技で代表になったら、彼は選手村でラグビーと陸上、どっちの宿舎に入るんでしょうね」

岩谷は絶句した。そんなことは一度も考えたことがなかった。遥子も、ある意味自分とは別の世界に住む人間……女性だし、外資系のスポーツ用品メーカーに勤務しているせいもあるだろう、岩谷とは感覚がずれているようだ。もちろん、どちらが正しいというわけではないのだが。

「まあ、じっくり見ましょうか。オリンピック前は、これが最後の大会ですしね」朝倉が言った。

そう、いよいよ来月にはオリンピックが始まるのだ。普通に街を歩いている限りでは実感がないのだが、社内の仕事は、今は九割がオリンピック絡みである。ここ何年かは、オリンピックと言っても事前にはなかなか盛り上がらず、本番が始まってようやく世間の注目が集まる感じなのだが、さすがに自国開催となると違う。七月に入ると、街もオリンピック一色に染まるだろう。

「これが、日本にとっては最後のスポーツの盛り上がりかもしれませんね」遥子がさらりと重大なことを言った。「もうオリンピックみたいな大イベントが来ることはないかもしれないし、これからは子どもの人口が減るから、スポーツをやる人も観る人も減ってくるでしょう。私たちの仕事も、いつまで続くかわかりませんね」

「ずいぶん悲観的なんですね」岩谷は驚いた。日本の少子化については、ゴールドゾーンの社内でもよく話し合われている。日本の国内市場が縮小するのは間違いないが、世界的に見れば人口は増えていく——中長期的には、アジアやアフリカ市場に基盤を築くのが、会社の既定方針になっている。岩谷もオリンピックが終わったら、海外営業部への異動が決まっていた。今度はアジアやアフリカの国に支店を作る仕事が回ってくるだろう。言葉も習慣もまったく違う国で、どうやってゴールドゾーンの製品を売りこむか……スポーツは世界共通語だが、子どもたちの目をナイキとアディダス以外に向けさせるのは大変だろう。となると、やはり著名アスリートとの契約は絶対に必要だ。おそらく岩谷の仕事は、今年の後半から新しいステージに入る。神崎との契約を実現できなかった自分に何ができるか……わからない。しかし今日だけは、余計なことを考えずに神崎の戦いを見守ろう。

いや、二人の戦いか。神崎にも秋野にも、何かが起きる予感がしてならなかった。これまで経験したことがないような、何かとんでもないことが起きるのではないか？

3

ヤンマースタジアム長居に到着する直前、秋野は「別々の更衣室を使おう」と提案して、神崎もそれを受け入れた。試合では敵——秋野の気合いがひしひしと伝わってくる。

宿舎のホテルからはずっと一緒で、バスの中では今日のチェックポイントについて延々と話し続けた。秋野曰く、「とにかく高く飛ばせ」。神崎の最大の弱点は、柔軟性に欠けることである。それ故か、どうしても低い位置から回転を始め、微妙に投げ上げる——的確な角度で飛ばすという基本動作が上手くいかない。回転を止める位置については完全に矯正できていたが、この「的確な角度」についてはまだ完全には身についていなかった。

この一年は、ほとんどラグビー漬けだった。もう少し円盤投の練習ができていれば……と悔やむこともあったが、神崎自身が選んだやり方だから、誰のせいにもできない。体調は最高なのだが、それが結果につながる保証はなかった。この日本選手権は、一か八かの賭けに近い。

一年ぶりの大きな大会で、神崎は自分が緊張しているのをはっきりと意識した。時間に余裕はある。ゆっくり着替えてアップすればいいのだが、逆に言えばピークの持っていきかたが難しい。六月とあって気温は高く、一度しっかり体を解せば簡単には冷えないだろうが、午後から夕方にかけて「曇り時々雨」の予報なのが気になる。雨の中で円盤投の試合をしたことはないが、あまりひどくなると中止になるのではないだろうか。ここのサークルは滑りにくい方で、自分には合っているのだが、雨で濡れたらどうなることか。円盤そのものも心配だ。雨で滑って投げ損じたら、肩や肘を壊しかねない。「雨の中での試合」には不安はないのだが……ラグビーだったら、基本的にどんな天候でも試合は行われるし、実際神崎は、一月に雪が降る中で八十分間フルにプレーしたこともある。ただし円盤投はるかにデリケートな競技であり、雨で指先が濡れただけで、とんでもない結果になる恐れもある。

神崎は何度かスタンドに出て、空模様を確認した。黒い雲が低く垂れこめ、今にも雨が降りそうな感じ……湿度が明らかに高い。神崎はそれほどデリケートではないが、今まで出場した数少ない試合は、だいたい晴れていた。

午後三時、神崎はようやく着替えた。これから、すぐ隣にあるヤンマーフィールドで体を解す。投擲練習もできるから、何回か投げて、感触を確かめることができるだろう。

ヤンマーフィールドには既に秋野がいた。他の選手たちも……何時から練習と決まっているわけではないが、神崎は何だか出遅れたような気になった。円盤投の競技者は少なく、大会で会う顔ぶれはいつもだいたい同じだ。それ故か、あまりぎすぎすした雰囲気はなく、談笑しながら一緒にストレッチをしている選手もいる。しかし秋野は一人。それに合わせて、神崎も誰とも話さずに体を解し始めた。

トラックをゆっくり五周しただけで、汗がどっと噴き出てくる。やはり今日は、気温も湿度も相当高い。走り終えた時には、吸いこむ空気が熱く感じられるほどだった。

さくさくとした感触の芝の上に腰を下ろし、足を大きく開いて柔軟……これがきつい。この一年、円盤を投げる機会が少なかった代わりに、徹底して柔軟体操を繰り返した結果、ある程度の柔らかさは確保できた。しかし、開脚して前屈し、胸が地面につくほどではない。陸上の選手の中には、体操選手並みに体が柔らかい人もいて、そういう選手のストレッチを見るとつくづく羨ましくなる。もっとも神崎の場合、ラグビーの激しい接触プレーのために筋肉をたっぷりつけねばならないから、ストレッチの際にはそれが邪魔になることがある。概して、ラグビー選手の筋肉は硬いのだ。

上半身は特に入念にストレッチする。腕だけで投げるわけではなく、体全体を回転させるのだが、やはり二キロの円盤を支える右腕の負担は大きい。アップにたっぷり三十分をかけ、そこで一息ついた。既に投擲の練習に取りかかっている選手もいる。練習では並んで順番を待つのが礼儀だ。誰が先に投げるというルールは特になく、早い者勝ちになる。

この練習では、むきになって投げる必要はない。あくまで肩慣らし。回転の状態と、投擲角度を確認するだけでいい。本番では、順調にいけば計六回投げることになるので、かなり体力を消耗する。準備はほどほど、やり過ぎてはいけない。

神崎は五回投げた。一投ごとに力を入れ、距離を伸ばしていく。体を回転させる感覚は完全に身についており、円盤は真っ直ぐ飛ぶものの、やはり角度が気に食わない。大袈裟に――それこそ初動の時はしゃがみこむようにして投げてみたこともあるのだが、必ずバランスを崩してしまう。下半身の強さには自信があった――他の円盤投の選手に比べても遜色《そんしょく》はないと思っているが、あまりにも無理なフォームを追求すると、全体のバランスがおかしくなってしまう。未だ、他の選手を上回るパワーだけに頼って投げている感じがした。

ここをもっと突き詰めて練習しておきたかった。しかし自ら二刀流を選んでしまった以上、練習にも限界がある。泣き言を言わず、今現在のベストを尽くすしかないだろう。

神崎は注意深く、秋野の投擲練習を見守った。調子は良さそうだ――ここ一週間ほど一緒に練習をしてきたのだが、その時よりもずっといい。足首の怪我以来、体のバランスを崩したために記録が低迷していたのだろうが、長いスランプをようやく脱したということか。

今は、以前よりもパワーを感じるほどだった。足首を痛めてろくに投げられない中、普段にも増して激しい筋トレに取り組んできたことを神崎も聞いている。その結果、一緒に練習をするようになった二年前よりも、上半身は一回り大きくなっていた。

秋野は淡々と練習を繰り返した。サークルに入ったり出たりする度に神崎の前を行き来していたのだが、彼はまったく目を合わせようとしない――いや、そこに神崎がいることにすら気づいていない様子だった。あるいは、わかっていて無視しているのかもしれないが、いずれにせよ驚くべき集中力だった。

試合開始の四十分前に練習を切り上げ、メーンスタジアムに向かう。一度外へ出て歩いて行かねばならないので、何だか間抜けな感じだった。地下通路でもあれば、集中力が途切れないのだが……実際、神崎目当てにスタジアムに来ている観客も多く、ただ歩いているだけでも声をかけられる。手を振ったり、笑顔を見せたりするのも馬鹿らしく、軽く会釈するだけにしているのだが、それだと無愛想に思われるかもしれないと、余計な気を遣ってしまう。

メーンスタジアムのマラソン門から中に入り、一度グラウンドに出て、行われている競技を横目で見ながら、メーンスタンド下にある室内練習場に向かう。ここが本番前の待機場所なのだ。

体を動かしながら出番を待つ。他の競技も順調に進み、円盤投のスタートは予定通り午後五時半。神崎はうつむいたまま、周囲の騒音に身を委ねた。選手たちが低く話し合う声、スタンドから漏れ伝わってくる観客の歓声、既に競技を終えて、背後の通路を歩く選手たちの笑い声。

こういうのを嫌い、試合前はイヤフォンで音楽を聴いて自分の世界に閉じこもってしまう選手もいるが、神崎にはそういう習慣がない。特に音楽に興味がないせいもあるし、周りの音が聞こえても集中できないわけではないのだ。

昔、マラソンの日本記録を持っていた山城悟《やましろさとる》のインタビュー記事を読んだことがある。ほとんど取材に応じない変人として有名だった山城は、珍しく受けた『Ｎｕｍｂｅｒ』のインタビューで、「レース前の集中方法は」と問われて「特にない」と素っ気なく答えている。「集中する気になれば集中できる」と。インタビュアーは、そういう時に聴く音楽などを聞き出して、山城の人間味をえぐり出そうとしたのかもしれないが、あっさり失敗していた。

今は、山城の気持ちが少しだけわかる。ラグビーの試合前は、仲間たちとの儀式が絶対に必要だ。一人でプレーするのではなく、皆で戦う時間を共有する。そのためには激しく言葉を交わし、涙を流すまで気持ちを高揚させる必要があった。しかし円盤投はあくまで自分一人。他の人を気にする必要はなく、ただこれから、自分がどんな投擲をするかをイメージするだけでいい。そういう想像をするのに、人の話し声も雑音も邪魔にはならないのだった。

係員の合図で、一列に並んでグラウンドに出る。雲は相変わらず黒く低く、今にも雨が降ってきそうだ。しかし不思議なことに、先ほどまでサブグラウンドで神崎を悩ませていた暑さは気にならなくなっている。移動してからグラウンドに出て来るまで、わずか四十分ほどだったのに、急激に気温が下がったのだろうか。これは自分にとってはいいコンディション――いや、それは他の選手も同じか。円盤投は待ち時間も長いので、その間の暑さ対策も重要になる。今日は、それを気にする必要はなさそうだった。

円盤投には十八人の選手がエントリーしている。よりによって神崎は、事前の抽選で十八人中のトップで投げることになっていた。最初の三回でベストエイトが決まってからは、三回目までの成績が下位の選手からの試順に変わる。上手く運べば、最初の三回は先頭、八人になってからは最後の試順になるわけだ。

集中はできるが、緊張感まではなかなかコントロールできない。しかし神崎は、秋野から貴重なアドバイスを受けていた。「もしも試順が一番最初になったら、第一投はファウルするつもりで適当に投げてもいい」。どうせ一回投げた後は、「トップバッター」の感覚はなくなってしまうのだから。それにお前の今の力なら、三回中二回ファウルになるとは考えられない——。

なるほど、一回はミスが許されるということか。

全員が二回練習を終え、指示に従って、メーンスタンドに向かって横一列に並んだ。場内アナウンスで、出場選手が次々に紹介される。最初の投擲順で、神崎は最初に名前を呼ばれる。一歩前に出て、右手を上げてから左右に向かって二度、礼をしただけで、割れるような歓声と拍手が降り注いできた。観客の強烈な注目を意識し、自然に鼓動が高鳴ってくる。

一回のミスはＯＫ。秋野の教えを思い出して、神崎は楽な気持ちで円盤を手にした。サークルに入る前には一礼し、持ち時間一分のカウントダウンが始まってから必ず十秒かけて深呼吸し、右足から入る。ルーティーンらしいルーティーンと言えばこれぐらいだ。

グラウンドに背を向け、ぎりぎりまで姿勢を低くする。右腕の「素振り」は二度。

これも二回、三回と選手によってやり方が違い、神崎も両方を試してみたのだが、結局二回に落ち着いた。勢いをつけるというより、タイミングを計る目的の方が強い。二回、大きく右腕を振るい、その動きでリズムを作って回転に入る。重心はまったくぶれず、自分が名手の回した独楽《こま》になったような気分だった。リリースのタイミングも、体がはっきり覚えている。

いい感じだ。円盤にしっくり指が馴染んでいる。最後の一瞬まで円盤に力が加わり、完璧な、まったくぶれない回転で空気を切り裂くように飛んでいく。神崎はぴたりと踏み止まり、円盤の行方を見守った。

円盤が飛んでいるのはわずか数秒だが、その短い時間がやけに長く感じられた。それだけよく飛んでいる——十回に一回もない、完璧な投擲だった。

円盤が着地し、芝と土を抉った瞬間、おお、というどよめきが観客席に湧き上がる。次いで誰かが合図したかのような一斉の拍手。いけた、と神崎は確信した。計測員が走り寄り、すぐに結果が出る。

六十四メートル二二。自己ベスト、日本記録を更新。

万雷の拍手に背中を叩かれ、神崎はサークルを出た。今のはいい一投だったが、必ずしもベストではない。まだ行ける。あとわずか、角度を上げるだけで、一メートルぐらいは伸びるはずだ。

参加標準記録の六十六メートルまで、あと二メートルを切っている。ここから一気に記録を伸ばせるかどうかはわからない。しかし今日の自分には、いつも以上のパワーが宿っていることを、神崎は確信していた。

秋野は四番めの試順になっていた。神崎がいきなり叩き出した日本記録のざわめきがようやく落ち着いたところでの投擲になる。

神崎は待機用のテントから出て、少し離れたところで立ったまま、秋野の投擲を見守った。いつも以上に落ち着いている。右腕の振りはいつもと同じ三回。しかし動きが以前よりかなり大きくなっている。あまりにも勢いをつけ過ぎるとバランスが崩れてしまうものだが、そういうわけでもない……肩関節の可動域が大きくなった感じがする。

回転のスピードはいつも通り。しかし、あの角度が羨ましい。神崎はあの射出角度を真似しようとあらゆる分析を試みたのだが、とうとう自分のものにはならなかった。分析するのと、それを身につけるのとは全く別の話だ。神崎は、自分は根本的には不器用なのだと思っている。

素晴らしい一投だった。

ずっと不調に悩んでいた選手のそれとは思えない。全盛期の秋野の投擲そのままの軌道を描いて円盤が飛ぶ。回転もぴしりと安定していて、空気抵抗をまったく受けないようだった。

観客席で、「おお」というどよめきが起きる。秋野の一投は、先ほど神崎の円盤が落ちた地点のすぐ真横まで飛んだように見えた。神崎が抜かれることはないだろうが、非常に近い……記録は六十三メートル五五。ここにきて、自己ベスト更新だ。

神崎は心底驚いた。これまでの不調は何だったんだ？　不調というか、神崎は実際には「衰え」ではないかと思っていた。秋野自身も、年齢のことを何度も繰り返し言っていたし……あれは嘘だったのか？　今の体の張り、投擲結果を見ると、神崎を油断させるためのブラフだったのかと思えてくる。

もしかすると、一種の駆け引きだったのかもしれない。一番近くにいる後輩は、自分の記録を抜き去ったライバル。引退間際の自分も、負けてはいられない。怪我から復帰する背後で必死に練習を繰り返し、さらに神崎を油断させるために試合ではわざと平凡な結果を出していた——まさか。円盤投はそういう競技ではない。ひたすら自分と向き合い、記録にチャレンジしていくのが筋だ。

秋野は依然として神崎と目を合わそうとしない。無視しているわけではない、と神崎は確信した。あれは、完全に自分の世界に没入している時の顔だ。自分だけではなく、他の選手の存在も脳裏から消しているに違いない。

間違いなく、二人だけの勝負になる。

その先にはオリンピックがある。

4

岩谷は、がちがちに肩が凝っているのを意識して、両腕を思い切り前に突き出した。まさか、こんな展開になるとは。


最初の三投を終えて、決勝に進む八人が出揃ったところだが、試合は完全に神崎と秋野のマッチレースの様相を呈していた。

神崎は一投目で日本記録を更新し、その後も六十三メートル、六十三メートル八八と高いレベルで揃えてきた。一方秋野は、六十三メートル五五、六十三メートル一五、六十二メートル三二と、こちらも高レベルの記録を残している。ベストの八人の中で、六十メートル超えに成功したのは二人だけ。しかし、参加標準記録にはまだ及ばない。

「いけますかね」朝倉が硬い声で言った。

「わからない」岩谷はポケットから小さなハンドタオルを取り出し、顔を拭った。夕闇がゆっくり迫りくるスタジアム……しかしまだ気温は高く、岩谷の顔は汗で濡れていた。いつの間にか握りしめていたのか、両手にも汗をかいている。

「今からでも神崎にチャレンジすべきかもしれないなあ」朝倉がぽつりとつぶやく。

「何だよ、今さら獲得競争に乗り出すつもりか？　神崎には挨拶もしてないだろう」

「ゼロからの戦いの方が有利かもしれませんよ」朝倉がニヤリと笑った。「岩谷さん、神崎とは今まで何回も接触して、結局上手くいってないんでしょう？　まっさらの状態で始めた方が、むしろ有利なんじゃないかな」

朝倉の態度には、妙な余裕が感じられた。彼は岩谷より若いが、営業マンとしては先輩である。数年の経験の差が、自信につながっているのかもしれない。しかもカジマは、日本最大のスポーツ用品メーカーだ。大きなバックがあれば、当然気も大きくなるはずだ。

その時、スマートフォンで話していた遥子が話に割って入った。

「こんなところで言うのも何ですけど、その競争には私たちも参加させてもらいます」

「ちょっと待った」岩谷はまじまじと彼女の顔を見た。「アメリカ本社が諦めたんでしょう？　それをどうして今さら？」

「たった今、説得しました」

彼女は、いつから電話していたのだろう？　相当長い時間話しこんでいたような気がするが……。

「説得って、アメリカ本社を？　あなた、日本支社の人でしょう」

「面倒臭いから、こっちの上司は飛ばして、直接アメリカに電話しました。担当役員が興奮してましたよ。神崎がオリンピックに出場することを前提として、もう一度チャレンジすべきだと」

「アルファパワーみたいに大きな企業が、マイナーな円盤投に興味を持つとは、不思議ですね」急に不安が湧き上がってくる。

「私は最初からプッシュしていたんです。そういう個人的な思いが、会社全体を動かすこともあるんですよ」遥子が反論した。「そもそもマイナーな競技だからこそ、私たちがサポートすべきじゃないんですか？」

「オリンピックの実施競技をマイナーなんて言ったらバチが当たるよ……」朝倉がぼそりと言った。

「でも、実際に競技人口は少ないんだから……まだまだ伸びる余地があるでしょう」

競技人口が少ないと言われると、やはりラグビーのことを考えてしまう。岩谷たちがまず基本のデータにするのは、スポーツ用品市場の規模だ。ラグビーの場合、国内市場は概ね三十億円台半ばぐらい。これはバレーボールやバスケットボールよりも少なく、ゴルフとは二桁違う。

スポーツ用品全体では、国内での市場規模は一兆五千億円程度で、年々拡大している。出版業界やペット業界とだいたい同規模……しかもスポーツが生み出す「金」は、スポーツ用品の売り上げだけではない。他にもプロスポーツの観戦料、グッズの売り上げなどがある。それに付随して発生する交通費や宿泊料などを加えると、まさに一大産業と言っていい。

しかし今後、国内では先細りしていくのは間違いないのだ。人口減少の傾向は変えられそうになく、プレーヤーもファンも減っていく。その中で今と同じように、いや、今以上にスポーツ用品を売り続ける方法は二つしかない。

一つが、今はマイナーな競技のプレー人口を増やすこと。そのためには、次々にスーパースターを誕生させ、人々の興味を引かねばならない。遥子が言っているのはこのやり方だ。もう一つが、神崎の目指す二刀流である。一人で複数のスポーツを楽しむようになれば、その分グッズの売り上げも増える。

こういうことを昔の友人たちに言うと「スポーツで金儲けかよ」と揶揄《やゆ》されることも少なくない。その都度岩谷は、むきになって反論してきた。

現代のスポーツの隆盛は、ツールの発展と切っても切れない関係がある。少しでも安全に速く走りたいアマチュアランナーを、ハイテクシューズがどれだけ支えてきたか。多くのランナーにその存在を知ってもらうために岩谷たちは広告塔としてのトップ選手を支えてきた。ハイレベルのアスリートとスポーツ用品メーカーは、手に手を取って前進してきたのだ。その流れはすぐには変わるまい。

もっとも、その流れにまったく乗らない神崎のような選手もいる。金が欲しくない人などいないはずなのに……人は、いくら金を持っていても満足しない。手元に百円あれば千円欲しくなるし、百万円を稼げば一千万円に手が届くのではと欲が出てしまう。それが一億円になろうが十億円になろうが「もっと欲しい」と願う欲は、人間に共通しているのではないだろうか。

しかし神崎、そしてコティも、目の前にぶら下がる契約にまったく執着していない。やはりあの二人には、金より大事なものがあるということか……。

最後の三投がスタートする。今度は、最初の三投での成績順――秋野が最後から二番目、神崎がラストになる。神崎は、三投目からだいぶ間隔が空いてしまうことになり、岩谷は体は冷えないかと心配になった。神崎自身もそれを懸念しているようで、他の選手が投擲をする中で、突然テントの前でダッシュを始めた。ごく短い、十メートルほどのダッシュを何回も繰り返す。あの走り方、陸上選手のそれじゃないんだよな、と岩谷は思わず苦笑した。どこか不恰好《ぶかっこう》で、力強さばかりが目立つ、ラグビー選手特有の走り方。

しかし今でも、神崎が二つの競技を両立させているのが不思議でならない。以前、東体大の運動生理学の教授に、神崎のチャレンジについて聞いてみたことがあるのだが、専門家である彼も「どちらも全身運動だから、共通点はある」と、わかったようなわからないような結論を口にしただけだった。岩谷の目からは、神崎は未だに恵まれた体格と抜群の体力――つまり素質だけで円盤を投げているようにしか思えない。他の選手がこの競技に特化し、ひたすら技術を磨いていくのとはまったく異なるアプローチだ。円盤投の選手たちは、神崎をどのように見ているのだろう。その記録に驚愕しながら、腹の底ではむっとしているのではないだろうか。あんな片手間で投げて記録を出されたら、俺たちの立場がないじゃないか、と。

ただし、秋野は違うようだ。彼は実際に神崎の力を認め、一緒に練習をしてアドバイスも送ってきた。彼にとっては、神崎の二刀流も別に不真面目なことではないのかもしれない。秋野自身、高校時代はハンマー投もやっていたのだ。投擲競技の中でも、「回転して投げる」という点でハンマー投と円盤投は共通している。この話を聞いてから調べてみると、秋野は円盤投を専門にしながら、ハンマー投でも東京都の大会に出て、当時の東京都の高校生記録を出していることがわかった。これは立派な二刀流だし、この記録は、その後十年も破られなかった。それでも秋野は、より得意な円盤投に専念した。

秋野は、神崎を自分の「後継者」と考えていたのかもしれない。たとえ二刀流であっても、円盤投でオリンピックに出てくれれば……前回の東京オリンピック以来の出場が実現すれば、話題も沸騰する。それで円盤投を志す少年が増えればいい、と考えていたのではないか。彼の言葉の端々には、神崎を思いやる気持ちと、円盤投をメジャーな競技にしたいという強い願いが感じられた。

しかし今日、フィールドに出てから、二人は一言も会話を交わしていない。これまで二人が一緒に出た大会では、神崎が投げ終える度に、秋野は必ず一言二言話しかけていた。簡単なアドバイスを送ったのだろうが、その都度神崎が真剣な表情でうなずいていたのを岩谷は覚えている。

「始まりますよ」

朝倉に言われ、岩谷ははっと我に返って視線をフィールドに集中させた。八人のうち、最初の一人がサークルに入る。円盤が放たれた瞬間、岩谷は思わず腰を浮かした。悪くない――いや、間違いなく六十メートルを超えてくる。投げ終えたばかりの選手が、記録を確認して両手を拳に握り、雄叫びを上げる。手元のタブレット端末で確認したところ、自己ベストを更新していた。

もしかしたら、神崎と秋野、二人のハイレベルな戦いに刺激されて、他の選手にも気合いが入ったのか？　勢いだけで記録を伸ばせるような競技ではないのだが……。

しかし続く他の選手たちも、次々に自己ベストを突破した。神崎と秋野には及ばないものの、近年稀にみるハイレベルな戦いである。

そして最後から二番目、秋野の第四投。

サークルに入った秋野は、非常に落ち着いて見えた。いや、堂々としている、と言うべきか。かつて何度も日本記録を更新した、全盛期の秋野がそこにいるようだった。

綺麗な、スピードに乗った回転から放たれた円盤は、まったくぶれずに最高の角度で飛んでいく。二キロもある円盤は、放物線を描いて飛んでいくしかないのだが、岩谷の目には、強肩の外野手のバックホームのように見えた。途中からぐっと伸びて、ワンバウンドするはずがそのままキャッチャーミットに飛びこむ——。

円盤が着地し、芝と土を抉った瞬間、観客席で悲鳴にも似た歓声が上がった。岩谷も思わず腰を浮かしかけた。

「日本新ですよ、これ」

朝倉が興奮した口調で言った。遥子に至っては完全に立ち上がり、双眼鏡を目に当てて落下地点を確認している。大きく見えているせいか、状況がよくわかるのだろう。空いていた左手を握って、小さくガッツポーズを作る。

六十四メートル七〇。

神崎が一投目で出した日本記録を破った。それがアナウンスされた瞬間、観客は爆発した。「秋野！」コールが始まり、それが拍手にかき消されそうになる。

もっとも当の秋野は、必ずしも今の一投に満足していないようだった。サークルから出ると、何度か振り返って円盤の落下地点を確認し、しきりに首を傾げる。あれだけ投げておいて、まだ納得しないのか？　記録に伸びしろがあると信じているのか？

次の瞬間、岩谷は神崎の変化に気づいた。

鬼の形相だ。

スポーツでは、時折「あの顔」を見ることがある。本来、陸上や競泳では、相手がどんな記録を出しても、自分の持つ記録と戦うのが本筋だ。ライバルと同時に競うトラック種目や競泳と違い、一人ずつ行う跳躍や投擲競技では特にその傾向が強い。その結果、試合中の選手は、自分の中に入りこんで、瞑想《めいそう》しているような表情になる。今の神崎の顔は、格闘技の選手のそれだ。敵と相対していれば、間違いなく圧倒できる。

だが、あれでは駄目だ。

気合いが入り過ぎると、力んで失敗する。それで平凡な記録に終わってしまったケースを、岩谷は何回も見てきた。

神崎がサークルに入る。巨大なケージが邪魔になって表情が見えなくなったが、明らかに普段より硬いのがわかった。ラグビーならそれでいいが、円盤投では駄目なんだよ……岩谷は両手を握りしめた。汗でヌルヌルして不快だが、観ているこちらもどうしても力が入ってしまう。

神崎の始動がいつもより大きかった。二回の「素振り」に異様に力が入っているし、回転始めの姿勢も普段より一段階低い。

「まずい」岩谷は思わずつぶやいた。全力を出しきるのと力み過ぎはまったく違う。今の神崎は、全身に力をみなぎらせているが、逆に円盤に力が乗りきらない感じがした。

案の定、飛び出した円盤は空中で不安定に揺れている。あれでかなりの空気抵抗が生じてしまう——先ほどの秋野の一投のように、途中で「伸びる」感じはなく、ちょうど六十メートル付近に落ちてしまった。立派な記録であるが、投げたのが神崎だから納得できない。多くのファンもそう思っていたようで、観客席には溜息が漏れた。

秋野も、次は失敗した。日本記録を出したばかりで、オリンピックのチャンスが見えたと思って、つい力んでしまったのだろう。秋野ほどの選手でも、やはり常に同じコンディション、気持ちで投げられるわけではない。記録は、今日にしては悪い五十七メートル八五で終わった。続く神崎は少し持ち直したものの、六十二メートル五〇。

二人とも、残されたのはラスト一投。優勝争いも、この二人に完全に絞られたと言っていい。この年齢で日本記録を更新した秋野が逃げ切るのか、神崎が最後の最後でとんでもない投擲を見せるのか……しかし観客席の雰囲気が微妙なことを、岩谷は敏感に感じ取っていた。半ば期待、半ば諦め。ラスト一投で、どちらかがオリンピックへの切符を摑める可能性は低いのではないか。

見ると、朝倉も遥子も、完全に冷静になっていた。「観るプロ」でもある彼らからすると、この試合でこれ以上のドラマが生まれるわけがないと予想しているのだろう。朝倉に至っては、スマートフォンを取り出していじり始めた。

「集中しろ！」

岩谷は思わず低く叫んでしまった。途端に、朝倉の冷めた視線が突き刺さってくる。俺たちは応援にきたんじゃないんですよ。プロとして冷静に観ないと——知ったことか。この試合は、どんな人間でも興奮する展開になっているのだ。

岩谷はぐっと身を乗り出した。ラストの六投目が始まる。仕事と関係なく、秋野に声援を送りたかった。十数分後には決着がつき、日本のスポーツ界は大きく変わっている——かもしれない。

六人目までが投げ終え、神崎と秋野の二位以上が決まった。いよいよ二人だけの、最後の対決が始まる。

秋野はいつもと同じ——いや、むしろいつも以上に落ち着いた雰囲気だった。二・

五メートルのサークルという小さな舞台を一杯に生かし、これまでで最高の投擲を見せた。いつもよりフォームが大きいわけではなく、日本記録を出した時とまったく同じ、いつもの動き。しかし、それはなかなかできないことだ。

回転を始めた瞬間、岩谷の目が涙でかすんだ。秋野はこれまで、何万回、何十万回円盤を投げてきたのだろう。世界標準に届かず、オリンピックに出られない、投擲競技の中でもマイナーだと笑われても気にすることなく、他の選手たちを引っ張ってきた。その彼が、最高の舞台で最高の挑戦をしている。結局俺も日本人なのか、と岩谷は思った。一つのことを深く掘り下げる選手に、心を揺さぶられてしまう。神崎の「二刀流」は、あくまで未来の課題なのではないか。

完璧な投擲だった。円盤はまったくぶれずに、綺麗な回転を見せ、理想的な角度で飛んでいく。「ああ」とか「おお」とか低い声が周囲で聞こえたが、すぐにそれは、爆発するような応援の声に取って代わられた。「行け！」「伸びろ！」「秋野！」。円盤が飛んでいるのはわずか数秒なのに、岩谷の中で時間はどんどん引き伸ばされていき、永遠に飛び続けるのではないかと思えるほどだった。そして、新記録を――オリンピック出場を期待する声援が、円盤を後押ししていく。

円盤は芝を抉ることなく綺麗に着地し、少しだけ滑って止まった。その瞬間、誰かがスウィッチを切ったように歓声が止まる。そして――。

六十六メートル一〇。

岩谷は、一瞬スタンドが揺れるのを感じた。観客席を埋めたファンが一斉に立ち上がり、あるいは飛び上がって、巨大なスタジアムを揺らしている。日本記録更新、参加標準記録突破、東京オリンピック出場——岩谷の頭の中で、様々な文字が浮かんでは消える。とんでもないことが目の前で起きた。

スタジアム中の温度が二度も三度も上がる中、秋野一人が冷静だった。サークルを出ると一礼し、テントに向かってゆっくりと歩き出す。ガッツポーズなし。岩谷が見る限り、笑顔も浮かべていなかった。どうして？　とうとう長年の夢を達成したのに。

次の瞬間、秋野がぐるりと周囲を見回し、急に両手を広げて、二度、三度と下に向けて振って見せた。落ちつけ、試合はまだ終わっていない——フィールドで秋野が見せた小さなジェスチャーが、興奮でざわつくスタンドを一気に落ち着かせた。多くの観客が席につき、再び緊張感に満ちた沈黙が満ちる。

秋野……どうして自分のことではなく、神崎のことを考える？　今のは、神崎のために「静かにしてやってくれ」というお願いだったに違いない。

神崎がサークルに入った。岩谷は鼓動が速くなり、かすかな吐き気さえ感じていた。いけるのか？　神崎、ここで六十六メートルを投げて、二人で一緒にオリンピックに出るのか？　もしもそうなったら、最高の、これ以上は考えられないフィナーレになる。新旧二人の選手が大舞台で競い合い、ついには二人揃ってオリンピックに出場。最終決着はオリンピックという最高の舞台に持ち越される――。

目の前で秋野が日本記録を更新し、しかもオリンピック出場をほぼ確実にした。神崎にとっては、これ以上ないほどのプレッシャーになる状況だが、ここにきて何故か、神崎の顔からは緊張感も怒りの表情も消えていた。非常にリラックスした感じ。あれは間違いなく、いい時の神崎だ。

サークルに入った神崎が、一度頬を大きく膨らませ、すぐに息を吐くのが見える。始動――腕の振りはいつも通り。姿勢も深過ぎない。結局これが、神崎が一番投げやすい、すなわち記録が出やすいフォームなのだろう。

完璧な回転。完璧なリリース。伸びる。行ける。

岩谷は立ち上がらなかった。ただ両手をきつく握り締め、祈るような気持ちで円盤の行方を見守る。俺の願いが、一センチでも遠くへ円盤を飛ばしてくれるのではないか……着地の瞬間は見えなかった。しかし、確実に六十五メートルは超えたはず――記録が発表されるまでの短い時間が、永遠に引き伸ばされているように感じられる。

六十五メートル九六。

四センチ？

数字が出た途端に、スタンドでブーイングが湧き起こる。「再計測！」と誰かが叫ぶと、それに唱和する声が大合唱になった。

しかし神崎本人は、この記録に納得しているようだった。そもそも円盤投では光波測定器を使うため、計測を間違うことはまずない。神崎の顔を見た瞬間、岩谷の涙腺は完全に崩壊しつつあった。

あいつ、笑っている。

まるで日本記録を更新し、「二刀流」でオリンピック出場を決めたような、晴れやかな表情だった。勝者のように大きく両手を掲げると、「再計測！」の合唱が急に消え去り、代わりに拍手が湧き起こる。

秋野が神崎に歩み寄る。二人はがっちりと握手を交わした後、抱き合った。新旧対決はベテランの勝利に終わったが、最高の勝負だったのは間違いない。秋野が、神崎の耳元で何事か囁く。神崎はそれにうなずき、二人はもう一度握手を交わした。トップレベルで競い合った二人にしかわからないであろう言葉が行き交っている。二人は肩を組んだまま、フィールドの外へ向かって歩き始めた。

二人に、いっそう大きな拍手が降り注ぐ。それは永遠に終わりそうにないのだった。

5

雨だ。

熱くなったスタジアムの空気をクールダウンさせるように、とうとう雨が降ってきた。

試合が終わるまで降らなくてよかったとほっとして、神崎はタオルを取り上げた。汗を拭い、頭から被ってゆっくりと歩き出す。

少し前を歩く秋野の背中が大きく見える。何という人だ、と改めて呆れてしまった。もちろん、いい意味で。

怪我でずっと調子が上がらず、記録もぼろぼろで、この日本選手権を最後の花道に選んだのだろうと思っていたのだが、密かに自己ベスト、いや、参加標準記録突破を狙っていたわけだ。確かに、試合前の一週間、ずっと一緒に練習をしていて、普段とは様子が違うことに気づいていた。明らかに体のキレが違う。上半身が一回り大きくなっているのに、動きは以前よりも俊敏だった。

しかしまさか、この大一番で自己ベストを一気に三メートルも伸ばしてくるとは思わなかった。そんなことはまず不可能なのだ。もちろん、ある日突然大きな記録が飛び出して自己ベストを更新することもあるが、そういうのは大抵、若い時だ。秋野のように長く成績が低迷していて、しかもあの年齢で突然自己ベストを更新することなど、神崎の常識にはない。

大記録というのは、常識が破綻したところで生まれるのかもしれないが。

秋野はフィールドの端で、勝利後の短い記者会見に臨んでいた。会見というか囲み取材だが、普段よりずっと記者が多いことに神崎はすぐに気づいた。正式発表は明日以降だが、「参加標準記録を突破」「日本選手権三位入賞以上」の条件を満たし、五十六年ぶりに円盤投でのオリンピック出場が決まるのはまず間違いない。代表で話を聞いている男性アナウンサーが異様に興奮して、顔が赤らんでいるのが見えた。一方の秋野は、冷静な表情。ああいう人なんだよな、と神崎は何故か嬉しくなった。秋野にとっては、まだ「道半ば」。オリンピックへの出場権を手にしただけで、本当の戦いはこれからなのだ。

スタジアムの中に戻って通路に入ると、これまで感じたことのない喧騒に身を包まれた。普段よりもずっと人が多い。誰もが秋野の記録に興奮し、声高に話し合っている。試合前は誰よりも注目されていた神崎に声をかける人はいない。

「――お疲れ様でした」一人いた。花香がすっと近づいて来る。

「どうも」神崎はさっと頭を下げた。その瞬間、いきなり雨の音が激しくなり、驚いて振り向く。ゲリラ豪雨のような激しい雨が、突然グラウンドを叩き始めたのだ。人の姿が霞んで見えるほどの大雨の中、秋野がゆっくりこちらへ戻って来るのが見える。まるで今までの苦しみや悲しみを、この雨で押し流してしまおうというように。

「これであなたもお役御免だね」

「ですね」花香があっさり認めてうなずく。「難しい仕事でしたけど、いい経験でした」

「こんなにあっさり、俺の存在感が消えるとは思わなかった」

花香が苦笑した。釣られて神崎も笑ってしまう。ただし苦笑ではない。何というか……ほっとして表情が緩んだ。ラグビーにも円盤投にも詳しくない記者に追い回され、辟易したこともある。今後は、そういう取材に悩まされることはあるまい。あとは気持ちを切り替えて、七人制で勝つことだけを考えていけばいい。

「会社の方から、何か言ってきましたか？」

「まだですけど、そんな話は後でいいでしょう」

「そうだね……オリンピックまであまり間がないけど、それまでにあなたにご馳走しないといけないな」

「え？」

「今までのお礼として。考えてみれば、あなたにはずいぶん迷惑をかけたから」

「いえいえ、いい経験になりました」花香が、屈託のない笑顔で繰り返す。「会社としてもすごい宣伝になったし、いいことだと思いますよ」

「それでも、けじめで。たぶん俺は、もうマスコミから追い回されることもないから、時間はできると思うし」

「もしかしたら私には、新しく仕事ができるかもしれません。今度は秋野さんが……」

「確かに」神崎はうなずいた。引退かと思われていた選手の返り咲き、しかも五十六年ぶりのオリンピック出場だ。マスコミもファンも、必死になって秋野を追い回すだろう。「じゃあ、秋野さんと三人で飯を食ってもいい。俺も秋野さんをお祝いしたいし」

「調整します」花香が微笑んだ。「調整は得意ですから」

「ありがとう」神崎は一礼した。「今日は一人で帰れるよ。誰にも追い回されないと思うし」

「わかりませんよ……会見に出るように言われるかもしれないから、待機していて下さい。調べてきます」

花香が踵を返して去って行くと同時に、岩谷がやって来た。何ともバツの悪そうな表情を浮かべている。

「……残念だった。最後、まさか四センチ届かないとは思ってなかったよ」

「四センチは、自分ではどうしようもないですよ」神崎は、普通に話しているのが自分でも信じられなかった。

いろいろシミュレーションしていたのだ。勝った時、勝てなかった時……記録が伸びずにオリンピックを逃したらどれほど悔しいだろう、自分がどれほど不機嫌になるだろうと想像すると、恐ろしくなるぐらいだった。しかし今は、何故かしっかり切り替えができている。さあ、次はラグビーだ。

「大丈夫か？」

「ええ……意外と。むしろ嬉しいんです」

「嬉しい？」

「とりあえず、自己ベストは出せましたから。オリンピックには出たかったけど、今までで一番遠くまで投げた事実は残ります。僕、今までは自己ベストで満足する選手が理解できなかったんですよ。問題は、勝つか負けるかじゃないですか」

「そういう考えもある」

「ラグビーは、自己ベストなんか関係ありません。もちろん、タックルの成功率やボールキャリーの回数、距離を数値化することはできるけど、そういう問題じゃないでしょう？　重要なのはチームが勝つか負けるかだけです。個人のパフォーマンスばかりが取り上げられるのは筋違いだ」

「ああ」

「でも個人の、しかも陸上の場合は、まず自分の記録をどこまで伸ばすかが問題なんですね。自己ベストの意味を初めてちゃんと理解できたと思います」

「そうか」

「両方を経験できるなんて、僕は贅沢な人間でしょう」

「そうかもしれない」岩谷がうなずいたが、納得している様子ではなかった。「結局君は、金ではまったく動かなかったね」

「それを心配したことはないですから」神崎は苦笑してしまった。この人は、今になってもまだそんな話をするのか……ふと、コティが言っていたファンドのことを思い出す。秋野のような選手にこそ、そういうファンドが必要なのではないか。

「どうしてだ？　何が君のモチベーションだったんだ？　コティともいろいろ話したけど、彼の考えは、結局俺には理解できなかった。現役時代の俺は、金がなくて苦しんだんだよ。俺がもっといい選手で、プロ契約を持ちかける人がいたら、絶対に乗っていたと思う」

「それもわかります」神崎はうなずいた。「自分が恵まれた環境にあったのも理解してます。結局……楽しいんですよ」

「楽しい？」

「ガキの頃、夏休みに散々遊んだでしょう？　オーストラリアにいる時は、午前中はラグビーの練習をやって、午後からはプールに泳ぎに行って。それでクタクタになって、夜になると何も考えないで眠って」

「今もそんな感じなのか？」

「もちろん、遊びじゃないですからピリピリしてはいますけど、でも……そうですね。基本的には面白いからやって、結果が出たから周りも続けることを許してくれた――それだけです。結局僕は、アマチュアなんだと思う。誰かのためじゃなくて、自分のためにプレーすることが許された。金をもらっていたら、自分以外の誰かのためにプレーすることになるでしょう？　そういうプレッシャーには耐えられないな。今の状況がわがままだということはわかってますけど、スポーツって、いろいろなあり方があるんじゃないですか？」

「ああ……俺は一面的な見方しかできてなかったのかもしれない。ラグビー人気を盛り上げるために君をスーパースターにしようと思ったけど、余計なお世話だったな」

「そんなことはないです。岩谷さんの仕事もよくわかるし、ラグビーを盛り上げたい気持ちは僕にも当然あります。勝手かもしれないけど、これからは七人制に全力を尽くして、オリンピックに臨みますよ。いや、今までも全力を尽くしてなかったわけじやないですけど……あ、秋野さんが戻って来た」

6

ずぶ濡れで通路に入って来た秋野に、神崎がタオルを放り投げた。キャッチした秋野が笑みを浮かべ、一礼する。

岩谷も、秋野に向かって深々と頭を下げた。敬意、祝意、尊敬、感動——様々な気持ちが湧き上がってきて、涙が溢れそうになる。

ようやく顔を上げた時には、二人は並んで通路の奥に向かっていた。その姿を見送りながら、岩谷はこれまで自分がやってきたことは何だったのだろうと自問した。選手の活躍を数値化し、金に結びつける方法を考える。選手の方でもそれを喜んでくれたし、会社も儲かり、基本的には「いい仕事をしている」充実感しかなかった。

しかし、神崎に振り回されたこの二年間、スポーツに対する考えが大きく揺り動かされた。現代スポーツは、「プロかアマか」と単純に二分して考えられるものではないが、神崎やコティの姿は、どこか原点回帰——「貴族のお遊び」と言われようが、ある意味選ばれし者による高等遊戯、という感じがしないでもない。

自分がやっていることは正しいのか……岩谷の思考は堂々巡りに陥りそうになった

が、そこではっと我に返った。

現在のスポーツ界を引っ張る立場の一人として、自分にはやることがある。その役目を一時も忘れてはいけない。

秋野との再契約だ。契約を解除された身として、こんな話を持ちかけたら秋野は苦笑するかもしれないが、構うものか。間近に迫ったオリンピックに向けて、全力でサポートする。秋野との契約解除を決めた本社の上の方は今頃大慌てしているだろう。彼らが今後の対応を考えている間に、俺が秋野を再び取りこんでみせる。

そう、急がなくては。あの大記録を目の当たりにした朝倉や遥子は、既に動き出しているかもしれない。

負けるわけにはいかない。この戦いが、今の俺にとってはスポーツなのだから。そして俺は、何より秋野のファンなのだ。ビジネスの枠を越えて、オリンピックでの彼の活躍を支えなければ。

後書き
二刀流の行方

「二刀流」という言葉が一般的に使われるようになったのは、やはり大谷翔平選手の活躍がきっかけだろう。特に大リーグに移籍して、投打ともに超一流の成績を残すようになってからは、褒《ほ》め言葉として日常でも普通に聞かれるようになった。

自慢するわけではないが、大谷選手が本格的に活躍し始める前、二刀流の選手をテーマにした短編を書いたことがある。こちらは打者兼リリーフピッチャーで、普段は守りながら打席に入り、チームのピンチに外野の守備位置から颯爽《さっそう》とマウンドに駆けつけて完璧に火消しをする、という設定だった。

書いた時はご満悦だったのだが、捻《ひね》くれ者の私はほどなく、「ちょっと待てよ」と思ったわけです。

野球は元々、DH制が導入される前は、ピッチャーも「投げて打って」が普通だったわけだ。そもそも日本の高校野球では、「エースで四番」は普通の存在である。だったら「投げるのも打つのもすごい」というのはさほど珍しいことではない……もちろん、さまざまな役割が細分化した現代野球では、そういうわけにはいかないとはいえ、だんだん、「やはりこういうのは、本当の二刀流とは言えないんじゃないか」と思い始めた。あくまで同じ野球というスポーツの中での話ではないか。

そこで、本当に二刀流――別々の競技で超一流の成績を残している選手がオリンピックに出るような話は書けないだろうか、と考えたのだ。そもそも橋本聖子《はしもとせいこ》さんのように、スケートと自転車で夏冬ともオリンピックに出場した選手もいるわけだし、必ずしも突拍子もない話とは言えないはずだ。ただし、同じオリンピックに別競技の代表で出場となったら、前代未聞の設定だろう。

こういう話になったらやはり、まずはラグビーである。機会があれば絶対にラグビーを書くこと、という義務を私は自分に課しているので、「第一競技」がラグビーということはすぐに決まった。とはいえオリンピックに15人制のラグビーはないから、7人制になる。

これにどんなスポーツを合わせて二刀流にしようかと考えた時、真っ先に思いついた「第二競技」が円盤投だった。ラグビーボールと円盤、それぞれを「投げる」動作がよく似ているというだけで、この二つをリンクさせようと企《たくら》んだわけである。

ラグビーのパスは、基本的にアンダーハンドで行う。アメリカンフットボールのボールより一回り大きいので、ハンドリングは意外に難しい。ボールが外に出た時にフィールド内に投げ入れるラインアウトはオーバーハンドで行うが、これは専門のスローワーの仕事だ。停《と》まった状態で投げ入れるので何とかなるが、アメフトのクオーターバックのように、動きながらオーバーハンドでパスを投げるのは、難易度が極めて高い。そこで両手で持って下手投げ、そして軌道を安定させるために回転をかける。この「回転」させる動作が円盤投と同じでは、という発想での二刀流だった。

実際に円盤投を体験してみると、回転させる方向がラグビーボールと逆なので面食らった。野球で言えば、スライダーとシュートぐらい回転方向が違う。しかし下手、あるいは横手で投げるフォームは似ていないとも言えないので、両方上手《うま》くこなせる人もいるはずだ、ということにして、思い切ってこの話に取り組んだ。

堂場流のスポーツ小説なので、当然あれやこれやあります。二つのスポーツで東京オリンピック同時出場を目指す――ハードルが高いのは当然で、周りの無理解、あるいは余計な口出しなどがあって、一筋縄ではいかない。そして立ちはだかるライバルの存在。お腹《なか》いっぱいでお届けしますが、この物語にはもう一つ、裏テーマがある。

少子化だ。

日本の少子化はますます進み、今後人口増へ転じる兆候はない。一方で、オリンピックでは実施競技が増えているのだが、人口がどんどん減る日本では、新しいスポーツに取り組むのは壁が高そうだ。最悪、これまで普通に出場していた競技の人口も減り、日本人選手の名前がお馴染《なじ》みの競技から消える、という事態も考えられる。

それを回避するための二刀流なのだ。スポーツの能力に秀でた人が、一種類に絞るのではなく複数のスポーツに取り組み、どれでも世界レベルを目指そう、ということである。

それでは「二兎《にと》追うもの」は……にならないかという懸念もあるだろう。しかしスポーツのトレーニング方法は日々進化しているわけで、二つの競技をトップレベルで練習していく方法も出てくるはずだ。

そもそもアメリカでは、アマチュアで「夏は野球、冬はアメフト」というのはごく普通である。二種類のスポーツで活躍し、別のプロスポーツのチームからもドラフト指名を受けることも珍しくはない。

例えばボー・ジャクソンやディオン・サンダースは、実際に大リーグとNFLの両方で活躍した。バスケットボールと野球なら、ジーン・コンリーという二百三センチの長身選手がいた。本書の趣旨に沿う感じでは、チェコの槍《やり》投げ選手ヤン・ゼレズニーが、アトランタ・ブレーブスのトライアウトを受けて球速百三十六キロ、遠投百三十五メートルを記録した例が挙げられる。実際には大リーガーにはならなかったが。

考えてみれば、カール・ルイスも百メートルと走り幅跳びで活躍したし、スピードスケートでは五百メートルから一万メートルの全種目でオリンピック金メダリストになったエリック・ハイデンがいる。陸上なら、百メートルから八百メートル、一万メートルまで全てで優勝するぐらいの万能ぶりである。

我が野球で言えば、戦前から戦後にかけて活躍した野口二郎《のぐちじろう》が、投手として二百三十七勝、打者として通算八百三十安打、三十一試合連続安打を記録していた。太古（！）の野球では、プロフェッショナルレベルでも投手と打者の双方で活躍した選手は少なくなく、大谷翔平の活躍ぶりは、一種の先祖返りと言えるかもしれない。

というわけで、二刀流というのは決して「非常に特殊な」こととは言えないのではないだろうか。だから『ダブル・トライ』も、必ずしも完全な夢物語ではない――と私は信じている。

◇

そういう高い理想を持って書き始めた本書だが、結果的に東京オリンピックを舞台にしたことは失敗だったと認めざるを得ない。

すっかり汚れた存在になってしまった東京オリンピック。事件にまでなることを予期できなかった自分の能力の低さに歯嚙《はが》みする思いだ。

本書は東京オリンピックに向けたプロジェクト「ＤＯＢＡ２０２０」の一冊である。他のプロジェクト作品『チームⅢ』（実業之日本社）、『空の声』（文藝春秋）、『ホーム』（集英社）は既に文庫になり、本書が最後の文庫化になる。

　正直、文庫にすることに若干の躊躇《ためら》いはあった。「あの」東京オリンピックに絡んだ小説を自分の作品として残していいのか——しかし結局、文庫として全てを残す決心を固めた。自分の読みの浅さを反省し続けるためである。

　こんなことを書くと、ダメな本と思われるかもしれないが、内容はこの後書きで書いてきたように、二刀流の可能性を真面目に検討したエンタテインメントである。後書きからお読みになった皆さん、本編を楽しんでいただければ幸いです。

本書は二〇二〇年五月、小社より単行本として刊行されました。

取材協力
陸上クラブチーム Pro-Kids（プロキッズ） 宮内 優氏
ヤンマースタジアム長居

|著者| 堂場瞬一　1963年茨城県生まれ。2000年、『８年』で第13回小説すばる新人賞を受賞。警察小説、スポーツ小説など多彩なジャンルで意欲的に作品を発表し続けている。著書に「支援課」「刑事・鳴沢了」「警視庁失踪課・高城賢吾」「警視庁追跡捜査係」「アナザーフェイス」「刑事の挑戦・一之瀬拓真」「捜査一課・澤村慶司」「ラストライン」「ボーダーズ」などのシリーズ作品のほか、『ピットフォール』『ラットトラップ』『赤の呪縛』『大連合』『聖刻』『0 ZERO』『小さき王たち』『焦土の刑事』『動乱の刑事』『沃野の刑事』『鷹の系譜』『鷹の惑い』『オリンピックを殺す日』『風の値段』『ザ・ミッション THE MISSION』『デモクラシー』『ロング・ロード 探偵・須賀大河』など多数がある。

ダブル・トライ

堂《どう》場《ば》瞬一《しゅんいち》

講談社文庫
定価はカバーに
表示してあります

2024年２月15日第１刷発行

KODANSHA

発行者──森田浩章
発行所──株式会社　講談社
東京都文京区音羽2-12-21　〒112-8001
電話　出版（03）5395-3510
　　　販売（03）5395-5817
　　　業務（03）5395-3615

デザイン─菊地信義
本文データ制作─講談社デジタル製作
印刷───中央精版印刷株式会社
製本───中央精版印刷株式会社

Printed in Japan

ISBN978-4-06-534577-1

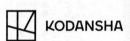

講談社文庫刊行の辞

二十一世紀の到来を目睫に望みながら、われわれはいま、人類史上かつて例を見ない巨大な転換期をむかえようとしている。

世界も、日本も、激動の予兆に対する期待とおののきを内に蔵して、未知の時代に歩み入ろうとしている。このときにあたり、創業の人野間清治の「ナショナル・エデュケイター」への志を現代に甦らせようと意図して、われわれはここに古今の文芸作品はいうまでもなく、ひろく人文・社会・自然の諸科学から東西の名著を網羅する、新しい綜合文庫の発刊を決意した。

激動の転換期はまた断絶の時代である。われわれは戦後二十五年間の出版文化のありかたへの深い反省をこめて、この断絶の時代にあえて人間的な持続を求めようとする。いたずらに浮薄な商業主義のあだ花を追い求めることなく、長期にわたって良書に生命をあたえようとつとめるところにしか、今後の出版文化の真の繁栄はあり得ないと信じるからである。

同時にわれわれはこの綜合文庫の刊行を通じて、人文・社会・自然の諸科学が、結局人間の学にほかならないことを立証しようと願っている。かつて知識とは、「汝自身を知る」ことにつきていた。現代社会の瑣末な情報の氾濫のなかから、力強い知識の源泉を掘り起し、技術文明のただなかに、生きた人間の姿を復活させること。それこそわれわれの切なる希求である。

われわれは権威に盲従せず、俗流に媚びることなく、渾然一体となって日本の「草の根」をかたちづくる若く新しい世代の人々に、心をこめてこの新しい綜合文庫をおくり届けたい。それは知識の泉であるとともに感受性のふるさとであり、もっとも有機的に組織され、社会に開かれた万人のための大学をめざしている。大方の支援と協力を衷心より切望してやまない。

一九七一年七月

野間省一